W0359297

DE BESCHERMHEILIGE VAN ZWANGERE MEISJES

URSULA HEGI

De beschermheilige van zwangere meisjes

Vertaald uit het Engels door Ine Willems

ORLANDO
uitgevers

Oorspronkelijke titel *The Patron Saint of Pregnant Girls*
Oorspronkelijke uitgever Flatiron Books / MacMillan, New York, USA

Omslagontwerp Mariska Cock

Zetwerk Pre Press Media Groep, Zeist

ISBN 978 94 93 081 78 9
NUR 302
www.uitgeverijorlando.nl

FSC
www.fsc.org
MIX
Papier van verantwoorde herkomst
FSC® C004472

Voor mijn kleinkinderen A. en S.,
in mijn hart altijd bij me

DEEL I

Zomer 1878

I

DE EENLING

Bij elke zwangerschap laten Lotte en de speelgoedmaker hun ongeboren kind kennismaken met de zee: Lotte met haar buik naar de horizon, Kalle met zijn handen op haar heupen terwijl hij haar de zee in loodst tot het water aan haar navel staat. Dromerig, met gelukzalig gesloten ogen, voelt Lotte haar baby zwemmen, gescheiden van de Noordzee door de wand van haar buik. Eerst Hannelore. Toen Martin. Toen Bärbel. In haar vierde zwangerschap wordt Lotte speels en duikt onder in een handstand, tot verrassing van de speelgoedmaker, die hardop lacht bij het zien van haar zwaaiende benen boven het zeeoppervlak. Maar als hij haar met een hand op haar buik en de andere op haar achterste wil ondersteunen, is hij degene die steun nodig heeft, want Lotte komt plots weer boven, spuwt water in zijn gezicht, klemt haar benen om zijn middel, kantelt haar bekken tegen hem aan.

Als je aan de Noordzee opgroeit, heb je er respect voor, je kent hem zoals je je eigen ademhaling kent. Dat begint al als je leert zwemmen nog voor je kunt lopen, en je onder de ene golf door duikt en je je kleine vingers in het silt steekt voordat de volgende je meesleurt. Hannelore is een waaghals in het water net als haar moeder, Martin is voorzichtig. Te vroeg om te zeggen hoe Bärbel ermee omgaat, die net twee is wanneer er die augustus van 1878 een monstergolf tegen Nordstrand oprijst. Een eenling, noemen de Oude Vrouwen het. Zo eens in de honderd jaar heb je die. Niet dat Lotte Jansen het tij verkeerd had ingeschat. Vakantiegangers mogen dan verdrinken omdat ze zo dom zijn om te ver het natte zand op te gaan en dan door de vloed worden afgesneden, maar als er mensen van hier verdrinken is het in een storm of als een vissersboot omslaat.

Deze eenling wordt een legende die Nordstrand al net zo bepaalt als de mensen die het verhaal van generatie op generatie doorvertellen, die zichzelf als getuigen beschouwen; en niet alleen degenen die Lotte en haar kinderen onderweg naar huis na de circusvoorstelling hebben zien spelen en dansen in de getijdenpoelen, ook anderen, die het alleen van horen zeggen hebben maar erover vertellen alsof ze bij Lotte waren toen de wind plots ging liggen en de blauwe hemel zo geel kleurde dat hij de zon ophief. In die verhalen – herinneringen, zeggen de Oude Vrouwen – heeft Lotte haar vierde kind, Wilhelm, op haar heup, jagen haar dochters in gesmokte jurkjes en Martin in lederhosen achter de terugkrabbelende golven aan, rennen ze lachend van de waterlijn het droge zand op en weer terug, tot Lotte ze haar vrije hand toesteekt en de kinderen aan elkaar koppelt. En aan zichzelf.

Vrije hand? zeggen de Oude Vrouwen.

Hoe vrij is de hand van een moeder als ze er kinderen aan heeft?

Maar je weigert je voor te stellen dat je eigen kinderen van je worden weggerukt. Of je kleinkinderen. Hardop vraag je je af waarom God Kalle en Lotte Jansen zo genadeloos heeft gestraft. Omdat ze seks hebben gehad voor het huwelijk? Dan zou iedereen hier in zonde verdrinken.

'Met de voeten in het water...' zingt Lotte tegen haar kinderen, 'in het water van de zon...'

Wie van jullie heeft het zonnewater niet langs je enkels laten spoelen, langs je kuiten? Je weet hoe dat voelt. En je weet hoe het voelt als je als kind in je spel met de Noordzee onder het oppervlak duikt, als je als volwassene ver uit de kust zwemt. Je herinneringen gedenken Lotte Jansen terwijl je beschrijft hoe de golf haar overweldigt, haar mond en neus binnendringt, haar zilt prikkend het zicht beneemt. En op dat moment smelt alles wat je ziet, alles wat je je herinnert en wat je je verbeeldt samen, tot het steeds groter wordt en uitgroeit tot een legende.

Legenden, weten de Oude Vrouwen, zijn niets meer dan oude roddels, al groeit niet alle roddel uit tot een legende. Roddel op zichzelf is vluchtig, maar legenden voeden zich ermee. De Oude Vrouwen weten het als je een stroopnagel hebt. Als je overgrootouders zijn vreemdgegaan. Als je de soep hebt laten droogkoken. Als je met haat in het hart droomt.

Wanneer de monstergolf zich heeft teruggetrokken verspreiden mensen zich over het *Watt* om de kinderen te zoeken. Nonnen, circusmensen, speelgoedmakers, vissers, winkeliers, priesters, Oude Vrouwen, boeren, smeden en meisjes met dikke buik uit het Sinte-Margarethahuis voor zwangere meisjes, een onwaarschijnlijke verzameling mensen die hoopt de dood te snel af te zijn. Sommigen op circuspaarden, waarvan de hoeven door het water plenzen. Anderen in rijtuigen. De meesten te voet.

'We vinden ze wel,' bezweert Kalle Lotte, die hun jongste tegen haar borst klemt.

'We hebben ze leren zwemmen...'

'Nog voor ze konden lopen.'

Heike van het circus rent met wapperend witblond haar en hoog flappende satijnen rokken naar Lotte. Heike, maar zes jaar jonger dan Lotte. Het lichaam van een vrouw, de geest van een kind.

'Wacht, Heike,' roept haar moeder Sabine.

Maar Heike, met opzichtige, muf ruikende crêpepapieren klaprozen in haar vuist, rent door. Als ze Lotte de klaprozen toesteekt graait Wilhelm naar het trillende rood voor zijn neus, tot Heikes moeder ertussen stapt en het rood uitvlakt.

'Och, Lotte...' Zachtjes veegt Sabine de modder van Lottes gezicht, strijkt natte strengen haar achter haar oren. Ze maakt al deel uit van Lottes zomers sinds Lotte vijf was en Sabines circuswagen bezocht en de pasgeboren Heike vast mocht houden.

'Bloemen voor Hannelore,' roept Heike.

Lotte haalt scherp adem.

Sabine slaat haar armen om Lotte heen. Houdt haar en de baby overeind. 'Ik kan hem overnemen.'

Lotte schudt haar hoofd. 'Nee.'

'Zeg maar wat je wilt, ik doe alles.'

'Waar is Hannelore?' Heike stampvoet.

Vroeger dacht Lotte altijd hoe verschrikkelijk het voor Sabine moest zijn om zo'n kind te hebben. Maar nu... Ze rilt.

'Dat weten we niet,' zegt Sabine tegen Heike. 'Nog niet.'

'Nog niet,' zegt Heike.

Ze speelt graag met de kinderen uit de buurt als Circus Ludwig ergens voor een week neerstrijkt, en vooral op Nordstrand, waar Hannelore haar beste vriendin is. Hannelore is dol op haar. Hannelore kan zich zo stil houden dat ze erbij mag zijn wanneer Heike op de cello met het circusorkest repeteert.

'Maar waar is Hannelore?'

Hannelore. De hele wereld is op zoek naar haar en naar Bärbel en Martin. De hele wereld loopt druk af en aan terwijl Lotte als aan de grond genageld staat, biddend, kletsnat, met Wilhelm strak in haar armen. De zon baadt de wolken in bloedrood dat tegen het grauw in door scheuren en gaten in de hemel sijpelt. Als het opkomend tij de zoekers van het *Watt* jaagt, haasten ze zich naar hun boten. Een paar blijven er in het water en duiken. Kalle springt in de roeiboot van de imker, die aan de riemen zit met armen die zilverig zien van de bleke haartjes, net een god die zich onderzee zal wagen om je kinderen voor je terug te halen.

2

TILLI, ELF JAAR OUD

Tilli, elf jaar oud. Die met haar handen beschermend om haar buik op het wad staat te midden van de vrome lieden, die normaalgesproken de meisjes van het Margarethahuis en hun in het oog springende lijfelijkheid mijden. Die vervoering weten uit te stellen want alleen dan valt de hemelse vervoering ze ten deel, een vervoering die de ervaring van gewone stervelingen ver te boven gaat. Het maakt ze razend dat deze meisjes zich te buiten zijn gegaan aan een daad die na het sacrament van het huwelijk heilig is maar zondig ervoor, en dat sommige zelfs een man van hier weten te strikken. De zoektocht naar de Jansen-kinderen maakt ze nu tot bondgenoten; allemaal hebben ze de zon in de ogen en die is warm en straalt al bijna net zoals de ochtendzon, vanonder zo'n zelfde hoek maar dan uit tegengestelde richting.

'Bärbel!' roepen ze.

'Martin!' roepen ze.

'Hannelore!' roepen ze.

Tilli wou dat ze kon gaan liggen. Toen ze die ochtend vroeg in de greep van trage krampen wakker werd, had ze er niets over tegen zuster Franziska gezegd. Straks, dacht ze. Ik zeg het straks. Ze wilde per se naar het circus, naar de gratis voorstelling die de dagomroeper, die drie dagen geleden was komen opdagen, had beloofd. Zoals zijn titel al zei, verscheen hij altijd daags voor Circus Ludwig om knechten te huren en over de prijs te onderhandelen van de standplaats in de wei achter het Sinte-Margarethahuis. De nonnen hadden al weken gebeden dat de grond daar zou opdrogen zodat de circuswagens niet tot aan de assen zouden wegzinken.

De dagomroeper laat zich erop voorstaan dat hij weet hoe hij met de nonnen moet praten, maar ze marchanderen zo gehaaid – *wat onbetamelijk is voor nonnen, vreselijk onbetamelijk* – dat het hem in verlegenheid brengt. Hij heeft geen idee dat zij evengoed in verlegenheid raken omdat hij zo lelijk is en zo ostentatief zijn dikke kin kneedt. Ze krijgen hem zover dat hij zijn bod verhoogt maar eisen gratis kaartjes zodra hij akkoord is gegaan. Zoals gewoonlijk fingeert hij verontwaardiging en telt af in een nadrukkelijke stilte – hij telt tot tien, tot vijftig, tot tweehonderd – maar de nonnen zijn meesters van de stilte, hij zou het nog niet van ze winnen al telde hij tot een miljoen.

Hij slaakt een theatrale zucht. 'Kaartjes voor alle nonnen.'

'En voor alle meisjes.'

'Dat kan Circus Ludwig zich niet veroorloven.'

'Het hoeft niet voor de voorstelling van zondag te zijn.'

'Maandag dan.' Hij beent weg maar draait zich bij de deur even om: hij knipoogt.

Met geschilderde affiches die hij aan bomen bevestigt kondigt hij Circus Ludwig aan, en hij huurt een tiental mannen uit de omgeving in, boeren, kooplui en speelgoedmakers, die er al maanden op wachten en op de inkomsten en de gratis kaartjes voor hun gezin rekenen, maar nog meer op het verzetje dat ze gedurende één glorieuze week circusknecht zijn. Elk jaar in augustus fluisteren Kalle en zijn jeugdvriend Köbi erover om er met het circus mee vandoor te gaan, diezelfde ochtend nog, terwijl ze de verblijven uitmesten en verse houtsnippers over de bodem verspreiden.

Voor de nieuwe meisjes, die Circus Ludwig nog niet kennen, hemelen de nonnen de magnifieke parade op, de een nog euforischer dan de ander. Op dat moment lijken ze nog het meest op elkaar, nonnen en meisjes: in hun verwachtingsvolle *Vorfreude*.

'... prachtige wagens en de paarden...'

'... met pluimen op het hoofd, en de acrobaten...'

'... dansende honden in tutu's en met hoedjes...'

'... de pony's draven in perfecte cirkels met hoog opgetrokken benen...'

'... en met klaprozen in de manen...'

'... en de Pierrette, zo mooi, zo triest...'

'... rode schoenen, en ze schildert hartjes...'

'... op het voorhoofd van kinderen...'

En het is allemaal waar, zeggen de meisjes terwijl ze te midden van honderden toeschouwers achter de parade aan door de straten lopen, blij dat ze buiten de muren van het Margarethahuis zijn en deel uitmaken van het dorpsleven waarvan ze normaal gesproken uitgesloten zijn, behalve tijdens de mis, wanneer ze in nauwe kerkbanken onder de kansel zitten.

Achter het Margarethahuis is de grond nog steeds zo zompig dat de geur van aarde zwaar in de lucht hangt. De Ludwigs heten de knechten welkom en drukken ze op het hart dat werken voor hun circus toewijding betekent. Perfectie.

'Sommige rondreizende voorstellingen flansen de zaak snel even in elkaar. Daar komen ongelukken van. Zo werken wij niet. Wij verwachten dat jullie voor de veiligheid van ons publiek zorgen.'

Vol energie halen de knechten touwen en zeil van de karren, werken houten wiggen onder de wagenwielen, laden rekwisieten en foerage uit, bouwen een brede, stevige loopplank van de voorste wagen naar de grond en bruggen tussen de resterende wagens. Dan maakt Silvio Ludwig de dierverblijven open. Toeschouwers in hun zondagse goed juichen en applaudisseren als de dieren achter elkaar aan de loopplank afkomen, waar de pastoor de bonte verzameling beesten zegent, die, zegt hij, vreedzaam samenleven, zonder tralies. Ze ruiken bijna net als vee, denkt Tilli. De lucht doet haar denken aan de stal bij haar thuis, en aan de broer die haar niet zal kunnen vinden.

Tijdens de voorstelling zijn Tilli's weeën heviger geworden – *het is het waard, de artiesten, de kunsten* – maar nu keert haar lichaam zich binnenstebuiten. Ze mag zichzelf niet toestaan om in te storten. Het zou egoïstisch zijn om in te storten terwijl iedereen druk op zoek is naar de kinderen van de speelgoedmaker. Die aan het verdrinken zijn of al zijn verdronken. Tilli geeft een schreeuw. De weeën dwingen haar op de knieën, en mensen snellen toe; twee kerkvrouwen – *gezichten zo zuinig als de vasten* – zijn er als eerste, dan Heike van het circus en haar moeder, die Tilli's polsslag controleert. Lotte rent op het geschreeuw af, er zeker van dat haar kinderen zijn gevonden – *zo meteen komt Hannelore overeind en zie ik haar boven de mensen uitsteken die over Martin en Bärbel gebogen staan* – maar Lotte kan niet zien wie er op de grond ligt tot ze zich een weg naar het midden van de menigte heeft gebaand, waar Sabine en twee kerkvrouwen een krijsend hoogzwanger meisje helpen dat niet op het *Watt* had moeten zijn. *Had niet...*

Heike wrijft over Tilli's buik. 'Draag je een baby?'

Tilli zegt dat de weeën nog maar net zijn begonnen, maar de vrouwen geloven haar niet. Ze helpen haar overeind, dragen haar naar het Margarethahuis. Mijn weeën zijn nog maar net begonnen, zegt Tilly weer, tegen zuster Franziska, die haar barnstenen rozenkrans afdoet en over de sleutel van de medicijnkast hangt voordat ze Tilli onderzoekt in een ziekenkamer met muurschilderingen van reusachtige vergulde pauwen.

'*Kitsch*,' zegt zuster Franziska tegen Tilli. 'Dit was vroeger een paleis, een halve eeuw geleden gebouwd in opdracht van een bisschop. Met geld dat-ie van de Kerk had gestolen. Uit het diasporafonds. Uit de collecteschaal.'

De bisschop heeft zijn paleis open en bloot gebouwd, schreven de Oude Vrouwen aan het aartsdiocees. Hoger dan de kerkspits. De decadentie. Marmeren trappen die met een boog naar de eerste en tweede verdieping voeren. Een oranjerie met een volière waarin pauwen krijsen als mishandelde kinderen. De Oude Vrouwen nemen er *Kaffee und Kuchen* op wanneer de bisschop wordt verbannen naar een vergeten parochie aan de Poolse grens: naar aardappelakkers en raven. Zijn pauwen blijven op Nordstrand, planten zich voort en overleven op vijf na de jagers. Die vijf worden uiteindelijk gevangen en geslacht. Maar de huiveringwekkend menselijke echo van hun kreten maakt het onmogelijk ze te eten, al proberen sommigen het met een stoofpot of een soep – per slot slachten ze hun kippen en schapen evengoed – maar dit voelt als kannibalisme, en ze spugen het taaie vlees uit.

Het bisschoppelijk paleis staat een halve eeuw leeg, tot een heiige dag in 1842, weten de Oude Vrouwen nog, waarop het blad in goudgele dwarrelingen van de bomen valt en een troep nonnen uit een dorpje ver weg aan de Rijn aankomt. Eentje draagt een kooi vinken met oranje snavels. In het open veld tussen kerk en dijk zweeft een visioen, een woonst die majestueuzer is dan de nonnen ooit hebben gezien of gedroomd: de contouren ervan schemeren in de nevelflarden, trillen alsof ze ontelbare metamorfosen hebben ondergaan. Geklapwiek van enorme vleugels: heel even denken de nonnen dat het paleis vlucht neemt. Er weerklinken kreten, half menselijk, half dierlijk, en drie gestalten stijgen moeizaam op in de lucht.

Zuster Franziska en zuster Ida slaan een kruis.

Zuster Konstanze verstevigt haar grip op de vogelkooi.

Zuster Elinor lacht. 'Pauwen!'

De pauwen landen met over lei krassende klauwen hoog op het dak en houden de nonnen nauwlettend in het oog wanneer ze onder aanvoering van de jongste – zuster Hildegunde, magere handen weggestopt in tegenovergelegen mouw – de bordestrap beklimmen. Die dag laten de nonnen porselein en bestek en al het alledaagse ingepakt, en openen alleen de kisten met wat telt: die met verf, bladmuziek en boeken, met fluit en viool, met weefgetouw. Algauw komen de eerste zwangere meisjes, de meeste nog zo jong dat ze giechelend wegrennen van de nonnen en verstoppertje spelen in de kapel.

De Oude Vrouwen komen met geschenken: broden, ingemaakte bonen en perziken, appelmoes. Ze wonen al eeuwen op Nordstrand. Ze zijn het geheugen, het geweten en de richters van Nordstrand. Ze waren erbij toen de tweede grote Mandrenke van 1634 het eiland Strand in vieren reet en Nordstrand ontstond. Ze waren onder de vluchtelingen toen in 1362 de grootste Mandrenke van allemaal de stad Rungholt op het eiland Strand verwoestte. De Oude Vrouwen kennen Rungholt nog: uit eigen herinnering, de herinnering die door de eeuwen heen op hen is overgegaan en die zij op hun beurt zullen overdragen, samen met de drang om haar levend te houden.

Rungholt, zo dichtbij dat je wanneer de wind gaat liggen de kerkklok-

ken kunt horen luiden onder het Noordzeeoppervlak, waar het verzonken eiland – met zijn mensen, zijn beesten, zijn huizen, zijn watertorens en windmolens – in zijn geheel ligt te wachten tot het kan herrijzen. Men zegt dat Rungholt buiten bereik is, dat de stad voorgoed verloren is gegaan, en dat ook jij verloren bent als je ernaar op zoek gaat. Maar sommigen zeggen dat de stad één keer per jaar, in de lente, net lang genoeg bovenkomt om je binnen te laten.

3

VOOR DE JAREN DES ONDERSCHEIDS

Buiten op het wad drukt Lotte een kus op Wilhelms hoofd en smeekt God om haar te vertellen wat ze verkeerd heeft gedaan. 'Want als er een reden is waarom U ze van me hebt weggenomen, mijn kinderen hebt weggenomen, dan moet ik iets kunnen doen om ze van U terug te krijgen.'

Maar God blijft stil, zo stil als de donkerder wordende vormen van de boten op zee, en wanneer de boten terugkeren zonder haar kinderen en haar man aan wal stapt, is het aan haar om met God te onderhandelen.

Met haar vinger tekent ze een kruisje over Wilhelms hart. Ze drukt een kus op zijn mond en op zijn buik. Ze fluistert 'Vergeef me vergeef me' tegen zijn vochtige huid.

Hij koert. Tikt zacht met zijn mollige handjes tegen haar wang.

… *Ooo*…

… en zij…

… huilend en biddend en huilend en biddend…

… gooit hem in zee.

'Neem hem, God, en geef me mijn andere drie terug.'

De menigte komt als één man naar voren, maar wijkt uiteen voor Kalle, die zijn jongste uit zee vist, die zijn naar zeewater, naar zout en aarde ruikende zoon terughaalt. Als hij weigert Wilhelm aan zijn vrouw te geven, zeggen de mensen dat hij het haar vast nooit vergeeft. Maar de Oude Vrouwen kennen de reikwijdte van Lottes offer, ze weten hoeveel moed het vergt om je kind aan God te geven en ze begrijpen dat ze haar haar geloof hebben zien verliezen. Ze weten wat dat is. En niet iedereen vindt de weg naar God terug.

De Oude Vrouwen hebben diep verdriet gezien. Ze hebben geleerd te leven met het onleefbare en te slapen met de angst dat ze degenen die ze hebben verloren zullen vergeten. Ze zijn dankbaar dat hun kleinkinderen en achterkleinkinderen gespaard zijn gebleven en schamen zich voor hun dankbaarheid. Om noodlot af te wenden en traditie hoog te houden groepen ze nu samen en bespreken wie de komende weken welke gerechten zal koken voor de Jansens.

'Een echtgenoot aan de zee verliezen is niet zo erg als drie kinderen verliezen.'

'Een echtgenoot en een zoon aan de oorlog verliezen is niet zo erg als drie kinderen verliezen.'

'Een dochter in het kraambed…'

'Een zoon aan influenza…'

Land gewonnen, land geronnen. En levens gaan verloren.

Verloren.

De Noordzee lust zijn offerandes. Vandaag slokte hij drie levens op omdat de mensen de dijken weer hebben verhoogd om het *Neuland*, nieuw gewonnen land, te vrijwaren van overstromingen. Ze hebben de zee tussen dijken gevangen, hem in lange vingers verdeeld zodat hij geen vuist meer kon maken, zodat al zijn woede werd gesmoord, zodat hij zich stil moest houden terwijl de sedimenten zich op de *Meeresboden*, de zeebodem, ophoopten. Ze beschouwen het als hun geboorterecht om te verdedigen wat ze hebben gewonnen. Maar de Noordzee vergeet niet. Hij slaat terug. Zwelt opnieuw aan. Om het *Hochwasser* buiten te houden vullen de mensen zakken zand en stapelen die op voor de deur, waar ze slap als pasgeboren kittens blijven liggen.

Na het donker, nadat de eilandbewoners het grauwzwarte slijk van de wielen van hun rijtuig hebben gewassen, draagt de pastoor een mis op aan de Jansen-kinderen. Hun ouders zijn niet in de kerk. Ik duw Heike zachtjes voor me uit een kerkbank in.

'Maar ik wil met Hannelore spelen,' roept ze.

Parochianen draaien zich om. 'Ssst…'

De pastoor huilt terwijl hij de goud-met-zwarte kansel op klimt om te verhalen van de monstergolf die de kinderen naar de hemel voerde. 'Hannelore Jansen, zes jaar oud.'

'Ik wil met…'

Ik houd mijn vinger tegen de lippen van mijn dochter.

De kin van de pastoor bibbert. 'Martin Jansen, vier jaar oud.'

'Ik wil met Hannelores baby spelen.'

'Je bedoelt Tilli's baby?'

'Ssst…'

'Bärbel Jansen, twee jaar oud.'

Een kind is kind totdat jij dood bent. Jij. Niet je kind. Dat geldt dubbel voor een kind dat in de wereld niet veilig is. Dat niet begrijpt waarom het niet zomaar kan pakken wat het wil, of waarom het niet bij vreemdelingen op schoot mag. Dat halve nachten wakker is en overloopt van ideeën over wat ze wil gaan doen, en waarvan ik aan het schrille enthousiasme in haar stem kan voorspellen hoe diep de val zal zijn, wanneer ze roerloos op bed ligt of aan het raam zit, geen woord zegt, geen hap binnenkrijgt. Opnieuw plaats ik mezelf over die kloof, plant ik mijn voeten stevig aan weerskanten om te zorgen dat ik niet met Heike mee word geslingerd de hoogte in, de diepte in, maar haar help terugkomen: tot zichzelf. *Tot mij.*

'Drie kinderen van voor de jaren des onderscheids,' zegt de pastoor. 'Een teken hoe kostbaar hun leven voor God is. Daarom heeft Hij die immense golf gestuurd.'

Vandaag heb ik gezien hoe snel je een kind kwijtraakt. Drie kinderen. En ik ben banger dan ooit. Lotte en Kalle hebben in elk geval elkaar nog. Heike heeft alleen mij. Al word ik nog zo oud, ik zal een echtgenoot voor haar moeten zoeken, een goede echtgenoot, die haar behoedt. Omdat zij geen angst kent, tors ik genoeg voor twee. Hij kende ook al geen angst, Heikes vader. Of berouw. De Sensationele Sebastiaan was een adembenemende man met sterke armen en een gemakkelijke lach. Een trapezeartiest die ervan overtuigd was dat hij in beweging moest blijven als hij niet in steen wilde veranderen.

'En we hebben bewezen gezien dat de golf de kinderen Jansen direct tot God bracht,' zegt de pastoor. 'Want toen de zon onderging werden de wolken wel donker maar niet ondoordringbaar, ze lieten flitsen van de hemel door in roodgouden vegen.'

Wat wordt er van mijn dochter als ik morgen sterf? Of over tien jaar? Een kind dat zonder jou niet veilig is zal zich nestelen in je angst, want het ziet de angst aan voor liefde. Ikzelf zie hem nog wel aan voor liefde. Heike veert van de ene impuls naar de andere, op en neer tussen jubelend geluk en dodelijk verdriet. *Himmelhoch jauchzend, zum Tode betrübt.* En als ze gelukkig is wordt ze te lief. Mannen snuffelen rond de grote tent en schrikken als de Ludwigs en ik ze wegjagen. Ik moet elke minuut van de dag op haar letten, maar natuurlijk ontsnapt ze weleens. Er is er al eentje uit haar baarmoeder weggehaald toen ze nog geen vijftien was. Zoveel bloed dat ik dacht dat ze dood zou gaan. Zes maanden later weer zwanger. Toen de vroedvrouw zei dat ze Heike kon behandelen, heb ik haar dat laten doen. Ik heb al mijn kracht al nodig voor mijn dochter. Als Heike een kind zou krijgen zou ze het vergeten te voeden. Vergeten dat het bestond.

'En purper,' voegt de pastoor eraan toe. 'De kleur van berouw, de kleur van vergeving. Purper is vaak samen met goud aan de hemel te zien om ons eraan te helpen herinneren.'

In hun bemodderde kleren zitten de ouders van de verdronken kinderen in hun keuken, waar de geur van appelmoes nog zwaarder in de lucht hangt dan die ochtend, toen Lotte de appels met water en kaneel had opgezet. Het is nog te heet, waarschuwde ze haar kinderen, die wilden proeven. Straks, beloofde ze, als we thuiskomen van het circus.

Maar ze kwamen niet thuis.

Een gebroken belofte aan einde van zin moet dit geen koppelteken zijn maar langer streepje. Verder overal gemarkeerd.

Wilhelms mond trekt aan haar borst. Ze heeft geen moedermelk meer. Haar lichaam heeft vergeten hoe het kinderen in leven moet houden, datzelfde lichaam dat altijd zo overvloedig melk gaf dat zij de voedingen al even hard nodig had als haar baby's. Als ze vroeger te lang wachtte zwollen haar borsten pijnlijk op, zo pijnlijk dat Kalle haar moest helpen. Hij hield van haar melk. Op een keer trok ze hem mee de kerk in, mee de lege biechtstoel in, en liet hem drinken. De spanning eraf drinken. En bij haar binnendringen terwijl ze zich schrap zette tegen het houtwerk.

Wilhelm kermt tegen haar huid, te uitgeput om nog langer te schreeuwen. Kalle haalt een schaaltje schapenmelk, doopt er zijn vinger in. Als hij zijn vinger in de mond van zijn zoon laat glijden, spant Wilhelm zijn rug en hoest. Kalle probeert het opnieuw.

'Appelmoes,' zegt Lotte. 'Probeer de appelmoes.'

En daar zuigt hij lauwe appelmoes van zijn vaders vinger, dat joch. En slikt het door. Zijn ogen vallen dicht.

Lotte zet haar ellebogen op tafel. Haar sleutelbeenderen vormen een boog tussen haar schouders. En Kalle weet dat hij weg moet wezen voordat hij bekent dat hij de dood van hun kinderen over hen heeft afgeroepen met zijn dromen over zijn gezin verlaten en meegaan met het circus, over ongehinderd avontuur. Met zijn Wanderlust.

Als Lotte erachter komt, schopt ze me eruit. Als kinderen hadden ze allemaal circusje gespeeld. Ook Lotte. Touw tussen twee palen geknoopt en koorddansen tot ze op hun neus gingen. Ze probeerden hun honden te leren dansen, maar dat strookte niet best met het herdersinstinct van die beesten, en hun gejank en geblaf joeg het vee en de schapen alle kanten op. En de schapen weigerden om als pony's in een kringetje te galopperen. Er hoefde er maar eentje door de poten te gaan of de rest viel er in een berg overheen. Lotte had dat evengoed meegemaakt, maar voor haar is het onderdeel van haar jeugd. Zo gaat dat met meisjes. Die dromen gaandeweg de dromen van vrouwen terwijl jongens eeuwig blijven wachten op het circus, op het avontuur dat in dromen zo dichtbij is en toch buiten bereik. Behalve dat nu...

Hij pakt Hannelores pop van tafel, die Lotte en hij samen hebben gemaakt: hij heeft de romp en ledematen uit hout gesneden, Lotte de gele jurk gehaakt, het linnen gezichtje geborduurd, strengen tot haar gevlochten en vastgezet.

Ze zegt iets. Lotte. Ze praat over een verschrikkelijk handeltje. Dat de gedachte in haar opkwam en dat ze er vorm aan gaf door God te beloven–

'Wat?' vraagt Kalle ongerust. 'Door wat te beloven?'

Haar handen houden haar gezicht omhoog, stroppen het vlees van haar wangen op. 'Die ene in mijn armen in ruil voor de andere drie.'

'Ja.' Kalle probeert zijn vinger van zijn jongste terug te krijgen, die er alleen maar harder aan zuigt, zijn ziel en zaligheid in zijn mond bijeen. 'Zelfs in ruil voor twee. Deze ene in ruil voor twee. Als we twee van de drie thuis konden krijgen in ruil voor Wilhelm, dan zou ik het doen.'

Zolang ik niet hoef te kiezen wie.

Maar stel dat het moet? Hannelore, die steeds met haar tong het gat tussen haar voortanden aftast waar haar melktanden hebben gezeten? Martin, stevig en snel, die in een oogwenk van mak naar koppig kan gaan? Bärbel, die zich binnen de kortste keren vuil heeft gemaakt en je met een warm hart en een hoop lawaai liefheeft?

De kracht waarmee dit jong zuigt. Altijd meer willen dan zijn deel. Kalle zou hem afgeven, al kreeg hij er maar één voor terug. Had Lotte de jongste maar losgelaten. *Lotte, die Hannelores andere hand grijpt, een kring maakt, ze alle drie redt. Of er twee redt, minstens twee. Zelfs al weten de meisjes Martin niet vast te houden, dan heeft Lotte de polsen van de meisjes beet, ja, zo stevig dat haar vingers afdrukken achterlaten. En wanneer ze dan met die twee was thuisgekomen, had Kalle de polsen van zijn dochters verzorgd – niet aan Martin denken, niet aan denken – en wolvet op hun geschramde huid gesmeerd. Stug, stinkend spul. Gewonnen uit schapenwol.*

Hannelore veegt het af. Bärbel valt in zijn armen in slaap, een blokje lood.

'Laat me ze niet nog eens verliezen,' fluistert Lotte.

Dromen van meegaan met het circus is niet half zo erg als wat jij hebt gedaan.

Dat hardop zeggen zou haar vernietigen. Hij wacht tot de jongste uitademt en rukt dan zijn vinger uit het gulzige mondje, dat alweer tuitend hapt om meer.

4

ONZICHTBAAR

Het echtpaar dat staat te popelen om Tilli's baby te adopteren haast zich naar het Sinte-Margarethahuis, maar moet buiten de kraamkamer wachten.

'Een zware bevalling,' fluistert zuster Franziska. 'Tilli is zelf nog een kind.'

Herr Lämmle slaakt een gepijnigde zucht. 'En als het haar niet lukt?'

'*Kaiserschnitt.*'

'Haar opensnijden?' roept Frau Lämmle.

'Misschien is het niet nodig.'

'Ik moet naar Tilli,' zegt Frau Lämmle.

Zuster Franziska weifelt.

'Ik maak haar niet van streek,' belooft Frau Lämmle, en ze is al bij de deur, gaat met tranen in haar ogen op haar tenen de kamer in.

Zuster Franziska volgt haar naar binnen. 'U moet wel meteen weg wanneer ik het vraag.'

Tilli gilt, haar lichaam schokt hevig.

'Moet ze zo lijden?' vraagt Frau Lämmle.

Tilli strekt de armen naar haar uit. 'En als het nou geboren wordt zonder gezicht?'

'Het heeft vast een prachtig gezichtje.'

'Of met een hazenlip?'

'Och, Tilli.' Tilli's zweterige krullen plakken tegen Frau Lämmles gezicht. 'Mijn man ik houden van je baby, wat er ook gebeurt.'

De Lämmles hebben het Margarethahuis zo vaak bezocht. Baby's vastgehouden en gewiegd. Ze verschoond en gebakerd. Geoefend, zodat ze het kunnen zodra ze het juiste kindje vinden. Altijd zijn ze zonder weer weggegaan. Totdat ze Tilli ontmoetten. Ze zijn oud genoeg om haar ouders te zijn, in de dertig, en met hun abrikooskleurige sproeten en haar lijken ze zoveel op Tilli dat die zich het kind dat ze zouden krijgen als ze konden, moeiteloos kan voorstellen.

'Jouw baby is een geluksvogeltje,' zeggen ze.

'Nog voor de geboorte gekozen, omdat je een gezond lichaam hebt.'

'En gezond verstand.'

Voor Tilli doet het ertoe hoe graag de Lämmles haar baby willen, hoe het kind er ook uitziet. 'Stel dat het maar één arm heeft?' vraagt ze.

'We houden nu al van–'

'Ik wil dat het een jongen is. Ik noem hem Alfred. Jullie mogen de naam veranderen. Maar niet meteen. Waar nemen jullie hem mee naartoe?'

'O, een uur of drie vanhier met de trein. Daarom zijn we vroeg gekomen. Zodat we erbij zijn wanneer onze baby geboren wordt.'

'Maar waar wonen jullie?'

'Stil maar, het is goed,' sust zuster Franziska.

'Naar het zuiden,' zegt Frau Lämmle.

Tilli haalt gierend adem.

'En een eindje naar het westen. Ik mag het je eigenlijk niet vertellen.'

Weer die pijn, *een paard dat schrikt en je in het hoevengeweld tegen de grond slaat.*

'Ik wou dat ik de pijn kon overnemen,' zegt Frau Lämmle schor.

Op dat moment weet Tilli dat de vrouw of gestoord is of liegt, *want geen mens die bij zinnen is zou ervoor kiezen–*

– om die pijn te berijden, die steigert als een paard in paniek en je even in je uitputting laat wegkruipen voordat het opnieuw steigert met jou op zijn rug, en opnieuw en opnieuw totdat een lap over je neus, over je mond – smerig, zo smerig – je laat tollen en je tolt van walging en woede, je tolt –

– in dat kokhalzende tollende schemerduister een vuist een lege vuist klemt en trekt in je binnenste en de smaak even smerig als de geur komt je lege strot uit –

Alle Margarethameisjes zijn gewaarschuwd dat ze hun baby niet te zien krijgen, maar wanneer Tilli met haar vuisten maait en gilt en huilt tot ze geen adem meer heeft, brengt zuster Franziska een in wit gewikkelde baby met rode vuistjes.

Wanneer is dat gebeurd? Wanneer–

'Als je belooft dat je kalmeert, mag je haar vasthouden.'

Haar. Alsof wij tweeën niet genoeg waren, Alfred, komt er nog een meisje bij.

'Je bent zo dapper, Tilli.' Zuster Franziska zou willen dat ze meer kon doen voor haar meisjes. Ze leren hoe je niet zwanger wordt, om mee te beginnen. Ze niet nóg een klap geven door ze hun baby af te nemen, dat ook. Maar goed, het zou erger zijn om een kind bij zo'n jonge moeder te laten. Zuster Franziska weet wat het is om te zwichten voor de behoeften van het vlees, voor hartstocht en onkuisheid; wat het is om haar baby te moeten afstaan. Eenenveertig jaar geleden–

Tilli snikt en strekt haar armen uit naar haar kind. *Naar dat lieve kleintje.* Het klopt van geen kanten, *hoe kan mijn meisje eruitzien als de Lämmles?* We zullen van je kind houden, hebben ze beloofd. Tilli weet vooral dat ze haar mee zullen nemen en niet terug zullen geven, als ze eenmaal loslaat. *Had ze maar een klompvoet. Een klompvoet en een hazenlip. Dan zouden de Lämmles haar niet willen.*

Tilli houdt het meisje stevig vast. Het wurmt met haar kleine lijfje tegen het hare: ze is op zoek. Een wang stoot tegen Tilli's hals. Tilli houdt haar lager, tegen haar borst, maar zuster Franziska legt haar hand om het hoofdje van de baby en draait het zoekende mondje zachtjes weg van Tilli.

Meisjes die hun kind ter adoptie afstaan, mogen het niet voeden. De moedermelk kropt op in hun borsten en soms leidt de stuwing tot ontstekingen. Zuster Franziska ziet er altijd op toe dat hun borsten worden afgebonden. In sommige tehuizen worden de borsten bij de ongehuwd zwangere meisjes niet afgebonden: boetedoening voor hun zonden. Net als in het tehuis in Bonn al die jaren geleden. Zuster Franziska heeft nooit over haar zoon gesproken, zelfs niet tijdens de biecht, maar met elke pasgeborene die ze ter wereld helpt houdt ze hem in haar armen – *de pluizige haartjes op zijn achterhoofd, de tuitende lipjes, de ogen met de aandachtige vroegoude blik waarmee hij haar in zijn geheugen prent* – voordat ze hem opnieuw, met een vol hart, afstaat. Dat ze compassie heeft weten te bereiken geeft zuster Franziska een vertrouwen in haar geloof dat ze niet voor mogelijk had gehouden tijdens de koortsachtige gebeden na zijn geboorte.

Ze wou dat ze die compassie op Tilli kon overdragen. Het rauwe verdriet van het meisje kon verzachten. 'Tilli?' Ze legt een hand op haar schouder.

Tilli verstopt haar gezicht door zich diep over haar kleintje te buigen. Verstoppen haar verstoppen–

'Geloof je dat alles gebeurt volgens Gods plan?'

Maar waar verstoppen? Tilli mompelt iets.

'Als je in Gods plan voor jou en je kind gelooft…'

Adem strijkt vlinderlicht langs Tilli's keel. Haar meisje. Met een gezicht, met een perfect mondje, met perfecte voetjes. Tilli maakt een cocon van haar beddengoed, waar haar kleintje verstopt en veilig is, en schermt die af met een stevige arm. *Grijp hetgeen je niet kunt missen stevig beet.*

'… kan niemand er schande van spreken dat je het hebt gekregen.' *Schande. Het gif van schande.* Zuster Franziska huivert, het is alsof ze weer veertien is, *nog steeds veertien, en te biecht moet, moet weglopen voordat haar ouders het in de gaten krijgen. Ze stopt bij de eerste de beste kerk buiten haar dorp om het maar achter de rug te hebben. De biecht, gevolgd door absolutie. Zo is het steeds gegaan sinds ze op haar zevende haar ziel heeft leren onderzoeken op zonden, Gods vergeving heeft leren vragen voor haar overtredingen. Na de eerste biecht: verlichting waar voorheen de last van zonde had gelegen. Ik kon zo vroom zijn. Ze hunkert naar die verlichting terwijl ze op de stenen treden wacht op een priester, die eerder sterft dan dat hij haar zonde onthult. Dat is de verplichting van iedere priester, het maakt deel uit van zijn gelofte. Sommige martelaren waren priesters, onthoofd of gewurgd of verbrand of verdronken omdat ze weigerden verraad te plegen aan de biecht.*

Met de hand van zuster Franziska op haar schouder stelt Tilli zich voor dat ze met haar meisje-zonder-zonde opstaat, opstaat uit dit bed – *o, ik kan slim zijn, ik kan zo snel zijn* – en wegkomt. Ze mag niet wegdoezelen. Ze moet wakker blijven tot ze alleen is met haar kleintje – *we kunnen slim zijn, we kunnen zo snel zijn* – wakker, ze is wakker – *nog steeds? weer?* – en het is donker in de kraamkamer en er klinkt zacht gekerm en het maakt haar bang, dat gekerm en die lege plek waar haar kleintje–

is?

was?

Hoe hebben ze je bij me weg gekregen?

'Ssst, stil maar.' Veronika klautert over Tilli heen en houdt haar tegen zich aan.

En Tilli kermt zachtjes en het gekerm *gaat van haar baby naar haar broer altijd dichtbij, in de moederbuik in de wieg in bed in de hooiberg en zo in elkaar verstrengeld verandert er niets en zal er nooit iets veranderen…* Veronika schuift haar knokige knieën in de holten van die van Tilli en wrijft haar zijden warm terwijl Tilli kermt.

Kermt.

5

DEZE VREEMDE FIJNE EENWORDING

Tilli, met strakgespannen borsten vol moedermelk die haar kind nooit zal drinken omdat haar nieuwe vader en moeder met haar zijn vertrokken. Om de zwelling te minderen wikkelt zuster Franziska koud, droog koolblad om haar borstkas, die toen ze met Kerstmis op de hooizolder met haar tweelingbroer stoeide nog even plat was als de zijne. Ze stoeiden al voordat ze konden lopen, porden en knepen elkaar, allebei meer sproeten dan bleke huid, de vertrouwdheid met elkaar vertroostend.

Tilli, eenenveertig minuten ouder dan haar broer, is de sterkste.

Dat zegt hun vader. Hij heeft ze ieder op een knie en wrijft zijn neus liefkozend eerst over de neus van de een, dan van de ander. 'Goed naar je zus luisteren, Alfred.'

'Jij bent de oudste, Tilli,' zegt hun moeder. 'Jij moet op hem passen.'

Zuster Franziska neemt Tilli mee naar het huis van de speelgoedmaker. Zodra ze binnenstappen maakt babygehuil Tilli's borsten aan het druppen. *Alsof ik mijn plas niet kan ophouden.*

In de keuken zitten de pastoor en de speelgoedmaker te wachten. Boven zit de vrouw van de speelgoedmaker op het bed, met een baby in haar armen die zich fel tegen haar afzet. Zuster Franziska schiet toe, neemt de baby over en wendt zich om naar Tilli, die met haar armen voor haar borst haar bloes aan het zicht probeert te onttrekken. Ze geeft Tilli de baby aan, maar als ze over de baby heen de knopen van Tilli's bloes open wil maken, houdt Tilli de baby als een schild tegen zich aan. *De binnenkant van haar dijen voelt warm en plakkerig, warm en plakkerig uit de gapende leegte vanbinnen*, en de baby krijst en Tilli klemt haar dijen tegen elkaar om te voorkomen dat het bloed op de plankenvloer drupt, en de barnstenen kralen van zuster Franziska's rozenkrans zuigen het licht op dat door het raam valt terwijl ze de koolbladeren van haar borsten haalt. *Glibberig.*

Als kind speelde Tilli met de stukjes amber die zij en haar tweelingbroer langs de Baltische Zee hadden geraapt. *Bernstein* is niet hetzelfde als andere stenen: als je ermee over je kleren wrijft komen er vonkjes vanaf en de haartjes op je armen gaan ervan overeind staan. Thuis leggen ze hun schatten op de vensterbanken bij de barnstenen die hun moeder als kind had gevonden, de grootste zo groot als een koffiekopje. Samen inspecteren ze hun vondsten, gefascineerd door de beestjes die in de goudkleurige dennenhars gevangenzitten – een kevertje, een worm of een spin met web en al – en die zo levensecht zijn dat ze er elk moment uit konden kruipen.

'Relikwieën,' zegt Alfred.

Hun moeder draagt haar lievelingsbarnsteen aan een lint om haar hals. Om hem te laten glimmen poetst ze hem op met speeksel. Er zit een barst in een hoek ervan, maar binnenin zweeft het groene motje onbeschadigd.

'De geur van de hars lokt insecten aan,' vertelt hun moeder, 'en dan komen ze vast te zitten en blijven miljoenen jaren bewaard. Barnsteen is zwaarder dan water. Het wordt door de stroom meegevoerd over de zeebodem tot de golven het met hoogtij op het strand gooien.'

In de Steentijd werd barnsteen gebruikt als betaalmiddel, vertelt ze Tilli en Alfred, en voor sieraden. Of als geneesmiddel. Draag het in een buideltje dicht bij de zere plek, en het geneest kiespijn, buikpijn, rugpijn. Wrijf ermee over een slangenbeet en het gif verliest zijn kracht. Leg het op het sleutelbeen van een slapende zwangere vrouw en ze biecht haar geheim op zodra ze wakker wordt.

'Zo.' Zuster Franziska geeft een rukje aan Tilli's tepel.

Tilli krimpt ineen.

'Voor de baby.' Zuster Franziska geeft nog een rukje en stopt de tepel in de mond van de baby.

Dun, scherp, snel als een pijl die vanbinnen wordt afgeschoten en het traject van behoefte volgt.

Dan tintelt en steekt het terwijl de melk dik en geel begint te stromen.

'*Vormilch*,' zegt zuster Franziska. 'Hij krijgt niet veel van je, deze eerste keer. Alleen maar een beetje.'

Vormilch. Melk die voor de melk komt. Andere meisjes kregen voormelk voordat zuster Franziska hun borsten afbond en ze saliethee gaf. Tilli onderdrukt een snik van verlichting wanneer het gehuil van de baby overgaat in geconcentreerd zuigen aan de tepel die hem precies past en die zijn maag uit de knoop haalt. Hij vult haar armen, hij is drie keer zo zwaar als haar meisje.

Tilli ziet haar moeder het lint met de barnstenen mot-amulet weer voor haar ophouden. 'Laat eens zien hoe deze jou staat,' zegt ze. Maar moeders handen beven en Tilli deinst instinctief terug voor de satijnen kring – *waarom? waarom toch?* – voordat de amulet haar huid kan raken. Als die van het lint glijdt en valt, lacht moeder geforceerd, met angst in haar ogen. Ze heeft opgemerkt wat Tilli in de verste verte niet begrijpt, al woont ze op een boerderij.

Vanaf dat moment zijn de stoeipartijen geheim. Desondanks worden ze twee keer gesnapt. Geslagen. Apart van elkaar opgesloten: in de kelder, in de stal.

De ochtend dat vader twee paarden zadelt en met Alfred vertrekt naar een boer twee uur verderop die hem in de kost neemt – laat hem goed hard werken, zegt vader – brengt moeder Tilli naar de vroedvrouw.

Die zegt Tilli op de keukentafel te gaan liggen en houdt haar oor tegen Tilli's buik. 'Doe haar benen uit elkaar.'

'Ze kan niet zwanger zijn,' zegt moeder vertwijfeld.

'Nog wat verder.'

'Ze is nog maar elf.'

'Ik heb hier al eens een elfjarige gehad,' fluistert de vroedvrouw. 'Die heeft het maar net overleefd. De baby is gestorven.'

Moeders hand op haar buik. *Als een vis die opspringt-*

Zuster Franziska legt de benen van de moeder op bed en haar hoofd op het kussen. Maar de vrouw veert weer overeind en wendt zich tot Tilli. Er zitten slijkvegen op haar hals en armen. Haar ogen zijn als gebroken glas. 'Je bent zelf nog maar…'

'Ze is de enige die melk heeft.' Zuster Franziska legt haar arm om de schouders van de vrouw. 'Ga liggen, rust maar even uit.'

'Heb je geen ouder meisje?'

'Veronika. Maar haar melk is bijna opgedroogd. Ik laat haar niet opnieuw beginnen.'

'Hoe oud is ze?'

'Zestien.'

'Nee, dit kind.'

'Elf.'

'Dit is zo vreselijk verkeerd.'

Tilli kust het kleine mannetje. Te laat, hadden de nonnen gezegd. Maar Tilli begint te begrijpen waarom ze haar haar meisje de borst niet hebben laten geven. Vanwege dit… *vanwege deze vreemde fijne eenwording van babymond met tepel, waardoor je lijf in brand wordt gezet, die je lam slaat met een voorkennis krachtiger dan welke herinnering ook: dat dit het eerste en laatste kind is dat van jou zal drinken.*

Bedenk toch eens hoeveel sterker dit gevoel zou zijn met mijn eigen kind.

Te laat nu–

Denk toch eens aan alle kinderen die niet worden gekozen.

'We kunnen de mensen vertellen dat het mijn kind is,' had haar moeder gezegd. 'Het grootbrengen als ons eigen kind.'

'Dat wil je niet.'

'Er zijn vrouwen die–'

'Als het niet van Alfred was geweest, dan: ja.'

'Het is familie.'

'Te naaste familie. Stel dat het een klompvoet heeft? Een hazenlip?

Een waterhoofd.'

Moeder sloeg haar handen voor haar ogen.

En Tilli werd onzichtbaar. Zo onzichtbaar dat haar ouders geen moeite meer deden om te fluisteren.

'En stel dat we het houden, wat dan? Misschien krijgt ze meer bastaardjongen. Misschien wel een zonder gezicht.'

Zonder gezicht? Tilli's adem stokte.

'Dat hebben wij nooit te zien gekregen,' zei moeder.

'Anderen wel. En die ouders waren maar neef en nicht. Broer en zus is erger.'

'Een zonde.'

Eenmaal benoemd schiet zonde wortel. Breidt zich uit. Maakt stemmen onherkenbaar.

'De ergste zonde van allemaal.'

'Ze moeten het geweten hebben.'

'Ze hebben honden bezig gezien. Paarden.'

'Hebben vaarzen vastgehouden om te laten dekken.'

'Die twee kunnen niet van elkaar afblijven.'

'Het is meer dat zij niet van hem afblijft.'

'Dat weten we niet zeker.'

'Als we haar wegsturen, plant hij zijn zaad wel ergens anders.'

Zuster Franziska legt de baby aan de andere borst.

'Hoe oud is-ie?' vraagt Tilli zachtjes.

'Acht maanden.'

Acht maanden.

Tweehonderdveertig dagen.

Tweehonderdveertig keer zo oud als mijn meisje.

Tilli mist haar broer. Mist het om hem dichtbij te weten. Hij moet het ook zonder die wetenschap stellen. Jeuk trekt vanuit haar handpalmen naar haar vingers, dwars door haar handpalm naar de rug van haar handen, zoals altijd als ze kip op heeft, al waren het maar een paar stukjes in de soep gisteren. De mollige babyhandjes kloppen tegen haar borsten.

'Ik zal samen met u bidden, Frau Jansen.' Zuster Franziska wil haar rozenkrans aan de vrouw van de speelgoedmaker geven, maar die strengelt haar vingers zo strak ineen dat er geen plaats is voor de rozenkrans. Tilli zou hem willen pakken, willen verbergen, zeker wanneer zuster Franziska hem over de polsen van de moeder hangt.

Ik steel de rozenkrans, belooft Tilli de moeder stilzwijgend. Echt waar.

Beneden: de stemmen van de pastoor en de speelgoedmaker. De stem van de speelgoedmaker klinkt lusteloos, heel anders dan gisteren toen Tilli hem met zijn arm om zijn vrouw bij het circus zag. *Een knappe man. Gevaarlijk om met een man te trouwen die knapper is dan jij. Dat weet elk meisje.* Maar de vrouw van de speelgoedmaker had zich mooi gevoeld. Tilli had het gezien aan hoe dicht ze bij haar man stond, met die baby die ze samen hadden gemaakt op haar heup. Open en bloot voor de wereld. Twee meisjes en een jongen dansten om hen heen: de meisjes donker zoals hun vader, de jongen blond zoals zijn moeder en kleine broertje. Toen de ouders elkaar glimlachend aankeken, had Tilli gewenst dat ze de hare waren. Zulke ouders volgen hun kinderen naar de kiosk, waar de vader zuurstokken koopt voor de drie oudsten en ze onder de kin kietelt om ze aan het giebelen te krijgen. Zulke ouders houden hun kinderen bij zich.

'Een kraamhuis,' zegt moeder, 'voor meisjes als jij.'

'Je vertrekt morgen,' zegt vader. 'Je gaat met de trein.'

'Wanneer mag ik weer naar huis?'

Haar moeder houdt haar ogen afgewend. Haar gezicht ziet grauw.

'Een keer overstappen, en dan met de veerboot,' zegt vader.

'Hij brengt je weg,' zegt moeder.

Ochtend. Haar moeder met de armen langs haar zijden. Stijve armen. Armen die te zwaar zijn om te tillen wanneer Tilli haar omhelst.

'*Mutti,*' smeekt ze. '*Mutti…*'

Moeder gebaart naar het eten dat ze heeft ingepakt.

Van Hannover naar Hamburg: vader zit tegenover haar met een been uitgestrekt in het gangpad zodat ze niet weg kan.

Van Hamburg naar Husum: hij heeft zijn ogen halfgesloten, en het komt in haar op dat hij zich voor haar schaamt.

Van Husum naar Nordstrand: hij heeft geen woord met haar gewisseld totdat hij op de veerboot afscheid neemt. 'Laat me hier heel duidelijk over zijn: je mag niet meer thuiskomen.'

'Nooit meer?'

'Je mag nooit contact met ons opnemen.'

'Maar ik geef het weg, het kind. Ik zal...'

'We kunnen je niet vertrouwen met je broer.'

'Niemand hoeft te weten...'

'De nonnen halen je aan de overkant op.' Hij gaat de veerboot af, de handen geheven in een verbod om hem te volgen.

Hij blijft op de kade staan totdat de veerboot zo ver is uitgevaren dat ze niet meer terug kan zwemmen zonder te verdrinken.

Er is niets meer daarbuiten. Niets meer voor mij buiten mijn lichaam. En Tilli's binnenste sluit zich om de baby. *Die is al wat ik heb.*

In haar eerste nacht in de ellenlange slaapzaal van het Margarethahuis houdt de maan haar wakker. Ze huilt geluidloos en doet alsof ze slaapt terwijl om haar heen meisjes in nachtpon danspassen oefenen. Maar ze laten haar niet doen alsof. Ze trekken haar uit bed hun kring in. Waarschuwen dat je een dikke buik krijgt van dansen. Van dansen met mannen. Twee hebben er les gehad op een *Tanzschule* en laten Tilli zien hoe je de wals en de polka danst. Ze weten niet dat de nonnen ze kunnen horen en blij zijn om dat kortstondige plezier. Geen van de meisjes is van Nordstrand. Je brengt een zwangere dochter niet naar een nabijgelegen tehuis, dat komt op roddels te staan, op schande die in geen honderd jaar weg te wassen is. Zo'n dochter wordt zo ver weggestuurd als de familie zich kan veroorloven om al het bewijs van zonde kwijt te spelen en naar huis terug te keren – als haar ouders dat toestaan – alsof er niets is gebeurd in die onderbreking van haar leven.

In het klaslokaal gooien de meisjes met bordenwissers tot er wolkjes kalk in de lucht hangen en op het habijt van de nonnen neerkomen. Hun ongehoorzaamheid stookt Tilli op. Ze helpt Veronika mouwen dichtnaaien en giechelt als de armen van de meisjes blijven steken. Als het met gekkigheid te maken heeft is het geen liegen, zegt Veronika. Dan hoef je het niet op te biechten.

6

SOMMIGEN GAAN BIJ HET CIRCUS ALS AL HET ANDERE WEGVALT

Twee dagen na de golf stapt Kalle Jansen naar de Ludwigs met de vraag om werk.

'Al het timmerwerk. Nieuw en reparaties.'

'De panelen van de wagens,' zegt Silvio Ludwig.

'Ja,' zegt Herr Ludwig. 'Maar…'

'En zieke dieren… Ik kan ze verzorgen.'

'Maar je vrouw heeft je nodig.'

'Niet meer.'

Sommigen gaan bij het circus als al het andere wegvalt, en ze begrijpen de redenen van de speelgoedmaker omdat ook zij naar zijn kinderen hebben gezocht en hebben gezien hoe Lotte en hij de kust hebben uitgekamd, ieder in tegenovergestelde richting.

'Ik ben goed met zieke dieren,' zegt hij zacht.

Silvio Ludwig legt zijn handen op Kalles schouders. 'We weten dat je goed bent in je vak.'

'Goed in je vak en sterk,' beaamt Herr Ludwig. 'Als je volgend jaar nog steeds voor ons wilt werken, dan nemen we je aan.'

Maar de volgende dag staat de speelgoedmaker er weer, en de Ludwigs kunnen zien dat hij vastbesloten is om Nordstrand te verlaten.

'Als het niet met ons is, dan wel met een ander circus.'

'We hebben zo eentje als hij nodig.'

Ze schudden er de hand op. Herr Ludwig des te steviger om te bewijzen dat hij zijn kracht niet aan het verliezen is, want dat is hij. Er zijn nachten dat hij wakker schrikt, dat hij bang is dat hij zal huilen als hij zijn ogen weer sluit. Als hij zijn tranen niet meer kan inhouden, doet hij zo zacht mogelijk uit angst dat hij zijn zoon wakker maakt. Maar Herr Ludwigs grootste angst is bang zijn zelf.

Op vrijdagmorgen wikkelt Kalle zijn houtsnijgereedschap in lagen flanel. In de keuken naait Lotte een knoop van Martins vest terug. Zo is ze nu al dagen bezig: met het wassen en verstellen van de kleren van hun kinderen.

'Ik kan niet blijven,' fluistert hij.

'Wanneer kom je terug?'

'Ik… Weet ik niet.'

Ze steekt de naald ruw door het gaatje van de knoop en het breisel eronder, haalt hem met een ruk door het andere gaatje weer naar boven, dan overlangs en terug in het eerste gat. Het is schemerig in de keuken, waar de ramen uitkijken op de helling van de dijk.

'De Ludwigs hebben me aangenomen om met ze mee te trekken.'

Ze legt de vingerdop opzij. Bijt het garen door.

Hij krimpt ineen. 'Niet doen, het is slecht voor je tanden. Erger dan een pruimenpit doorbijten, dat weet je.'

Ze steekt de naald in het speldenkussen, waar hij trillend rechtop blijft staan. 'Lafaard.' Haar stem is heel kalm.

Maar hij kan haar vanbinnen horen schreeuwen en wou dat ze het hardop deed, dat ze hem zou slaan en schoppen al zou het de eerste keer zijn dat er klappen vielen tussen hen. 'Het is misschien gemakkelijker voor je als ik weg ben.'

'Gemakkelijker, voor mij? Niet liegen.'

'Ik lieg niet.'

Ze vouwt Martins vest op. Streelt de wol met lichte vingers. Vouwt het weer open.

Kalle wil wanhopig graag weg. Maar hoe lomp is het om haar de rug toe te keren?

'Je liegt als je zegt dat je het voor mij doet. Lafaard.'

Hij zet een stap naar achteren en het is alsof je drie sporten boven de grond van de ladder probeert te stappen. Nog een stap. En nog een. Tot hij achter zich de deur voelt.

'Ga jij maar,' fluistert ze.

Buiten liggen de honden dicht tegen elkaar aan met kleine spiertrillinkjes te dromen. Hij peilt de stemming van de Noordzee: witte schuimkoppen als waswater, de lucht erboven leigrijs. Mist ligt in flarden over het vlakke land en hoopt zich op tegen de dijk zodat het lijkt alsof de grond onder zijn voeten onvast en verraderlijk is.

Over de dijk komt een zwart zeil uit de mist tevoorschijn: zuster Elinor op de kloosterfiets. Met Verrückter Hund achter haar aan. Dat is de naam die de nonnen het beest liefhebbend naar de kop slingeren: '*Verrückter Hund!*' Lange poten onder een korte romp, een vacht die bij het habijt en de kap van de nonnen kleurt: zwart, met een witte snoet en een witte bef.

Zuster Elinor is de oudste van de nonnen, maar het vlugst ter been. Ze geniet van de kracht in haar dijen, het aanspannen van haar billen.

Als ze naar de speelgoedmaker zwaait, zwenkt de fiets gevaarlijk, en hij laat zijn bundel vallen en rent de dijk op. *Als een wolf, met die sterke benen en ijsblauwe ogen. Net de ogen van de Alaskawolf op haar heiligenkaartje van de heilige die de grootste rivier van Alaska op- en afvoer... Hoe heet-ie ook weer, die rivier?* De speelgoedmaker grijpt de fiets, een hand aan het stuur, de andere het zadel en ondersteunt haar met zijn lichaam. Een hittescheut gaat van haar tenen naar haar knieën en verder naar boven, amper verborgen door de plooien van haar habijt, een hittescheut die de rokken doet dansen. *Als de mensen toch eens wisten hoe plezierig nonnen zich kunnen voelen, dan zouden ze ons veel minder raadselachtig vinden.*

'Wilt u even uitrusten, zuster?'

De naam van de rivier schiet haar te binnen: 'De Yukon.'

'De Yukon?' Hij ziet er wat *gewöhnlich* uit met zijn vlezige lippen en baardstoppels.

'Je kinderen zijn in mijn gebeden.'

Hij kijkt strak naar de grond. Slikt moeizaam. 'Dank u, zuster.'

'Vroeger was ik ballerina. Als meisje. Als jonge vrouw.' Ze probeert haar woorden in te dammen, maar ze gutsen over haar lippen. 'Ik heb op vier verschillende podia gedanst. Het spijt me, ik wil niet trots zijn, maar ik werd aanbeden, bewonderd. Ik ben geboren op Oudjaarsavond van de vorige eeuw. 1799. Als het toch eens vier uur later was geweest, in de eerste uren van de nieuwe eeuw…'

De speelgoedmaker trekt zijn wenkbrauwen op in één ononderbroken lijn.

'Ik staar u aan,' zegt ze. 'Ik moet naar huis.'

'Wilt u dat ik met u meeloop?'

Die verduvelde hitte weer. 'O nee.' Zuster Elinor stapt op haar fiets en trapt van hem vandaan, voorbij het rieten dak van de imker, voorbij de drie boerderijen erna, voorbij de kerk en de circuswagens in het veld achter het Margarethahuis. Ze trapt hard en zegt zichzelf te bidden. Voor de vrouw van de speelgoedmaker. Voor de meisjes met hun dikke buik. Voor degenen die denken dat ze de zee kunnen onderwerpen. *De hybris*. Ze halen zich alleen vergelding op hun hals. Moeten meer afstaan dan ze ooit gewonnen hebben. Niet alleen als het om de zee gaat, maar met alles wat ze doet graaien.

Zoals lust.

Zoals God.

Zuster Elinor trapt hard, voorbij de schapen en de schapenlucht. Wol, gras en mest: de geur heeft iets vertroostends. Twee oude schapen zitten geknield op hun voorpoten, snuit aan de grond, te grazen en te eren tegelijk, terwijl de Heilige Geest ademt in al wat bestaat. Niet dat je de Geest ziet, alleen zijn werken: de rij bomen die voorgoed naar één kant overhellen, de schapen op hun knieën, de ganzen die laag over de Noordzee vliegen.

De speelgoedmaker komt aan als we bezig zijn met inpakken voor het vertrek van Nordstrand. Hij heeft donkere kringen onder zijn ogen. Meteen begint hij te helpen met het inladen en afsluiten van de wagens: we hoeven het hem niet te vragen. Hij ziet wat er gedaan moet worden.

Als hij zijn hemd scheurt, bied ik aan om het te herstellen.

'Nee, bedankt.' Hij ruikt naar vers hout en vers zweet.

Ik kan aan hem zien dat hij gewend is aan een vaste woonplaats want de ontheemding hangt aan zijn schouders. 'Ik herstel ieders kleren hier.' In mijn wagen haal ik een naald van het speldenkussen.

Lichtjes raak ik zijn hemd aan. *Hitte schiet door mijn vingertoppen.*

'Mijn vrouw zou het erg vinden om me zo te laten gaan.'

'Had ze een keus, dan?'

Hij knippert met zijn ogen.

Ik knip de draad door.

'Goed zo,' zegt hij. 'Mijn vrouw bijt hem door. Ik maak me zorgen dat ze haar tanden verpest.'

'Wat aardig van je.' Ik haal de draad door het oog van de naald.

'Bijen.' Hij houdt zijn hoofd scheef. 'In je wanden. Ik hoor bijen achter het beschot.'

'We houden geen bijen.'

Ik zou hem kunnen zeggen dat de bijen het plafond van onze Maria-Boodschapwagen hebben gekozen om er hun nest te bouwen, maar ik doe het niet. Ik wil het niet. Heike is dol op onze bijen. Ze bewaren respectvolle afstand en bedanken ons voor onze gastvrijheid met honing die vanboven komt sijpelen, zodat we maar kommetjes hoeven neer te zetten om van verse honing te genieten zonder uit ons bed te komen. Onze huid heeft de kleur van honing gekregen en ons lijf beweegt als zijde op de muziek van hun gezoem. Mijn dochter en ik worden licht in het hoofd van de honinggeur. Het is goed gegaan tot een maand geleden, toen de balans tussen bijen en mensen doorsloeg: we waren wakker geworden met honing in ons haar en in de lakens, en toen we uit bed stapten, plakten onze voeten aan de bedropen vloer.

'Moet ik het uitdoen?' Kalle kleurt.

'Je hoeft alleen maar stil te blijven staan.' Mijn naald prikt in zijn huid.

Een scherpe ademteug. Hij klaagt niet.

Ik zeg niet dat het me spijt. Want dat doet het niet.

'Mijn buurman is imker.'

'Ik weet het. Hij was nog maar een jongen toen ik Lotte leerde kennen.'

'Ze ruilt haar marmelade voor zijn honing. Onze kinderen worden nooit ziek omdat we honing eten van de bloesem uit de buurt.'

Onze kinderen. Hij is het vergeten, denk ik. Even, een genadig moment lang, is hij de monstergolf vergeten, de gespierde bewegingen van de paarden, de mensenmacht. Maar ik ren tot in de eeuwigheid over het wad om naar zijn kinderen te zoeken terwijl de onderbuik van de wolken zwaar wordt en de hemel roodomrand grijs kleurt. Eén vrouw zegt dat de kleuren van de hemel een teken zijn dat de kinderen nog leven. Een ander dat het bewijs is dat ze dood zijn. Avondrood mooi weer aan boord, zegt een man en hij begint te huilen want er is nu niets moois op komst.

'Maar jij, je was er ook.' Er staan tranen in Kalles ogen.

Ik knik.

'Toen mijn kinderen–'

'We hebben allemaal meegezocht. Jij en de imker met de boot.'

Hij pakt het satijnen lijfje op dat ik voor Luzia de Pierrette heb gespeld. Ruikt eraan. 'Zelfs dit ruikt naar honing.'

'Voorzichtig met de naalden.'

'Kleverig.' Hij tikt met zijn wijsvinger tegen zijn duim. 'Als we in Nordstrand zijn zal ik de imker vragen je bijen weg te halen.'

'We hebben geen bijen.' Ik steek hem weer. Omdat het me zo kwaad maakt, zo gemakkelijk als het voor mannen als hij en de Sensationele Sebastiaan is om hun vrouw en kinderen achter te laten, bang als ze zijn dat ze in steen veranderen als ze te lang blijven.

Lotte sluit haar luiken voor de langsrijdende circuswagens. Binnen het uur komen haar buren langs om haar te troosten, met volle schotels en vriendelijke woorden.

'Je man komt wel terug,' zeggen ze, hun stem effen van afkeuring.

'Jullie liefde gaat zo diep…'

'… er komt geen einde aan.'

Ze zijn onthutst, ondersteboven, ze zijn het erover eens dat Kalle haar aanbidt.

'Hij aanbidt je, Lotte.'

Maar hij is bij me weggegaan…

Ze herhalen met klem dat Kalle terugkomt.

'Hij komt wel terug, Lotte.'

Lotte houdt haar rug recht – ze put uit woede en schuldgevoel – tot zuster Elinor en zuster Ida met het rijtuig aankomen om haar en Wilhelm mee te nemen naar het Margarethahuis. Als ze haar een slaapkamer binnenleiden op de eerste verdieping, waar ook de nonnen wonen, laat Lotte zich op het smalle bed vallen. 'Wilhelm,' kreunt ze.

'We houden hem in de kinderkamer met de andere kleintjes. En met het meisje dat hem voedt.'

'Het is maar voor even. Totdat je weer bent aangesterkt,' zegt zuster Elinor.

Lotte valt in slaap. Slaapt twaalf uur aan een stuk. Tot zuster Ida haar wakker maakt en soep voert. Valt opnieuw in slaap.

De meisjes van het Margarethahuis zijn dol op Wilhelm en hij is dol op hen, vooral op Tilli, die straalt wanneer ze hem op de arm heeft, wanneer ze hem voedt, wanneer ze zijn handen wast tussen de hare. *Wilhelm.* Die haar werd gegeven toen haar meisje van haar werd afgenomen. *Het is het lot. Naadloos. Wilhelm.* Soms kijkt ze hem strak aan en wil dat hij zich haar altijd herinnert. Altijd. Hoe verdrietig haar dag ook begint, hij maakt haar gelukkig. Soms, als ze alleen in de slaapzaal is, wordt het geluk zo heftig dat ze in brand lijkt te staan en zich met haar blote borsten in het koude glas van het raam spiegelt, zo heftig dat ze glorieus is.

Zuster Franziska zegt: 'Er zijn twee meisjes bij die melk kunnen geven.'

Tilli wiegt Wilhelm op haar heup.

Zuster Franziska zegt: 'Als het voeden je te veel wordt, dan zal ik–'

'Dat is het niet. Het is me niet te veel.'

'... ze vragen om het over te nemen.'

'Wilhelm drinkt niet bij anderen.'

'Dat is een goede reden om het te proberen.'

Tilli zegt nee. Nee, alsjeblieft, zegt ze.

Wilhelms ogen kijken van haar naar zuster Franziska en terug. Zijn onderlip trilt alsof hij elk woord heeft begrepen.

Toch zorgt zuster Franziska dat de twee andere meisjes Wilhelm voeden, en hij verzet zich tegen de onvertrouwde geur, de onvertrouwde borsten. Het bezorgt Tilli een schok van genoegdoening als zuster Franziska hem bij haar terugbrengt. Hij stopt zijn snoetje in de holte tussen Tilli's nek en schouder. Tilli waakt ervoor niet te laten zien hoeveel ze van hem houdt, anders wrikt zuster Franziska hem met zachte maar onverbiddelijke hand los en laat ze haar helpen met de grotere kinderen, de kleuters.

7

LOUTER MEDICINAAL

De Oude Vrouwen delen maaltijden en wisselen geneeskundige kennis uit maar leveren slag om de titel van Oudste. Er heerst een regime van hoofd, schouders, knie en teen, en van stersprongen; twee kunnen er nog steeds de handstand, en eentje voert oude Chinese oogoefeningen uit die ze in ruil voor een donatie van een missionaris heeft geleerd die een poosje bij hen verbleef.

Ze zijn niet in dezelfde eeuw of hetzelfde decennium Oude Vrouwen geworden, ze komen voort uit de vrouwelijke kringloop van meisjes die vrouw worden en vrouwen die Oude Vrouw worden en die levens, generaties, overstromingen doorstaan.

Ze verdrinken in vloedgolven.

Ze overleven vloedgolven.

Ze baren vijftien kinderen.

Ze zijn onvruchtbaar.

Ze stelen de man van hun naaste.

Ze helpen hun naaste.

Ze worden krankjorum van mensen die denken dat je het *Hochwasser* kunt afkopen met geschenken: schilderingen van machtige golven met tijgerklauwen, porseleinen kommetjes beschilderd met op een doorzichtige zee drijvende rozen, uit hout gesneden schepen die breken op een walvisrug. *Kitsch*. Terwijl je zoveel zou kunnen doen: het *Neuland* afwateren, het van de zee scheiden met dijken die je versterkt met de aanplant van gras en waar je schapen laat grazen om de aarde te bemesten. Sloten en weteringen graven in land dat onder zeeniveau ligt en bescherming nodig heeft. Windmolens bouwen voor de gemalen die het zeewater uit de weteringen pompen.

De Oude Vrouwen weten hoe je een blaffende hoest verzacht, hoe je opgezette enkels laat slinken en hoe je de rauwe droogte in je binnenste daaronder geneest. En volgens Frau Bauer, die bij zuster Konstanze om advies is geweest, weten de nonnen het ook.

In de ziekenkamer laat zuster Konstanze haar zien hoe je je lichaamssappen weer laat stromen. 'Je wrijft over dat pareltje daar.' Ze brengt de hand van Frau Bauer naar de bewuste plek. 'Daarzo.'

Genot laait op, en Frau Bauer bloost diep.

'Louter medicinaal, natuurlijk,' maant zuster Konstanze.

'Maar ze zei het met een knipoog,' zegt Frau Bauer tegen de Oude Vrouwen. 'En toen dat ik wel moest opletten dat ik er niet te véél genoegen aan beleefde.'

'Maar op welk moment wordt het genoegen een zonde?'

'Ik vertrouw op zuster Konstanze.'

'Dat verbaast me niks.'

'Ze snapt vrouwen.'

'Ze snapt geneeskunde.'

'En ze heeft ons zo'n beetje haar zegen gegeven om ons bezig te houden met onze gezondheid.'

'Die zogezegd ter hand te nemen.' Maria Ullrich lacht vanachter haar hand, die haar kaak deels aan het oog onttrekt.

Deels, maar niet genoeg om de blauwe plek helemaal te verbergen. Het gebruik: de ogen afwenden. Doen alsof je het niet ziet. Geen vragen stellen bij verwondingen, bij verdriet. De waardigheid bewaren met je stilzwijgen. Maar hoe ouder je wordt, hoe minder je om waardigheid maalt.

'Wat is er gebeurd, Maria?'

'Je weet dat je…'

'… te allen tijde…'

'… naar ons toe kunt komen.'

De Oude Vrouwen strelen haar hand, fluisteren haar toe.

'Hij is een goede *Doktor*,' zegt Maria.

De Oude Vrouwen knikken. 'Dat is waar.'

'Hij behandelt zijn patiënten goed.'

‘Maar jou niet.’

Er valt een stilte, totdat Maria lacht. ‘Hoe heb ik het al die jaren zonder zuster Konstanzes zegen kunnen stellen?’

De anderen haken er snel op in. Normaliteit.

‘En ik maar denken dat ík dat “pareltje” eeuwen geleden al had uitgevonden.’

‘Dat heb je ook.’

‘Dat hebben we allemaal.’

‘Ik anders niet.’

‘Hou op of ik doe het in mijn broek.’

Gelach. Geplaag.

‘Wie bepaalt wanneer genoegen te veel is?’

‘Zuster Konstanze zei niet dat we er géén genoegen aan mochten beleven.’

‘Het is net absolutie. Maar dan op voorhand.’

‘Op voorhand…’

‘Wisten jullie het allemaal, van dat pareltje?’

‘Ik niet,’ zegt Frau Lindmann.

‘Ha!’

‘Dat zal wel!’

Niemand gelooft nog wat Frau Lindmann zegt. Ze liegt over haar leeftijd – voegt er een jaar of vijf, zes, zeven aan toe – om Oudste van Nordstrand te worden. Als de Oude Vrouwen naar haar geboorteakte vragen zegt ze dat ze die is kwijtgeraakt toen ze nog klein was, tijdens de verhuizing vanuit Jutland met haar ouders en grootouders.

‘Mensen uit Jutland zijn wel taai.’

‘Dat doet de kou, die trekt de huid strak.’

‘Mensen uit Jutland tellen niet mee.’

Tegen die tijd ligt Frau Lindmann er nog verder uit dan toen ze als kind in bemodderde geborduurde laarzen op Nordstrand aankwam.

Elke zomerzonnewende bewijst Nordstrand zijn Oudste eer met een *Fackelparade*. Kerkklokken galmen voor degene die het langst heeft weten te leven. Eerste-communiekinderen maken een kroon van *Kornblümchen und Klee*, korenbloemen en klaver, en zetten die vast in het haar van de Oudste of binden hem om met een kinriempje als er geen haar meer is. In de laatste honderd jaar hebben maar vier mannen de titel gekregen. Bijna was er een vijfde, maar toen hij, de dag voor de fakkeloptocht van 1876, met zijn vissersboot uitvoer en alleen zijn boot werd teruggevonden, stapte de eerstvolgende Oudste naar voren in een geborduurde zijden jurk die niemand haar tevoren ooit had zien dragen. Een jurk die weken moest hebben gekost om te maken.

Komt dat even goed uit, zeiden de mensen.

Komt dat even goed uit dat haar rivaal in de Noordzee is verdwenen.

Met grappen en grollen probeerden ze het gevoel van onbehagen af te schudden.

'Zou-ie te ver over de rand hebben gehangen toen-ie z'n netten inhaalde?'

'Zou ze bij hem in de boot hebben gezeten?'

'Zou ze hem 'n handje hebben geholpen?'

Iedereen was het erover eens dat het gevaarlijk was om een oude man te zijn op Nordstrand.

Het is traditie dat de Oudste lessen *Heimatkunde* geeft, wat al even waardevol is voor de jongeren als voor de ouderen, die het wakker en levendig houdt om hun vergaarde kennis over te dragen en uit te diepen. Hele generaties hebben van Oudsten geleerd over de geschiedenis, de natuur en de gebeurtenissen van Nordstrand. De lessen van sommigen balanceren op het randje tussen feit en fictie en hebben meer bekoring dan wat leraren mogen onderwijzen.

O, om toch gekroond en gevierd te worden, erkenning te krijgen voor je leven, voor al wat je hebt doorstaan...

DEEL 2

1842-1845

8

NONNEN EN MEISJES GEDIJEN IN DE ZILTE LUCHT

Nonnen en meisjes gedijen in de zilte lucht. Bij het krieken van de dag gewekt door de pauwenkreten op de binnenhof komen ze in de kapel bijeen. Een paar van de vromere nonnen willen meer religieuze structuur om duidelijk te maken dat ze met hun komst niet van het rechte pad zijn geweken. In de kapel neemt een van de nonnen de voorzang op zich, de andere zingen in koor het responsorium en zeggen gebeden op voor de meisjes, vooral voor degenen die op handen en voeten uit hun bed komen, klaar om hun kind ter wereld te brengen.

'We kunnen goed begrijpen dat je dit alles achter je wilt laten,' zeggen ze tegen de meisjes.

'Net zoals we begrijpen dat het Gods wil is dat je kind ter wereld komt.'

'Ze zijn raar, voor nonnen,' klinkt het fluisterend onder de meisjes.

'We krijgen geeneens straf.'

'Zijn het wel echt nonnen?'

De nonnen geven les aan alle meisjes, niet alleen aan de meisjes die nog geen veertien zijn en schoolplicht kennen. Iedere zuster geeft les in de kunstvorm die haar hart heeft, plus een wetenschapsvak: zuster Konstanze handwerken en biologie, zuster Hildegunde schilderen en wiskunde, zuster Ida drama en natuurkunde, zuster Elinor muziek en geschiedenis, en zuster Franziska poëzie en geneeskunde.

En natuurlijk zijn er de gebeden. Gewoon naast de poëzie. Het weven. De balletlessen van zuster Elinor. En wat dan nog als de meisjes een weinig gracieuze aanblik bieden als ze dansen? Hun lachen, al is het van gêne, werkt bevrijdend, roept iets zingends en lichts in hen op dat hen afleidt van hun doodsangst voor het kraambed. Waar zij vandaan komen, staan op het kerkhof talloze grafzerken met de naam van een dode moeder en haar baby, en de meisjes weten dat de dood hen tot in het Margarethahuis kan achtervolgen. Ook al kunnen ze zich geen voorstelling maken van het sterven zelf. Ook al weten er veel niet hoe een baby in je binnenste komt of hoe die eruitkomt. Maar ze hebben begrafenissen bijgewoond van meisjes die zijn opengespleten toen hun baby naar buiten kwam.

Als ze 's nachts bang zijn voor het donker kruipen de meisjes dicht bij elkaar en dansen ze tot het aanbreken van de dag, waarop ze de nonnen weer zullen helpen stapels muf damasten beddengoed en tafellinnen te wassen en te strijken, dikke lagen vuil van vloeren en wanden te schrobben, mos van de brede stenen treden te steken, het dichte struikgewas tussen het landgoed en de dijk terug te snoeien. Waarop ze netjes stil moeten blijven zitten terwijl zuster Konstanze sneden en blaren wast en met lanolinezalf insmeert.

Betoverd door het koppel vinken draperen de meisjes om beurten het rafelige altaarkleed over de kooi om de vogels hun slaap te gunnen. Na dat ritueel gaat zuster Konstanze naar buiten om dank te zeggen onder de sterren. Ze heeft niets te vragen: God heeft haar haar grote liefde gegund en hun leven is doortrokken van Zijn zegen. 's Morgens is zij als eerste uit bed. Zonder zuster Ida wakker te maken sluipt ze hun cel uit en de trap af naar haar vinken, en haalt het altaarkleed weg. De oranje snaveltjes piepen uit het nest van grasstengels dat ze voor ze heeft gevlochten.

Eens per week komen de nonnen bijeen om de gezondheid en de vorderingen van de meisjes te bespreken. Samen bedenken ze manieren om de meisjes te helpen, ze aan te moedigen vrienden te worden en elkaar in vertrouwen te nemen, vooral wanneer ze verstoten zijn door hun familie. Ze weten wat er op Nordstrand over hen wordt gezegd. Dat ze zich niet als nonnen gedragen. Dat ze zweven in een zweverig eigen wereldje, met kunst als hun god. Dat ze dromers zijn.

'Ze zeggen dat we te mild zijn voor de meisjes.'

'Niet strikt genoeg.'

'Maar we zijn vreselijk strikt. Als het om barmhartigheid gaat.'

'Als je barmhartigheid zo kunt opvatten, ja.'

'We houden zwangere meisjes strikt gescheiden van de meisjes die op het leste lopen.'

'Omdat het hun angst zou aanjagen. En met recht.'

'Gevaarlijke zaak, bevallen.'

'Zeker voor de jongste meisjes. Hun lichaam is nog zo smal.'

'Zo krap.'

De nonnen weten dat een op de vijf meisjes in het kraambed sterft aan complicaties of aan kraamvrouwenkoorts, een sluipmoordenaar die hen eerst een paar dagen herstel geeft voordat hij toeslaat. En van de pasgeborenen sterft er een op de drie, zodat sommige moeders ze niet eens een naam geven voordat ze ze in het Margarethahuis achterlaten. Maar de beste families zijn bijgelovig als het om naamgeven gaat en wachten ermee tot de eerste verjaardag. Tot die tijd, zo wordt er gezegd, hebben ze een kleine geest ter wereld gebracht die misschien, na verloop van tijd, vaste levende vorm aanneemt. Dan pas kun je feestvieren.

Het meisje dat van verst komt, komt van Burgdorf, waar buren de ouders het Sinte-Margarethahuis hebben aanbevolen. Een landgoed aan de Noordzee, zeggen ze. Waar dochters hun kind ter wereld kunnen brengen en afstaan. Een dagreis met de trein. En zo discreet. De buren staan in voor het Margarethahuis omdat hun dochter het heeft gesticht. Op zuster Hildegundes achttiende verjaardag heeft ze haar ouders gevraagd haar het geld te geven dat haar bruidsschat zou zijn geweest zodat ze het moederhuis in Burgdorf kon verlaten – waar haar passie voor kunst frivool en rebels werd genoemd – en haar eigen kloostergemeenschap kon stichten.

'Je weet dat we alles voor je zouden doen, Waltraud,' had haar vader gezegd. 'Maar niet voor de Kerk.'

'Zuster Hildegunde,' corrigeerde Waltraud haar vader.

O, die naam! Haar moeder moest zich beheersen om niet met luide stem Waltraud-Waltraud-Waltraud te scanderen. Zo'n gebrek aan humor, als kind al. *Fromm und verwöhnt.* Zo vroom en verwend, en zo dierbaar.

'De Kerk pakt alles wat nonnen en priesters bezitten af.'

Waltraud snoof. Een irritante gewoonte die haar vader nog steeds tegen de haren in streek.

'Dat vind ik een probleem,' zei hij.

'Omdat het om geld gaat.'

'Omdat...' hij wendde zijn blik af naar de vrachtschepen die ploeterend tegen de stroom in voeren, het uitzicht op de Rijn hetzelfde als vanuit hun villa een kleine kilometer verder stroomopwaarts. 'Omdat de Kerk ons enige kind al afgepakt heeft.'

'Ons enige overlevende kind,' fluisterde haar moeder.

'Het spijt me.'

'Mij ook,' zei Waltraud. 'Een idee kan me zo in beslag nemen dat ik vergeet wat het voor jullie betekent.'

'Dank je,' zei haar moeder.

'Ik zal bidden dat ik me er beter bewust van ben. Vier zusters uit Bergdorf willen met me mee.'

'Afvalligen?'

'Kunstenaars. Wij geloven dat het een roeping is om het talent waarmee je geboren bent tot uitdrukking te brengen. Dat het talent je vernietigt als je het niet tot uitdrukking brengt.'

Of je belachelijk maakt als je het wél tot uitdrukking brengt. Niet dat haar moeder dat hardop kon zeggen. Ze had nooit enig schilderstalent in Waltraud gezien, alleen haar vaste overtuiging dat dat talent er was. Ze voelde de blik van haar man op zich rusten. Gegeneerd voor Waltrauds opzichtige schilderijen haalden ze die van de wanden en bewaarden ze in een dubbele laag linnen in de wijnkelder.

'Ik stel me een klooster voor met een school voor ongehuwde meisjes die zwanger raken en uit huis worden gezet.'

Haar vader kleurde. 'Ik wist niet dat zoiets je belangstelling had.'

'Zuster Franziska is opgeleid als vroedvrouw. Ik had alleen een school in gedachten, maar volgens haar kan het samengaan. We willen die meisjes helpen, en hun–'

'Waarom?' vroeg haar moeder.

'Om te veranderen wat er normaal gesproken met hen gebeurt. Om ze een veilig onderkomen te bieden terwijl ze hun bevalling afwachten, omringd door kunst. Natuurlijk onderwijzen we ook wetenschapsvakken.'

'En waar stel je je die school voor?' vroeg haar vader.

'Ik heb zitten denken aan onze vakanties in het noorden, aan betrokken wolkenluchten en zeewind.'

'Fijn voor je huid.' Haar moeder glimlachte. 'Je vond het heerlijk aan de Noordzee.'

Waltrauds ogen trokken naar haar binnenste ooghoeken en ze dwong ze terug naar buiten, zo recht mogelijk naar voren, zoals Opa haar had geleerd, de enige andere albino in de familie. 'Dat verlaten landgoed bij de dijk...'

'Ik vraag me af of het bewoond is,' zei haar vader.

'Dat is veel te groot voor je,' zei haar moeder.

'Onze gemeenschap zal groeien.'

'Wanneer?'

'Uiteindelijk. Gauw. En dan zijn er de leerlingen nog.'

Haar vader had geknikt. 'We zullen navraag doen, Waltraud.'

'Er komt een ziekenzaal. En een verpleegkundige. Of nou ja, bijna een verpleegkundige. Zuster Konstanze heeft geen tijd gehad om die opleiding af te maken voordat ze intrad.'

'We moeten het vermogen onderbrengen in een trust,' had haar moeder gezegd.

'Waarom?'

'Zodat de Kerk er niet bij kan.'

'Zolang die trust maar op naam staat van zuster Hildegunde.'

9

DE HEILIGE MARGARETHA EN DE DRAAK

Wanneer de zusters ermee instemmen om het landgoed naar de beschermheilige van zwangere vrouwen het Sinte-Margarethahuis te noemen, bidt zuster Hildegunde om visie, om een koers. Ze steekt haar bleke handen uit de mouwen, timmert een houten lijst, spant er een doek over en zet haar ezel in de donkerste alkoof van de kapel. Daar werkt ze geïnspireerd aan de heilige Margaretha, de martelares die de duivel weerstond toen die haar vermomd als draak aanviel.

Ze hangt haar schilderij in de eetkamer en staat stomverbaasd als de meisjes bang blijken voor de draak.

'Sinte Margaretha staat niet eens op het schilderij.'

'Natuurlijk wel.'

'Waar dan?'

Zuster Hildegunde wijst op de wijdopen muil van de draak. 'Hij heeft haar opgeslokt. Zie je dan niet dat haar handen de crucifix vasthouden die tussen zijn tanden uitsteekt?'

'Maar hoe weet ik dat zij het is?'

'Omdat ik haar daar heb geschilderd.'

'Hebt u haar gezicht in zijn muil geschilderd?'

'Nee, maar–'

'Ik hoor haar gillen.'

'Je ziet heel bange ogen.'

'Is ze dood, zuster Hildegunde?'

'Nee, nee. De draak gaat dood.'

'Maar zij zit in hem vast.'

De meisjes huiveren en proberen het weg te lachen.

Terug in haar alkoof brengt zuster Hildegunde verbeteringen aan. Ze beziet het kruisbeeld in de handen van de heilige, een kruisbeeld dat groot genoeg is om, zeg, een konijn de genadeklap te geven of een kip, maar geen draak. Ze maakt het groter. Dubbel zo groot. En om de inwendige verwondingen aan te tonen die dat kruisbeeld bij de draak aanricht, brengt ze kloddertjes karmozijn aan op de kaken en de borst van de draak voordat ze er de meisjes bij roept.

'Jullie hoeven niet bang te zijn. Het kruisbeeld van Sinte Margaretha heeft scherpe hoeken die de draak vanbinnen kapotmaken.'

'Maar hij heeft het kruis nog helemaal niet binnen.'

Ze zucht. 'Als hij Sinte Margaretha nog een stukje verder inslikt, krijgt hij het kruis binnen en dan snijdt het hem kapot. Dan gaat hij overgeven totdat ze weer naar buiten komt.'

'Ik heb wel drie maanden overgegeven,' zegt een meisje.

'Ik vijf,' zegt een ander. 'Het begon ermee dat ik het zuur kreeg...'

'Die draak heeft die heilige allang gedood.'

'... alsof er iets dwarszat, maar dan vaag, niet heel duidelijk, iets vaags wat ergens boven in mijn keel dwarszat, net achter mijn kaken, en het begon precies toen ik erachter kwam dat ik niet meer onzwanger was...'

De meisjes kreunen als ze maar doorgaat. Zelfs haar gebeden zijn eindeloze opsommingen van alles wat ze verkeerd heeft gedacht of gedaan en wat ze beter had kunnen denken of doen.

'Die heilige komt er echt niet meer uit.'

'Hooguit in bloederige mootjes.'

De meisjes rillen.

'Dat kruisbeeld dat ik heb geschilderd,' zegt zuster Hildegunde met klem, 'zal Sinte Margaretha's leven redden. Daar heb ik voor gezorgd. Zie je haar lichaam daar in de buik van de draak, daar waar die bult zit? Dat betekent dat ze zo meteen ongeschonden weer tevoorschijn komt om de draak te verslaan.'

De meisjes zien het niet. Handen met een crucifix zijn niet genoeg.

'Die bult kan van alles zijn.'

Handen worden over buiken gelegd.

‘Een babydraakje.’
Ze giechelen. ‘Of zijn staart.’

De nonnen fluisteren over zuster Hildegunde zoals ze al doen sinds ze hen als docenten voor haar school heeft uitgekozen: ze is te jong om aan het hoofd te staan, zeggen ze. Ze is hooghartig, zeggen ze. Is ze wel echt tot God geroepen of is ze non geworden omdat haar lijkbleke huid steekt in het licht? Habijt en kap bieden wel enige bescherming, maar ze moet zich nog steeds afwenden van de zon.

Haar schilderijen zijn zo bizar dat ze tact moeten bewaren in hun commentaar. Een goedkeurend knikje vrijwaart hen doorgaans van de zonde van liegen. Loftuitingen kunnen natuurlijk hardop: hoezeer ze onder de indruk zijn dat ze dit landgoed voor hen heeft weten te bemachtigen, hoe dankbaar dat ze hen heeft uitverkoren om in 1842 met haar mee te gaan naar dit tijdloze stukje land.

Maar de draak vergt tussenkomst.

Zuster Elinor: ‘Ze moet beseffen dat de meisjes zo de eetkamer niet in willen.’

Zuster Konstanze: ‘Als onze meisjes niet eten worden ze ziek, en dat doet de baby’s ook geen goed.’

Zuster Franziska: ‘Dat klopt als een bus.’

De andere zusters (die weliswaar haar directheid en oneerbiedigheid niet altijd kunnen waarderen) vallen haar bij: ‘Zeker waar.’

Zuster Franziska: ‘Laten we iemand aanwijzen om met haar te praten.’

Zuster Konstanze: ‘Mij niet gezien.’

Zuster Ida (met schorre stem): ‘Dadelijk gooit ze ons er nog uit.’

Zuster Elinor: ‘Ze heeft er nog nooit iemand uitgegooid.’

Zuster Ida: ‘Of ze noemt ons ondankbaar.’

Zuster Franziska: ‘Ze is nogal verwend.’

De andere nonnen: ‘Allicht is zuster Hildegunde verwend. Maar geen van ons zegt dat graag hardop.’

Zuster Konstanze: ‘Hoe maken we haar dan duidelijk dat dat schilderij grotesk is?’

Zuster Ida: 'We kunnen een anoniem briefje voor haar neerleggen.'
Zuster Konstanze (port haar aan): 'Dat kun je niet menen.'
Zuster Ida: 'Een kort, beleefd briefje dat door haar schilderij onze patiënten verhongeren. We moeten praktisch blijven.'
Zuster Franziska: 'De praktische aanpak is niet altijd de meest overtuigende.'
Zuster Ida: 'Overtuigend? En de waarheid dan?'
Zuster Konstanze: 'Anoniem? Jij kunt soms zo... achterbaks zijn.'
Zuster Ida: 'Je hebt beloofd dat je me niet meer zo zou noemen.'
Zuster Elinor: 'Laten we gewoon iemand aanwijzen.'
Alle ogen richten zich op haar.
Zuster Elinor: 'Nee. O nee.'
Handen gaan omhoog. De boodschapper is snel gekozen. Zuster Elinor is verreweg de wijste, zeggen ze. Ze is als enige van hen in de vorige eeuw geboren.

De tussenkomst verloopt rampzalig. Zuster Hildegunde wankelt onder de woorden van zuster Elinor, zo aangegrepen dat ze niet meer in de buurt van haar ezel kan komen, zo aangegrepen dat ze de kapel niet meer kan betreden voor de metten of de vespers.
'De draak jaagt de meisjes angst aan,' biecht ze aan de pastoor. 'Sommige zusters ook.'
'Mag ik hem zien?'
Ze aarzelt.
Hij kent haar aan haar biecht. Hij kent alle nonnen aan hun biecht: zuster Ida is gesloten, zuster Elinor is trots op haar lichaam, zuster Konstanze houdt meer van vogels dan van mensen, zuster Franziska is hebberig en zuster Hildegunde is briljant, en beslist niet arrogant zoals er veel denken.
'Ik kan echt de kapel niet binnen,' zegt zuster Hildegunde.
Hij legt zijn hand onder haar elleboog. 'We gaan samen.'
Terwijl hij het drakenbloed en de drakenmuil met de drakentanden in zich opneemt, bedenkt hij hoe ronduit tragisch het is wanneer het verlangen om te creëren sterker is dan het talent. 'Waarlijk tragisch...'
Zuster Hildegunde houdt haar adem in.

‘Een waarlijk tragische… figuur.’

‘Dank u.’

Uit de zak van zijn soutane haalt hij twee in keurig gestreken zakdoek gewikkelde *Makronen*, waarvan hij er haar eentje toesteekt. ‘Die lagen voor me klaar in de biechtstoel.’

Zuster Hildegunde neemt een hapje koek. ‘Zij zien de draak. Wij zien de heilige.’

Als jonge priester al verschoonde hij haar ziel. Elk weekend kwam hij van Husum naar Nordstrand – te voet en met het veer – om de mis op te dragen en de biecht te horen van nonnen en parochianen. Omdat de weelde van het Margarethahuis op zijn geweten drukte, drong hij er bij de jonge nonnen op aan om hem niet te verwennen met overvloedige maaltijden en luxe logies. Hij streefde naar nederigheid in zijn roeping. Desondanks vielen het eenvoudige eten en zijn spartaanse onderkomen in het koetshuis, waar hij de armen maar uit hoefde te strekken om de tegenoverliggende muren te raken, hem weleens zwaar. De jonge priester bad God om een teken: stel dat de nonnen hem een – *o goede God, eentje maar* – rijkelijk maal voorzetten dat weliswaar niet in overeenstemming was met zijn nederige levensstijl, dan zou hij Gods wil navolgen en dat rijkelijke maal niet verloren laten gaan.

‘Vraagt u ooit om wat uzelf het liefste hebt?’ mijmert zuster Hildegunde. Er kleeft een vlokje kokos aan haar bovenlip.

‘Ik kan niets bedenken.’ *Schokoladenplätchen und Marzipan und Lebkuchen und Linzer Torte und Spekulatius…*

‘Maar stel. Waar zou u dan om vragen?’

Die huid, zo lelieblank dat hij bijna lichtgevend is…

… en zijn hart, dat zo hevig klopt, net een pauk.

Hij gebaart naar de draak en Sinte Margaretha. ‘Een krachtig kunstwerk…’

‘Dank u.’

‘… maar misschien…’

‘Wat?’

‘… te krachtig? Voor die jonge zielen die al zoveel hebben doorstaan? Zij zien de draak. Wij zien de heilige.’

Zuster Hildegunde wordt overweldigd door medelijden met de jonge zielen. ‘Ik zou Margaretha uitnodigender kunnen maken.’

'Uitnodigender?' De pastoor verslikt zich en slaat hoestend de hand voor de mond.

Ze klopt hem stevig op zijn rug. En nog eens. En nog eens. *En het vuur van haar handen schiet door zijn lijf, een hemelse eenwording waarin hij tot leven komt, waarin hij waarlijk tot leven komt...*

Ze neemt nog een hap. 'Als de meisjes toch eens konden zien wat u ziet.'

10

ZUSTER HILDEGUNDE BINDT DE STRIJD AAN MET HAAR DRAAK

Een week voor de eerste verjaardag van het Margarethahuis nodigt de pastoor de parochianen uit voor wat een jaarlijks terugkerend evenement zal worden. ‘Een belangrijke dag voor ons allen in het Sinte-Margarethahuis, waarop onze missie om onze leerlingen in de kunsten te onderwijzen…’

Gefluister vanuit het middenschip. Gesnuif.

‘Alsook in religieuze en wetenschappelijke vakken natuurlijk,’ voegt de pastoor er haastig aan toe. ‘Vandaag over een week verwelkomen we u om zeven uur om samen met u te vieren wat ons Sinte-Margarethahuis en onze leerlingen hebben bereikt. Met theater, dans en muziek. Met schilderijen en weefwerken. En natuurlijk ook met versnaperingen.’

Meer gesnuif en gefluister.

De meisjes breekt het zweet uit.

De pastoor breekt het zweet uit. ‘Overheerlijke versnaperingen,’ zegt hij.

Zuster Ida draait zich woedend naar het middenschip, houdt haar wijsvinger tegen haar lippen en neemt een ademteug. Haar ‘ssst’ is een hoog gefluit.

‘Ssst.’ Zuster Elinor voegt haar diepe contralto bij zuster Ida’s sopraan: ‘Sss-sss-ssst.’

Het middenschip valt stil. De meisjes zijn vol bewondering voor zuster Elinor en zuster Ida, die hun het bereik van de zangstem hebben geleerd en hen hebben laten spelen met de uitersten, van krijsen naar grommen en terug. De nonnen hebben maandenlang met hen geoefend en gestudeerd, en ieder van hen aangemoedigd om een eigen kunstvorm te kiezen voor de voorstelling.

Lang voordat het doek opgaat staan de meisjes klaar op het podium. Tijdens de repetities zijn ze met veel plezier en vol zelfvertrouwen met muziek, drama en poëzie in de weer geweest en hebben ze ieder nieuw meisje in de voorstelling opgenomen. Iedereen heeft een rol. Maar nu hopen ze dat de mensen van Nordstrand de hele uitvoering zijn vergeten en dat het doek blijft hangen zoals het hangt: dicht.

Geroezemoes klinkt vanuit de zaal. Zuster Ida frunnikt aan het doek.

Wat, gaat het op? Nu al?

Nee, ze is op zoek naar het midden, zodat ze de zaal in kan gluren. 'We hebben nog een beetje meer tijd nodig.'

Zuster Hildegunde haast zich tussen de coulissen door, wisselt een woordje met de nonnen en richt zich dan tot de meisjes. 'Mijn ouders zijn zo opgewonden over jullie voorstelling,' zegt ze stralend. 'Ze zijn van ver gekomen om jullie te zien.' Ze knikt zuster Elinor toe.

Zuster Elinor krimpt ineen. 'Wat… fijn om te horen. We hebben een waar publiek vanavond.'

'Wat een opluchting.' Zuster Ida lacht, maar haar ogen schieten vuur. 'Nu hoeven we ons niet zo zenuwachtig te maken.'

De nonnen verdwijnen van het toneel en wanneer het doek opgaat zitten ze keurig op de eerste rij met de andere nonnen, meneer pastoor en twee oude mensen die de meisjes nooit eerder hebben gezien. Ze applaudisseren en applaudisseren, al is er nog niets gebeurd. De meisjes schamen zich, iets waar de nonnen geen rekening mee hadden gehouden, ze schamen zich voor hun lichaam daar in het volle zicht van iedereen die er een oordeel over wil vellen. Opnieuw applaus na de voorstelling, bescheiden, zoals hun voorstelling ook was.

Het is niet het einde van de avond. De nonnen pakken de overgebleven lekkernijen in manden en het hele gezelschap vertrekt met dekens en lantaarns voor een feest boven op de dijk. Een van de meisjes begint te zingen, andere vallen haar bij. Twee dragen er gedichten voor, en wat op het podium pijnlijk stijfjes was verlopen komt nu, speels en lichtvoetig, vanzelf. Lichtjes en gelach dansen in de lucht, hoger en hoger onder de maan.

Baby's worden geboren, meisjes vertrekken en nieuwe meisjes komen in hun plaats. Het vinkenkoppel krijgt kuikens, en die krijgen op hun beurt kuikens. Het gebeurt maar zelden dat een baby met een meisje mee naar huis gaat. De nonnen proberen gezinnen te vinden die de andere baby's willen adopteren, maar er zijn altijd meer baby's dan gezinnen. Als het te druk wordt in de kinderkamer delen de nonnen die in tweeën: een kleine-kinderkamer op de begane grond en een grote-kinderkamer op de eerste verdieping.

Het is geen sinecure om alle vinken te huizen. De nonnen brengen ze onder in de volière van de pauwen, maar de tralies staan te ver van elkaar, en ze gaan beladen met tekeningen van kleine en grote kooien naar de speelgoedfabriek. In de handwerklessen van zuster Konstanze vlechten de meisjes knusse nesten van lange grasstengels voor in de kooien, en de nonnen ruilen vinken met de mensen van Nordstrand voor gist en geraniums, honing en eieren.

Ooievaars bouwen hun nest op torenspitsen en schoorstenen terwijl zuster Hildegunde de strijd aanbindt met haar draak, die ze met een mix van aardekleuren – omber, sienna, oker – te lijf gaat totdat het schilderij eruitziet alsof het eeuwenlang in een klokkentoren heeft gelegen. Of in een aardappelkelder, denkt zuster Hildegunde en ze besluit het schilderen er helemaal aan te geven.

Ze geeft nog steeds schilderles, maar haar hart zit er niet meer in. Haar leerlingen denken dat het komt omdat ze haar draak hebben afgekeurd en proberen niet te laten doorschemeren hoe saai ze haar kunstbespiegelingen vinden. Haar biechtsessies zijn al net zo vlak – geen grieven, geen twijfels – wat de rest bang maakt dat ze bezig is weg te kwijnen.

Als de pastoor zuster Elinor om advies vraagt, verzekert ze hem dat ze haar goed in de gaten houden.

'Ze is bleker dan ooit.'

'Ik weet het. En ze is veel te mager.'

'Ze kijkt me niet eens aan.'

'Ze is niet in u geïnteresseerd.'

Zijn hoofd gaat met een ruk omhoog.

'Of in mij,' zegt ze.

'O.'

'Ze is niet eens geïnteresseerd in zichzelf.'

Het idee om zuster Hildegunde de meisjes van het Margarethahuis te laten scholen tot *Kindermädchen* komt van de pastoor.

'Wanneer ze hier weggaan, hebben ze weinig vooruitzichten. Maar als we ze opleiden tot kindermeisjes, hebben ze gegarandeerd een baan,' zegt hij.

Ze richt haar bleke ogen ergens ter hoogte van zijn linkerschouder. 'Meer een kansje erop.'

'Goed, een kans. Ze leren hier veel waardevols. Sowieso weten ze al hoe je voor een baby zorgt. Maar bedenk toch eens, zuster Hildegunde, hoeveel moeders in spe krijgen de kans om zo te oefenen?'

'Het is een unieke situatie, ja. Maar er zit wel een risico aan vast om onze meisjes zo met de kinderen te laten omgaan. Stel dat ze zich te veel gaan hechten? Stel dat ze hun eigen kind willen houden?'

'Daar moeten we goed op bedacht zijn.'

'En samenwerken om het te voorkomen.'

Hij bloost. 'We stellen richtlijnen op voor een juist *Praktikum*. Maak een lijst van alles wat ze nu al doen: de kinderen voeden, wassen, veilig houden...'

'En onderwijzen.' Zuster Hildegunde vouwt haar handen samen als in gebed. 'Als onderdeel van het *Praktikum*.'

Hij leunt naar voren. Vangt de geur op van wierook, terpentine en nog iets, iets wat hij niet kan thuisbrengen. 'Bedoelt u dat de meisjes hun pupillen moeten leren lezen en schrijven en zo?'

'En rekenen. En musiceren, schilderen, handwerken. We reiken een diploma uit waarmee ze een heel gezin van dienst kunnen zijn.' Haar vingers strijken over zijn mouw, vlak boven zijn pols.

Hij probeert kalm uit te ademen.

'Ik schrijf voor ieder van hen een aanbevelingsbrief,' zegt ze enthousiast.

'Geweldig!'

'Op perkament.'
'In reliëfdruk.'

'Maar de meisjes hebben al zo'n vol programma,' zeggen de nonnen als zuster Hildegunde hun het plan voorlegt.

'Dat klopt,' zegt ze. 'Dat wordt ook niet voller. Ze krijgen gewoon een diploma, een getuigschrift waarop staat wat ze hebben geleerd.'

'Een diploma? Met welk doel?'

'Zodat ze gemakkelijker werk kunnen vinden, nadat ze het *Praktikum* hebben afgerond.'

Drie maanden later schrijft de pastoor naar zijn collega's van andere parochies om de kersverse kindermeisjes onder de aandacht te brengen. 'Ze hebben geleerd baby's en kinderen in bad te doen, te eten te geven, te bakeren, veilig te houden en ze te onderwijzen in basisvakken maar ook in muziek- en schilderkunst. Ze kunnen koken, inmaken en bakken, poetsen, wassen, strijken en kleding verstellen: ze zijn een hulp voor het hele gezin. Ze hebben met succes onze opleiding afgerond en hun diploma van *Kindermädchen* verdiend.'

De jongste meisjes herinneren de nonnen aan hun eigen jeugd. Niet gewend aan hun uitdijende omvang stoten ze van alles omver, kandelaars bijvoorbeeld, of kannen water. Ze doen graag aan touwtjespringen in de brede gangen en als de nonnen dat verbieden, verplaatsen ze hun spel naar de kelder van de kerk.

Voor hen bidden de nonnen extra rozenkransen. Hun lichaam is niet voldoende volgroeid om een kind in het leven te persen.

Op een dinsdag tijdens de vespers komt het in zuster Hildegunde op dat Sinte Margaretha meer dan één schilderij verdient. Een serie, denkt ze. Per slot zijn er veertien panelen om de lijdensweg van Christus uit te beelden tot zijn wederopstanding aan toe. En Margaretha heeft er niet eens veertien nodig, gewoon een paar, zodat de moed van de heilige die meisjes – kinderen nog – een hart onder de riem steekt.

Ze spant een doek op, brengt met haar schildersmes de eerste kleurlagen aan en schildert de hele nacht door, met een losse hand die de vlucht van haar geest volgt totdat in de violette stilte net voor dageraad Sinte Margaretha is opgerezen: sereen neerkijkend op de dode draak, met één voet victorieus op het geschubde kadaver, zonder ook maar een vlekje op haar jurk of een krasje, snede, bijtwond of blauwe plek op haar lijf.

Als ze de beide schilderijen naast elkaar zet, is het duidelijk dat er een overgang heeft plaatsgevonden van de grootogige Margaretha in de muil van de levende draak naar de triomferende heilige bij de dode. De daaropvolgende nacht schildert ze de draak, die Margaretha kokhalzend uitbraakt. Er klopt niets van. Zo nauwgezet dat het angstvallig aandoet. Door alles tot in de details uit te beelden legt ze het geheel beperkingen op. Waarom ook elke drakenteen en elke drakenteennagel schilderen als de suggestie van een klauw zoveel krachtiger is? Met haar paletmes gaat ze de draak te lijf – lange halen, korte stoten, terugtrekken en opnieuw in de aanval – en door weg te schrapen wat er niet toe doet komt ze tot vaart en hartstocht.

Natuurlijk merken de nonnen het op.

Hoe kan het ook anders?

Alsof er een dam is doorgebroken in zuster Hildegunde, alsof ze licht geeft. De een zegt dat het van de ene dag op de andere is gebeurd, de ander dat het tientallen jaren in beslag heeft genomen. Maar allemaal zijn ze het eens dat zuster Hildegundes schilderen iets wonderlijk doorzichtigs heeft gekregen, met naakt doek dat door de kleuren heen schemert. Met brede halen weet ze het wezen te vangen van het bisschoppelijk paleis, dat haar moet hebben aangesproken vanaf de dag dat ze erop toe kwam lopen, zoals het in al zijn pracht en praal boven de velden leek te zweven. Ze loopt er nog steeds op toe, nu eens vanuit deze hoek, dan weer vanuit die, dankbaar om hoe het zichzelf aan haar toont, drijvend op mistflarden, met zijn ramen die de vorm en kleur van pauwenveren hebben, stralende tinten blauw en paars rond een donker oog.

Zo'n gloedvol raam wordt haar signatuur: het kan haar doek vullen of in het klein hoog in een boom of aan de einder verschijnen.

Bisschoppen stijgen op en strijken neer op het dak. Geïnspireerd door de bijna menselijke kreten van de pauwen, schildert ze bisschopshoofden op pauwenlijven.

Klaprozen als reusachtige bomen omringen het landhuis en nonnen wandelen in de schaduw ervan terwijl een lijkbleek meisje met een baby in de armen de bordestrap opgaat.

Frau Bauer zegt dat de klaproosbomen haar doen denken aan het Schwarzwald.

'Alles doet jou denken aan het Schwarzwald,' zegt zuster Hildegunde.

'Wilt u het schilderij ruilen?'

'Waarvoor?'

'Voor een paar melkkrukken. Mijn zoon Köbi maakt ze naar het ontwerp dat nog van onze voorouders uit het Schwarzwald stamt, van toen ze hierheen kwamen voor een bruiloft en nooit meer zijn vertrokken, en–'

'We hebben geen melkkrukken nodig.'

'Maar u kunt ze ook voor andere dingen gebruiken, zoals bij… zoals bij het weven en schilderen en misschien zelfs bij het tuinieren, als u graag zit terwijl u onkruid wiedt; ze wiebelen niet zoals de meeste krukken als je er niet recht op zit, al ben je nog zo dronken–'

'Dronkenschap,' zegt zuster Hildegunde, die haar pupillen als vanzelf naar haar neus voelt trekken, 'is niet echt een probleem voor ons.' Ze sluit haar ogen en stuurt haar pupillen met ijzeren wilskracht en opperste concentratie terug naar het midden.

'Sorry, zuster Hildegunde. Ik bedoelde niet te zeggen dat jullie drinken en het spijt me als ik u moe maak–'

'Hoeveel melkkrukken?' De non opent haar ogen. De pupillen kijken weer recht naar voren.

'Drie?'

'Tien.'

'O maar–'

'Voor onze grotere kinderen. Die kunnen niet stilzitten, maar met zulke krukjes blijft het gekletter binnen de perken.'

Het volgende schilderij dat verkocht wordt, is dat van de bisschoppen op het dak. Daar azen er meer op, maar de smid komt als eerste met geld aanzetten. De andere gegadigden wenden zich tot zuster Hildegunde.

'Een schilderij met de bisschoppen die zich achter een schoorsteen verschuilen?'

'Of met de pauwen die de bisschoppen van het dak duwen?'

Maar zuster Hildegunde neemt geen opdrachten aan. Ze is in de greep van een allesverterende drift om datgene te vangen wat ze in verhaaldromen ziet die zo echt zijn dat ze niet meer weet of ze in de alkoof van de kapel staat te schilderen of in haar verbeelding. Ze laat haar schilderijen pas zien als ze af zijn, en het laat haar koud wanneer mensen haar vertellen hoe magnifiek of verhelderend een schilderij is, omdat ze alweer is meegevoerd door een volgende verhaaldroom, en het is de schoonheid daarvan die haar drijft, het ongekende. Beelden maken die er voorheen nog niet waren – zo zegt ze haar leerlingen – dát moeten we doen. Dat is geen gemakkelijk proces, waarschuwt ze haar leerlingen, dat kan ook niet. En ze moedigt ze een voor een aan om in de kolkende stroom van het ongekende te springen naar een eigen visioen.

DEEL 3

Herfst 1878

II

DOORZICHTIGE MANEN

In het Sinte-Margarethahuis voor zwangere meisjes slaapt Lotte Jansen terwijl de meisjes in de kleine-kinderkamer met Wilhelm spelen en hem op hun buik laten schommelen. Hij is al [illegible] om ze te doen denken aan de baby die ze straks zelf voort zullen brengen.

Maar nu nog niet nu nog niet nu nog...

Of misschien wel helemaal niet, als het waar is dat ooievaars baby's uit zee vissen, ze er druipnat uit vissen en bij jou brengen en je in je been bijten tot je schreeuwt, tot er een vlek op je been zit, een Mutterfleck.

Ze fluisteren Wilhelm toe wat een geluksvogel hij is dat hij een moeder heeft die hem mee naar huis kan nemen.

Maar vooralsnog slaapt Lotte. Acht uur aan een stuk. Tien. Met korte momenten dat ze wakker is tussendoor, momenten waarop ze er zeker van kan zijn dat de wanhoop op haar wacht, er zeker van kan zijn dat die haar verlamt wanneer zuster Franziska Wilhelm komt brengen, er zeker van kan zijn dat die haar de mond snoert wanneer haar neef Nils haar van Südfall aan de andere kant van de wadden komt bezoeken.

Nils laat zich op de stoel naast haar bed zakken.

'Het is mogelijk dat ze geen woord zegt,' heeft zuster Ida hem gewaarschuwd. 'Het verdriet zit te diep. Praat maar gewoon tegen haar.'

Nils vertelt Lotte verhalen van vroeger, van voor de golf, van voor de kinderen, van voor Kalle. Verhalen over toen ze kinderen waren en zij bij hem achter op het paard zat met haar armen om zijn middel. In vliegende galop. *Voor altijd in vliegende galop. Voor altijd tien jaar oud.* Om naar de school op Nordstrand te komen rijdt Nils het wad over. Zijn ouders huren het enige huis op Südfall, en afhankelijk van getij en wind logeert hij door de week bij Lotte en keert op zaterdagmiddag na school terug naar huis.

'Je was dolgelukkig als je tot maandagmorgen met mij mee mocht naar Südfall,' zegt Nils.

Op een nacht in mei, toen Lotte op Südfall logeerde, hadden volle maan en springvloed de volle nesten van broedvogels meegesleurd. Geen verhaal voor Lotte, besluit Nils. Niet nu. Misschien wel nooit. Al waren de vogels opnieuw begonnen, al was er genoeg tijd geweest voor ze om opnieuw te beginnen. Nog een herinnering die hij onaangeroerd laat: met Lotte naar zolder klimmen en zich daar verstoppen in de sloep die er klaarstaat. Voor wanneer *Hochwasser* tegen de muren op klotst, dan kunnen ze de roeiboot door het luik te water laten. Nils wou dat hij herinneringen voor Lotte had zonder de Noordzee, maar die valt niet uit hun leven weg te denken: het brullen ervan, het ruisen ervan, het oppervlak dat nooit hetzelfde is, de zilte smaak ervan op je huid, de kracht waarmee hij je omvergooit.

In de kleine-kinderkamer knipt Tilli Wilhelms nagels en doet de doorzichtige halvemaantjes in haar zakdoekenkistje. Ze kan zichzelf in zijn huis zien, waar ze hem wekelijks de nagels knipt.

'Gauw,' belooft ze. 'Algauw kom ik bij jou en je *Mutti* wonen. Alleen wij drietjes.'

Ze raakt eraan gewend dat hij zo groot is. Zijn beentjes bungelen over haar arm. Op een morgen trekt ze hem los van haar borst omdat hij zo'n honger in haar wakker roept *naar haar eigen kleintje, hoe hebben ze je bij me weg gekregen terwijl ik je toch vasthad, je zo dicht tegen me aan had?* En dan herinnert ze zich…

… *de prik van een naald…*

… *een zachte stem zoet maar zoet maar handen die…*

… *mijn armen loshalen jouw huid van de mijne loshalen.*

Ze knijpt haar ogen dicht en roept zich haar meisje voor de geest, aan de borst, en laat Wilhelms mond weer toe om de honger van haar eigen kind te stillen, omdat haar lichaam aanmaakt wat haar kleintje nodig heeft en zolang ze het aan Wilhelm geeft kan haar kleintje niet ver weg zijn.

Nils brengt zijn tekening van een spreeuw mee naar het Margarethahuis en vraagt Lotte of ze nog weet dat zuster Sieglinde in de derde klas over spreeuwen en hun migratie vertelde. Met zijn schets in haar handen – zwart, gespikkeld verenkleed, rechte staart – ziet ze haar eigen spreeuwentekening weer aan de wand van het klaslokaal geprikt. Ziet ze het drasland weer waar zij en Nils en Kalle met hun lerares wachten zoals schoolkinderen door de eeuwen heen op de lentedans van de spreeuwen hebben gewacht.

'Waar zijn de spreeuwen?'

'Ja, waar zijn ze?'

Ze speuren de lucht af met de hand boven de ogen tegen de felle avondgloed. Voorlopig zijn het vooral zwermen muggen, de lucht van zompige aarde, van oeroude lagen rot en bederf, waar nieuw leven zich op voedt.

'Zeg eens, waar denken jullie aan als je spreeuwen ziet?' zegt zuster Sieglinde.

'Aan spreeuwensoep.'

'Aan *Mutti's* spreeuwenpasteitjes.'

'Mijn opa heeft eens een spreeuw leren zingen.'

'Mijn oom schiet ze uit de lucht.'

'Waar gaan ze 's winters heen?'

'Naar het zuiden,' zegt zuster Sieglinde. 'Naar België en Frankrijk. Wie weet de Latijnse naam voor de Europese spreeuw nog?'

Opgestoken handen.

'*Sturnus vulgaris.*'

'Heel goed. En wie kan me vertellen welke twee dingen het belangrijkste voor ze zijn?'

'Slaap.'

'En niet opgegeten worden.'

'Ja. En wat gebeurt er als hun slaap sterker wordt dan de angst om te worden opgegeten?' Zuster Sieglinde heeft vaak nagedacht over zulke dilemma's, ze heeft gebeden vanwege zulke dilemma's.

'Ze wachten het beste moment af om neer te strijken in het gras.'

'Voor het donker wordt.'

'In de laatste twintig minuten daglicht.'
'Pijlsnel.'
'Ze komen uit de hemel vallen…'
'… met zestig kilometer per uur. Zo hard gaan ze.'
Een paar kinderen porren elkaar met de elleboog aan.
'Veel sneller!'
'Twintig keer zo snel.'
Ellebogen porren en poken over en weer, kinderen roepen en lachen.
Zuster Sieglinde zegt ze op te houden al is haar ene opgetrokken wenkbrauw genoeg om de ellebogen te laten zakken. 'Spreeuwen,' zegt ze, 'hebben drie manieren om met elkaar te communiceren. Ze kijken continu om zich heen. Ze luisteren. En ze geven elkaar signalen met hun vleugels. *Wat doet mijn buur, dan doe ik dat ook. We willen in deze formatie daar naar dat drasland. Er moet wel water zijn…* Maar zodra ze omlaaggaan worden ze gegrepen door *Raubvögel*, en dan sluit de vlucht zich om de opengevallen plekken en verandert van richting om te ontsnappen. Daar kun je aan zien wat voor aanval er gaande is.'
Ze hoeft haar leerlingen niet te vertellen dat de magnifieke dans van de spreeuwenvlucht een bloedbad is. Dat weten ze best. Ze kunnen onder de indruk zijn van de dans zonder geschokt te zijn door de slachting, ze eten immers ook kippen, lammeren, varkens die ze geslacht hebben zien worden of hebben helpen slachten. Misschien heeft doden voor hen een eigen schoonheid, terwijl zuster Sieglinde zich nog altijd voelt als dat bange kind dat onder oma's bed wegkruipt als *Mutti* weer een kip neerhoudt op de boomstronk en haar bijl opheft. *Vegen opgedroogd bloed over de ringen van de boom…*

'Waarom heb je ons niet gewaarschuwd?' zegt Lotte, wanneer haar neef weer komt.
'Niemand heeft het zien aankomen.'
'Als je erbij was geweest had je het gezien, ons kunnen waarschuwen, mijn kinderen uit de golf kunnen trekken.'
Nils begrijpt het *Watt* beter dan de meesten. Net als zijn vader verdient hij met *Wattführungen* een extraatje op het vissersinkomen: hij gidst toeristen op veertien kilometer lange wandelingen over het wad

van Nordstrand naar Südfall, waar zijn moeders *Kaffee und Kuchen* wachten en ze een beetje winst maken voordat de terugtocht naar Nordstrand wordt aangevangen. Nils vertelt over natuur en geschiedenis en over het verschil tussen een eiland als Nordstrand en een Hallig als Südfall, dat wel dertig keer per jaar overstroomt. De Halligen, zegt hij, bestaan in samenhang met het getij. Je hebt er geen dijken, maar mensen hebben er metershoge terpen opgeworpen, de *Warft*, waar de huizen en schuren op staan. Bij vloed drijven ze al het vee op de *Warft*. Nils waarschuwt toeristen voor de gevaren van wadlopen zonder gids. Je verkijkt je te gemakkelijk op waar je bent en hoe snel de vloed komt opzetten. Om je heen stijgt het water en het snijdt je af van de kust. Nu vertelt hij ook – al zegt hij dat niet tegen Lotte – het verhaal van de monstergolf, de eenling die drie kinderen in zijn familie in één klap heeft verzwolgen.

De nonnen onderhandelen over de pacht van het boerenland van de Jansens met de koster, die bekendstaat als een man van eer als het om kerkwerk gaat en als een eersteklas leugenaar als het gaat om zijn leeftijd. Hij stuurt een knecht om het land te bewerken en Lotte te voorzien van eieren, melk en pachtgeld.

De koster mag dan tegen de zeventig lopen, hij heeft een gezonde kleur op zijn wangen, nauwelijks rimpels en een volle haardos, en hij beweert twintig jaar jonger te zijn dan de oude mannen die zich kunnen herinneren naast hem in de schoolbanken te hebben gezeten. Het vermoeden is dat hij zich laat injecteren met geitenpis.

'Bij een veearts in Hamburg.'

'Van drachtige geiten, heb ik bij de barbier gehoord.'

'Om jong te blijven.'

'Volgens mij waren de geiten in Bremerhaven.'

'Misschien wel in Bremerhaven én in Hamburg.'

'Hij is vaak zat weg met de trein.'

'Hoe duur is dat, denk je?'

'Dat moet je hém vragen…'

'Ja, en ook hoe je dat regelt.'

Maar de koster, kwaad dat ze het zelfs maar durven te vragen, ontkent iets te weten over de pis van drachtige geiten.

12

BUIKDANSERESSEN EN APOSTELS

'Weet je nog die keer dat we schatten hebben gevonden op het *Watt*?' vraagt Nils.

Lotte staart uit het raam.

Hij blokkeert het uitzicht met zijn lichaam. 'We zaten in de derde, het was lente en de Noordzee had zand en silt weggeslagen van Rungholt. Weet je nog?'

Resten van waterkelders en wegen onder het oppervlak.

'Vertel me wat je nog weet,' fluistert Nils.

Palen en ploegvoren. Je kunt onderduiken in die herinneringen. Verdwijnen.

'Ze hadden het over schatten,' zegt hij. 'Jij, Kalle, ik, we waren acht. We zijn er met eb heen gegaan met haak, emmer en schop. Hele gezinnen waren er aan het graven. Jij en ik vonden het handvat van een ploeg.'

Drie scherven aardewerk.

'En twee scherven aardewerk,' zegt hij.

Drie.

'Je was er goed in, schatten vinden voor het schoolmuseum.'

Hij herinnert haar eraan hoe trots ze waren toen ze hun schatten naar hun lerares brachten. En al zegt Lotte geen woord, het lijkt alsof ze een gesprek voeren, want hij voelt dat zij de scherven, het handvat ook weer voor zich ziet, de beelden die hemzelf bijstaan en die hen allebei op andere beelden brengen: van kastplanken en vitrines waarin kaarten en dagboeken tentoongesteld liggen, aardewerken kommen en wetstenen, de stijve kledingstukken en het keukengerei van voorouders, de juwelen die mensen aan het museum hebben vermaakt.

Elke vondst wordt bestudeerd. Een oude inktpot. Een half spinnenwiel. Een koperen theepot. Glinsterende scherven serviesgoed uit de langvervlogen tijden dat handelsschepen op Rungholt voeren. Hele generaties leerlingen hebben hun handschrift geoefend op de kaartjes die elk object met naam, eeuw, vindplaats en vinder duiden.

Tintenfaß / 14. Jahrhundert / Bennersiel / Dietrich Maier
Kupfere Teekanne / 17. Jahrhundert / Herrendeich / Rosemarie Link

In de loop der tijd is het museum uitgebreid door zijn curators, een leraar van de school die daartoe wordt aangewezen en die er een eigen kantoor heeft. Na sluitingstijd mag die leraar het museum als woonkamer gebruiken, op de twaalfde-eeuwse ridderzetel of de zeventiende-eeuwse bank zitten en omringd door zeelandschappen en ingelijste documenten de maaltijd gebruiken aan de veertiende-eeuwse marmeren tafel. Tenzij de leraar een non is, die voor donker terug moet zijn in het Margarethahuis.

Vanuit haar stille bed volgt Lotte in gedachten en verlangen de route van Circus Ludwig door stadjes en dorpen langs de Noordzee, naar Duitsland en Denemarken en terug door Duitsland naar Nederland.

Volgend jaar augustus zal hij terug moeten komen omdat Circus Ludwig dan wederom zijn tenten opslaat op Nordstrand. Wanneer precies valt niet te zeggen. Er kan van alles gebeuren onderweg – zieke dieren, een gebroken karrenwiel – waardoor voorstellingen worden afgelast of opgeschoven. Maar zodra je over voorstellingen in Husum hoort, weet je dat Nordstrand als eerstvolgende aan de beurt is. Komt hij naar huis? Of zal hij haar vermijden? Zich in een van de wagens opsluiten? Niet thuis geven als zij hem opzoekt?

Misschien moet zij zich met Wilhelm in huis opsluiten. Dat Kalle maar naar haar toe komt. Maar stel dat hij dat niet doet? Ze begrijpt waarom hij is weggegaan, maar niet waarom hij haar niet schrijft. Niet waarom hij maar wegblijft. Ze denkt aan Sabine Florian, met haar sterke, lenige lichaam. Sabine, vrij en onverschrokken, die haar lichaam zou moeten gebruiken om haar dochter aan de grond te houden, niet om er de man van een ander mee te verleiden, een man die bovendien jong genoeg is om haar zoon te zijn.

Als Lotte kon zou ze haar verlangen een halt toeroepen, het afmaken-wurgen-verbranden. Het sleurt je mee, verleidt je om te hopen als je je niet subiet terugtrekt. Verlangen kent twee kanten: hoop, en het risico dat die hoop je opslokt. Verlangen brengt je ten val en bedriegt je. En tegelijk verlost het je – even – van je wanhoop terwijl buiten je raam de seizoenen hun extravagante wisseling opvoeren: de wind laat koolzaadvelden golven en deinen alsof de ontelbare gele bloesems één zijn, en de wolkenvelden zijn rimpelig als het strand wanneer de zee zich heeft teruggetrokken, met donkere holten en lichtende richels, alsof de wereld zich heeft omgekeerd.

Verlangen. Geen verdriet. Niet om Kalle.

Verdriet om hem en om haar kinderen tegelijk zou verraad zijn aan haar kinderen.

Als vader en zoon Ludwig het met Kalle hebben over de renovatie van de wagenpanelen, zijn ze het eens dat er magie en passie van uit moet gaan. Maar terwijl de vader daarbij extra scènes uit de Bijbel voor zich ziet, wil de zoon alle schilderingen vervangen door scènes uit *Duizend-en-één-nacht*.

'Veel te duur,' zegt Herr Ludwig.

'We hebben iets opwindenders nodig dan maagden en apostels,' werpt Silvio tegen.

Kalle luistert aandachtig om te weten te komen hoe hij ze allebei tevreden kan stemmen. 'En als we jullie verhaallijnen nou eens samenvoegen.'

'Dat is niet logisch,' zegt Silvio Ludwig.

'Niet logisch,' echoot zijn vader.

'Het houdt de kosten laag,' zegt Kalle.

De Ludwigs wisselen een blik. Kijken Kalle afwachtend aan.

'Ik doe geen onnodig werk. Wat er van de Bijbelse panelen bewaard kan blijven, bewaar ik.'

Hij begint met de kantinewagen, die vanwege zijn beschildering het Laatste Avondmaal wordt genoemd, waarvan hij nu de rottende helft verwijdert en er gesluierde buikdanseressen voor in de plaats brengt die verleidelijk kronkelen voor de overgebleven apostels. Als speelgoedmaker heeft hij altijd pietepeuterige miniaturen gemaakt; nu, bij het circus, leert hij in het groot werken. Aan het einde van de werkdag is hij kapot maar toch ligt hij 's nachts wakker, bang als hij is dat hij, als hij indommelt, zich opnieuw zal moeten herinneren dat hij zijn kinderen nooit meer in zijn armen zal houden.

De herinnering van dierlijke lichamelijkheid is niet uit te wissen. De herinnering aan hoe ze bij haar dronken: *Hannelore, die alles zelf wilde doen nog voor ze dat goed en wel kon en met beide handjes Lottes borst naar zich toe trok; nieuwsgierige Martin, die aan de borst zijn hoofd naar links en rechts draaide om alles en iedereen maar te kunnen volgen en daarbij Lottes tepel oprekte; heftige, hongerige Bärbel, die zich uit alle macht aan Lotte vastklonk, met lippen, kaken, tong en tandjes…*

Opnieuw barricadeert Kalle zijn ziel en zoekt zijn toevlucht in het voeren van de dieren en het uitmesten van hun verblijven tot hij licht in het hoofd is, zijn enige gedachten wat er op dat moment gedaan moet worden en wat op het moment erna, tot hij gekalmeerd is, getroost zelfs, door hun nabijheid en geur, door de hoop dat hij ze goeddoet. Hij laat zijn andere werk liggen. Houdt zich voor dat hij de veearts is, of wat daar in het circus het dichtstbij komt. Voor de zieke dieren maakt hij vleesjus, net als hij thuis deed. Terwijl hij vlees aanbraadt en met een scheut water laat stoven, komen de dieren dichterbij, neus in de lucht, en hij noemt ze zijn kleine kannibalen en praat tegen ze tot hijzelf rustig is en het vlees in draadjes in een dikke jus drijft. Als hij die over voer giet dat ze eerder hebben geweigerd krijgt hij zelfs de minst medewerkzame dieren aan het eten, krijgt hij het leven terug in hun ogen, al gaat het lijnrecht in tegen wat hij altijd te horen heeft gekregen: dat grazers geen vlees eten want dat zou kannibalisme zijn.

Eerst zijn beide Ludwigs enthousiast over Kalles werk. Maar op een avond aan de eettafel in het Laatste Avondmaal maakt Herr Ludwig zich druk.

Even zwijgt Silvio. Dan zegt hij: 'Gisteren vond je de buikdanseressen nog mooi.'

Zijn vader schudt zijn hoofd.

'We waren het toch eens, *Vater.*'

'Nee, niet.'

'We waren het eens. Overal over. Je bent het vergeten.'

'Nee, niet.'

Silvio gebaart naar zijn vaders onaangeroerde bord.

'Geen zin.'

'Je wordt te mager.'

'Geen buikdanseressen op mijn wagen!'

'Waag het niet om ziek te worden.'

Binnensmonds mopperend pakt zijn vader een stukje gekookte aardappel, kauwt er voorzichtig op, vingers aan zijn mond, zijn hand net een klauw.

'Hoor je me?'

'Geen buikdanseressen! Je moeder draait zich om in haar graf.'

'Dan laten we onze wagen zwart-met-zilver. Eerst maar eens zien wat Kalle terechtbrengt van de andere wagens.'

'Hij doet zijn werk niet.'

'Sabine zegt dat het komt door het verdriet om zijn kinderen.'

13

OUDE VROUWEN FIETSEN DOOR WEER EN WIND

Zelfs in de regen fietsen de Oude Vrouwen naar de begraafplaats: paraplu in de ene hand, de andere aan het stuur, waaraan een emmer, een tas tuingereedschap, bloempotten bungelen. Voorbij de brug over de wetering stappen ze af. Maria hinkt. Niks, zegt ze, als ze vragen wat er is gebeurd. Nee, zegt ze, als ze aanbieden haar spullen tegen het steile pad op te dragen.

Ze schrapen het mos van grafzerken, wieden het onkruid van familiegraven. Ze kennen elkaars verhalen en de verhalen van degenen die begraven liggen. Ze kennen de beslissende momenten erin, dat moment vlak voordat verdriet of geluk of woede losbarst, en kunnen het zelfs een halve eeuw later herbeleven. Zoals het moment dat Maria, op de dag van haar huwelijk met de pezige visser van wie ze al sinds haar zestiende houdt, de nieuwe dorpsdokter naar het bed van haar moeder bracht.

Had haar moeder maar nooit gewild dat Maria haar bruidssluier van vroeger zou dragen. Was ze maar nooit op die stoel geklommen om bij de koffer op haar kleerkast te kunnen. Had ze haar been maar niet gebroken toen de stoel kantelde. Dan had *Herr Doktor* zich niet van zijn beste kant laten zien, kundig, met schone handen en nieuwe schoenen. Dan had Maria haar visser niet aan de kant gezet, die nu, bijna een halve eeuw later, nog steeds op haar wacht. Dan was ze niet met *Herr Doktor* getrouwd en bij hem in zijn dure villa met de veranda aan weerskanten gaan wonen. Want hij slaat haar, deze *Herr Doktor*. En hun vijf dochters ook. Je zou denken dat zo'n huis vol vrouwen wel één vent met o-benen de baas kon. Hem kon vergiftigen. Doodknuppelen. Verdrinken. Verhangen. De Oude Vrouwen laten hun verbeelding de vrije loop.

Intussen dwaalt Maria 's nachts rond. Haar visser hoefde maar één jaar te wachten voordat ze naar hem toe kwam. Ze krijgt haar rust in de ochtenduren. Toen haar kinderen nog jong waren troffen ze haar in diepe slaap aan als zij de dag begonnen. De oudere meisjes kleedden de kleintjes aan en zorgden voor het ontbijt.

Telkens wanneer Maria's echtgenoot haar een slaapmiddel voorschrijft, doet Maria trouw alsof ze het neemt. 'Het was hetzelfde met mijn grootmoeder,' zegt ze. 'Wakker tot diep in de nacht, slapen tot laat in de ochtend.'

De nachten dat ze samen zijn, zijn Maria en haar visser van middernacht tot het ochtendgrauwen op zijn vissersboot, waar ze elkaar vinden in hartstocht en tederheid.

Hij biedt aan haar echtgenoot om hals te brengen. 'Waarom blijf je bij hem?' zegt hij.

'Ik heb het beloofd toen ik met hem trouwde.'

'Je hebt niet beloofd dat hij jou en onze dochters mocht slaan.'

Onze dochters.

Drie van Maria's vijf dochters zijn van deze man. Hun uiterlijk verraadt hen niet: beide mannen zijn blond, beide hebben o-benen. Ze kennen hem als de aardige visser die hun zijn beste vis tegen de laagste prijs verkoopt. Alle vijf kennen ze *Herr Doktor* als hun vader, een man die ze vrezen en verachten.

'Ik wou dat ze allemaal van mij waren,' zegt de visser.

'Je zou een goede vader zijn.'

'Als ik hem om zeep help kunnen we ze vertellen dat ze mijn dochters zijn.'

'Als ze je in de gevangenis komen bezoeken? We zijn stokoud tegen de tijd dat je eruit zou komen. Op onze trouwdag zullen de mensen zeggen hoe raar het is om op die leeftijd nog met elkaar te vrijen.'

Hij lacht. 'Of dat we dat waarschijnlijk niet eens meer willen.'

'Dit niet willen…' Maria strekt haar armen naar hem uit.

Al ligt de begraafplaats op een terp met een wetering eromheen, het is er drassig, en als je een plant in de grond zet welt het water er rondom op. Het ergste zijn natuurlijk de nieuw gedolven graven: de kist die je erin laat zakken verdringt het water met een gorgelend geluid waar je 's nachts niet graag aan denkt. En de ergste begrafenissen zijn die van verdronken kinderen, die door de ouders moeten worden teruggegeven aan het water.

'Dat is de Jansens in elk geval bespaard gebleven.'

Sinds de dag van de verdrinking spookt de Oude Vrouwen een beeld van de Jansen-kinderen door het hoofd, willoos op hun buik in de Noordzee, al heeft niemand ze zo gezien. Geen lichaam, geen graf.

'Ze heeft Wilhelm nog.'

'Ik maak me zorgen om dat kind, zo somber...'

'... bonkt met zijn hoofd tegen de muur...'

'Ik breng haar room.'

'Zuster Elinor zegt dat Lotte graag rodekool eet.'

'Ik heb de grendel op haar deur gerepareerd.'

'Mijn zoons repareren het dak van haar schuur.'

'Ik breng haar versgebakken brood.'

'Kaas, karnemelk...'

De andere begrafenissen die je hart verscheuren zijn die van moeder en kind die in het kraambed sterven en worden begraven zoals je ze het leven had toegewenst, moeder met kleintje dicht tegen zich aan.

14

SILVIO KRUIPT BIJ ZIJN VADER

In het holst van de nacht klinkt er gehuil uit de wagen van Herr Ludwig. Silvio haast zich naar zijn vader, wrijft hem troostend over de schouder, veegt tranen en snot van zijn gezicht, maar Herr Ludwig is ontroostbaar en wendt zijn hoofd af. Vlekkerige schedel onder de schaarse haren. Silvio wordt overmand door medelijden. *Wanneer ben je zo oud geworden?*

'Waarom huil je?'

Herr Ludwig glimlacht door zijn tranen heen. 'Het komt wel goed.'

'Ja, dat hou je ons allemaal steeds voor.'

'Dat zei je moeder altijd.' Weer huilt hij, nog troostelozer.

'Weet je nog waarom je moest huilen?' vraagt Silvio en omdat hij niet weet hoe hij zijn vader moet troosten, kruipt hij bij hem in bed. Eerst voelt het ongemakkelijk. Die papierachtige huid. Maar het huilen wordt minder, en zijn vader legt zijn knokige hoofd op Silvio's schouder, legt op zoek naar houvast een arm over zijn borst: armen die Silvio vroeger toen hij klein was moeiteloos optilden zodat hij naar hooggelegen dingen kon reiken. *Wir zwei.* Of om een fles te verstoppen voor zijn moeder. *Wir zwei.* Silvio's moeder staat zijn vader niet toe om te drinken, zegt dat het onfatsoenlijk is, en het verbod loopt over in ruzies, in leugens.

Sommige nachten treft Silvio zijn vader dolend aan, op zoek naar zijn vrouw, en dan brengt hij hem terug naar de zwart-met-zilveren wagen.

'Hoe hou ik hem tegen?' vraagt hij zijn huisgenoot Hans-Jürgen. 'Ik kan hem toch moeilijk vastbinden.'

Dat wordt allengs gemakkelijker. Al is vastbinden een groot woord: behoeden. Hem met een theedoek losjes om de enkels aan het voeteneind van het bed binden. Maar de oude man zet zijn handen op de vloer en wurmt en kronkelt net zolang tot hij zijn zweterige voeten uit de theedoeken heeft bevrijd.

'De oude linkmiegel,' zegt Hans-Jürgen bewonderend.

'Dat is-ie zeker,' zegt Silvio, die zich zorgen maakt dat hij niet genoeg voor zijn vader doet. Maar als hij aanbiedt om weer bij hem in te trekken, weigert zijn vader dat.

'Waarom niet?' zegt Silvio.

'Omdat...' – zijn vader gebaart met zijn handen alsof hij met iemand praat die wel erg dom is – 'Hans-Jürgen nu je familie is.'

'Jij bent mijn familie.'

'Mijn beste jongen... Je hoeft me geen fabeltjes te verkopen.'

Kalle...

... die denkt dat hij wakker is...

... die de aanwezigheid van zijn kinderen voelt...

– of droomt hij dat maar? –

... raakt zijn kinderen opnieuw kwijt.

Hij is hun vader, dat weet hij. Een vader die zijn kinderen verwaarloost. Die geen wortels heeft. Wanhoop verspreidt zich door zijn wezen en verplettert hem stilaan vanbinnen totdat lopen ondoenlijk wordt, totdat uit bed komen ondoenlijk wordt. Hij maakt zich zorgen over de boerderij. Over het werk dat gedaan moet worden. De reparaties die nodig zijn. Het dak van de schuur heeft van de winter maar een pak sneeuw nodig om in te storten.

Ik storm Kalles wagen in en ruk de dekens van hem af. 'Jij en ik gaan een eindje wandelen.'

Hij grijpt de dekens terug en trekt ze over zich heen.

'Je werkt niet. Je eet niet.'

'Morgen...'

Opnieuw ruk ik de dekens weg.

'Ik moet me wassen.'

'Eerst wandelen.'

‘Ik stink.’

‘Dat klopt.’

Hij sluit zijn ogen.

‘Je kunt lopen onder het stinken.’ Ik trek hem aan zijn arm overeind, maar hij maakt zijn lichaam zwaar en laat zich terugvallen.

‘Ik kan dit niet.’ Ik gooi mijn armen in de lucht. ‘Ik heb al één volwassen kind en het is niet eerlijk – het is egoïstisch – om van me te verwachten dat ik er een tweede bij neem.’

‘Ik verwacht helemaal–’

‘Dat eeuwige behoeftige–’

‘Ik ben geen kind.’

‘Je stuitert van het ene uiterste in het andere.’

‘Ik snap niet–’

‘Nee, dat is het hem juist, je gaat er maar van uit dat ik het voor je doe, dat ik het voor je snap en dat ik het je allemaal uitleg, maar ik breng het niet op om nog één ding voor nóg iemand te doen want ik doe al alles voor een kind van twintig’ – de woede, de onrechtvaardigheid, de liefde, de angst dreigen me te verstikken als ik ze er niet uitgooi – ‘en voor Heike, ja, voor haar blijf ik dat nog twintig jaar doen, maar niet voor jou.’

Ik weet dat ik raaskal maar ik kan de stroom niet stoppen al heeft het weinig van doen met Kalle Jansen, behalve dat hij een man is die zijn vrouw en kind in de steek heeft gelaten. ‘Jullie mannen, jullie rekenen er maar op dat de vrouwen blijven als jullie weer eens de benen nemen om maar niet in steen te veranderen–’

Hij krimpt ineen alsof ik twee keer zo groot ben geworden.

‘Wij dénken er niet eens aan om weg te gaan, en als Heike haar hoofd schudt is het net alsof ze water uit haar haar schudt en dat kan tien jaar lang schattig lijken maar dan wordt het gewoon stuitend en al die flauwekul dat ze wijs is en lief–’

‘Waar haal je het recht vandaan–’ Hij beeft.

‘En weet je wat nog meer stuitend is? Dat jij hier in je eigen vuiligheid zielig zit te zijn terwijl je vrouw–’

‘Wat voor recht…’ Hij begint opnieuw: ‘Met wat voor recht noem je jouw verdriet groter dan het mijne?’

Ik verstijf, mijn armen langs mijn zij.

Hij stapt mijn storm binnen, probeert me tot bedaren te brengen, maar mijn armen gaan met een ruk omhoog, kappen zijn gebaar af.

'Gaat dit over Heike?' vraagt hij zacht.

'Nee,' zeg ik. 'Niet helemaal.'

'Niet helemaal, nee,' geeft hij toe en hij laat me door zijn martelende lusteloosheid heen breken. Voor één dag.

En de daaropvolgende dagen. Laat toe dat ik hem uit zijn bed haal tot hij het zelf kan. Laat toe dat ik hem naar de waskom stuur, dat ik hem de frisse lucht in jaag, dat ik hem aan het werk zet aan de wagenpanelen.

Op mijn wagen bewaart hij de *Jungfrau* Maria, maar vervangt de aartsengel Gabriël voor Ali Baba's grot, zodat de *Jungfrau* nu voorgoed wacht, niet tot de aartsengel verschijnt maar tot Ali Baba zijn grot uitkomt en haar in bekoring brengt met het goud en de juwelen die zijn veertig rovers hebben gestolen.

15

VONDELING

Op *Allerheiligentag* 1878 wordt een dwergbaby achtergelaten in een kerk in Emmerich, het laatste Duitse plaatsje voor de grens met Nederland. Met Allerheiligen worden alle geheiligde martelaren – bekend of onbekend – geëerd om zeker te zijn dat er niet eentje wordt overgeslagen. Lang lang geleden werd iedere heilige geëerd op de verjaardag van zijn of haar marteldood, maar de Romeinen hebben er zoveel aan hun rangen toegevoegd dat hun naam en lotgevallen niet meer bij te houden waren.

Als Circus Ludwig die eerste november in Emmerich aankomt voor de winterse repetitieperiode, komt de pastoor met de vondeling in zijn armen naar het veld aan de Rijn waar onze mensen bezig zijn het kamp op te slaan.

'Het meisje hoort bij jullie,' zegt de pastoor tegen ons.

Silvio houdt het hoofd schuin. 'Hoe dat zo?'

'Ze is… beter te pas bij haar eigen soort.'

'Haar eigen soort.' Silvio knikt. 'Maar ik ben geen dwerg.'

Nowack de Reus dringt zich langs hem heen en neemt de baby met het te grote hoofd over van de pastoor. *Achttien jaar getrouwd, vijf miskramen.* In een oogwenk staat zijn vrouw, Luzia de Pierrette, naast hem en legt haar hand op de buik van de baby.

'Ze is halfdood van de honger,' zegt Kalle.

'We kunnen geen baby op sleeptouw nemen,' zegt Silvio, met oog voor praktische problemen en ieders veiligheid, die van mens en dier, en met name die van zijn vader, en zo'n baby is nog honderd keer kwetsbaarder dan zijn vader.

'We hebben al eens een baby op sleeptouw genomen.' Luzia gebaart naar mijn dochter, die de handjes van de baby streelt.

'Dat was twintig jaar geleden,' zegt Silvio. 'Toen waren we twintig jaar jonger.'

'Heeft ze een naam?' vraag ik de pastoor.

'Niet dat ik weet.'

'Bij vondelingen zit er vaak een briefje op de deken gespeld.'

'Niet bij deze.'

'Maar hebt u wel goed gekeken?' dring ik aan.

Hij werpt me een boze blik toe. 'Ik zei dat er geen briefje was.' En hij begint een ellenlang verhaal over een ellenlange reis over een brug die nu eens onder water staat en dan weer niet en dat hij niet zeker weet of hij een nacht zal moeten overblijven voor de huwelijksmis van de negende dochter van zijn broer en dat hij met geen mogelijkheid een baby mee kan nemen. 'Kunnen jullie haar niet voor één dagje bij jullie houden?'

Luzia en Nowack de Reus buigen zich over het kind heen, alsof dat het aan Silvio's gemopper onttrekt. 'Eén dag,' zegt hij. 'Ze mag één dag blijven.'

'Ze is halfdood van de honger,' zegt Kalle weer.

Luzia heeft haar in de armen als we met zijn allen samenkomen in het Laatste Avondmaal en de geur van de linzensoep van gisteren. Haar man doopt zijn pink in een pan aardappelpuree en vervolgens in de mond van de baby, die de puree zo fanatiek van zijn vinger zuigt dat je haar keel ziet opzwellen en weer inzinken.

'Net een boa constrictor,' zegt mijn dochter.

'Niet zo gulzig,' zegt Nowack de Reus sussend. 'We hebben meer dan genoeg voor je. Altijd.'

Maar het mondje is alweer opengesperd aan het zoeken.

'Een boa constrictor met tanden,' zegt mijn dochter.

'Ik dacht al dat ik tandjes voelde.' Luzia doopt een vinger in de aardappelpuree en geeft het meisje te eten. 'Is ze daar niet te jong voor?'

'Ze is bijna een jaar oud,' zegt Kalle.

'Maar ze is zo klein.'

Voor iemand die nog maar zo pas op de wereld is gekomen heeft het vondelingetje een overdonderende bos blauwzwarte krullen, niet bepaald een alledaags gezicht in deze regio vol blonde mensen.

‘Haar moeder komt vast uit de buurt,’ zegt de kokkin, ‘en de vader is waarschijnlijk een buitenlander uit het zuiden.’

‘Misschien wel uit Spanje. Met die olijfkleurige huid.’ Nowack slaat zijn arm om Luzia.

‘Waarom uit de buurt?’ vraag ik.

‘Omdat ze in een kerk in de buurt is gevonden,’ zegt Luzia.

Luzia’s tengere polsen doen Kalle verlangen naar Lotte. Lotte en hij zijn jong verliefd geworden. Op hun elfde hebben ze elkaar trouw beloofd. Die volslagen zekerheid moest een teken zijn dat ze voorbestemd waren voor elkaar. Op zijn zestiende wilde hij haar het hof maken maar hij schaamde zich te erg voor de wratjes op zijn vingers. Hij ging ermee naar de imker, die erom bekendstond dat hij een brouwsel tegen wratten had. Hij smeerde Kalles handen ermee in, verbond ze met gaas en zei ze zevenendertig uur in het verband te houden. Zo lang duurde het voordat de wratten uit de huid in het gaas waren getrokken. Om te zorgen dat ze Kalle niet terug zouden vinden, moest die het verband achter het Margarethahuis begraven. En dat had hij gedaan, al betekende het dat hij tot aan zijn knieën stond te baggeren in de koude modder, die naar dode dingen riekte. Naar vis, hield hij zichzelf voor. Niet naar de lijken uit de Duits-Deense oorlog van een paar jaar daarvoor.

Hij sloop terug naar het pad tussen de kerk en het Margarethahuis, waar kaarsen flakkerden achter een gebrandschilderd pauwenraam, en toen de wratten niet terugkwamen vroeg hij Lotte volgens de traditie bij eb met zonsondergang op het wad ten huwelijk. Ze trouwden het jaar erop in oktober, toen Lotte zestien werd. En in de loop der jaren hadden ze kinderen gekregen en verloren en had hij haar verlaten. Niet meteen, dat niet. Hij had geprobeerd te blijven. Dagenlang had hij geprobeerd dwars door het verdriet zijn weg terug te vinden naar Lotte terwijl Wilhelm huilde.

'De vader kan ook uit Italië komen,' zegt Silvio.

Herr Ludwig knikt heftig. 'Venetië. Waar je moeder is opgegroeid, Silvio.' *Herinneringen als vuurvliegjes, nu eens hier, dan weer daar, kortstondig maar met een gloed van eeuwigdurende schoonheid die hem verwarmt.* 'We waren zo gelukkig samen...'

De dagomroeper rolt met zijn ogen en ik geef hem een por.

'... gelukkiger dan ik had durven dromen. Silvio weet nog wel...'

Silvio doet alsof hij het niet hoort.

'Er zijn genoeg donkerharige mensen in Nederland,' zegt Kalle. 'Mijn overgrootouders, bijvoorbeeld.'

'Venetië,' zegt Herr Ludwig koppig. 'Ik heb daar vijf dwergen gekend.'

'Is ze een dwerg?' vraagt Heike aan mij.

'Een prachtige kleine dwerg.'

De baby maait met haar korte armpjes en beentjes.

'Laat mij eens,' zegt Kalle, en als Luzia het kind in zijn armen legt, is het alsof hij een borrelend bundeltje vasthoudt.

Een borrelend bundeltje.

Net als zijn kleine Bärbel.

Die hij op haar buik op schoot legde.

Hij legt de vondeling op haar buik op schoot en masseert met zachte handen haar rug tot het geborrel met een boer ophoudt en hij huilt. Hij schiet kopje-onder in het verdriet waarvoor hij al wegvlucht sinds de dag van de monstergolf. Vroeger wist hij zich alles te herinneren. Dus waarom kan hij zich nu niet herinneren wie er naast Lotte had gestaan toen de golf op hen afkwam? Ze heeft het hem wel gezegd. Toch? Stel dat hij zich maar verbeeldde dat ze het hem had gezegd? Zich maar verbeeldde dat hij het de dag van de golf had geweten, maar het niet wilde weten? Het niet-weten heeft het weten uitgevlakt, en al wat er overblijft is die onzekerheid. Herr Ludwig heeft hem verteld dat het voor hem ook zo was nadat zijn Pia haar dood tegemoet was gevallen, en dat hij had verwacht dat het voorgoed zo zou zijn. Maar zijn geheugen was na een jaar teruggekomen, net zo scherp als altijd.

Terwijl Kalle het dwergmeisje tegen zijn borst legt komt het verlangen naar zijn eigen kinderen zo sterk opzetten dat zijn kaken zeer doen. Hij neuriet, wiegt, streelt het brede gezichtje. *Van nu af aan maak ik deel uit van jouw verhaal… en jij van het mijne.*

In het Laatste Avondmaal is het te schemerig voor de rest om zijn tranen te zien. Hij hoort ze zeggen hoe goed hij met baby's is, en hij is dankbaar dat ze dat kunnen zien.

Nowack de Reus en Luzia de Pierrette halen een mand en leggen er een deken in: alleen voor vandaag, beloven ze Silvio. Vandaag loopt over in morgen totdat het voor altijd wordt. Luzia's geluk maakt haar aan het stralen. En nu haar tragische schoonheid haar in de steek heeft gelaten, moet ze die – verdrietogen, verdrietmond – voor elke voorstelling opschilderen.

Het meisje mag dan bij Luzia en de Reus wonen, iedereen brengt haar groot.

Kalle tovert Gods brandende struik op hun wagen om tot Aladdins wonderlamp. Ze vinden het prachtig en stellen een harem voor aan de overkant van een kleine Rode Zee, waar Mozes op het punt staat de wateren te scheiden.

'Nu en dan mag God best een toontje lager zingen,' zegt de Reus.

'Nou ja, zeg.' Kalle begint te lachen. 'En ik maar denken dat je een serieuze vent was.'

'O, echt?' Grijnzend port de Reus hem in de ribben.

Silvio doet alsof hij verbaasd is als hij de vondeling in de gaten krijgt. 'Ben je er nou nog steeds?' En neemt haar op zijn arm mee naar de dansende honden. Leert haar applaudisseren. 'Geven ze je wel genoeg te eten?' zegt hij en hij licht zijn hoed op zodat ze het koekje van zijn hoofd kan pakken.

Het ligt voor de hand dat ze haar vernoemen naar Pia Ludwig, de oogverblindende koorddanseres.

Herr Ludwig is er zo blij mee dat hij opleeft. 'Kleine Pia,' zegt hij en hij drukt een kusje op elk van haar teentjes en vingertjes. 'Kijk de vuurvliegjes,' zegt hij.

Hans-Jürgen Nowack buigt zich naar hem toe. 'Vertel eens over de vuurvliegjes, Herr Ludwig,' zegt hij vriendelijk.

De Nowacks kwamen een paar dagen na mij bij het Circus Ludwig. Tweelingbroers, naar eigen zeggen, de Wervelende Nowack-Tweeling. De een is een reus van een vent, de ander is klein en tenger. Ze doen auditie: de kleine ligt op zijn rug en heft zijn blote voeten in de lucht. De grote neemt een aanloop en landt op de voetzolen van de kleine, die hem omgooit naar een handstand en vervolgens rond in een stuk of tien salto's. Gracieus veren hun gespierde lichamen uiteen en komen een hartslag later naast elkaar neer: op één knie, armen gespreid.

'Grandioos,' zegt Herr Ludwig.

Ik barst uit in applaus.

'Meestal beginnen we met jongleren,' vertelt de grote, 'en dan werken we naar de moeilijkere acrobatiek toe, zoals we net lieten zien.'

'Het publiek gaat die "Tweeling" nooit geloven,' merkt Herr Ludwig op.

'Daar hebben we nooit problemen mee gehad,' zegt de kleine.

'Als ze eenmaal aan één ding twijfelen, gaan ze aan alles twijfelen wat ons circus brengt.'

'Aan ons zal het niet liggen,' zegt de kleine.

'Aan Circus Ludwig zal het niet liggen,' zegt Silvio en hij doet een stap naar voren.

Twee kemphanen tegenover elkaar.

'Maar–' begint de kleine.

Silvio snijdt het gesprek met een handgebaar af. 'Je vindt wel een ander circus.'

'Wat dacht je van "Neven"?' De grote – markante kop, met kaarsrechte als uit hout gesneden wenkbrauwen – klinkt goedmoedig.

'Zijn jullie dat dan?' vraagt Herr Ludwig. 'Neven?'

'Ja,' zegt de kleine, zonder met zijn ogen te knipperen.

'We kunnen neven zijn,' zegt de grote.

'En we kunnen overal mee jongleren,' voegt de kleine eraan toe.

'Met honden, met fakkels.'

'Met meubels.'

'Ik heet Oliver,' zegt de grote, alsof de meesten hem niet de Reus zullen noemen.

'En ik Hans-Jürgen,' zegt de kleine.

Silvio bijt op zijn lip. Wisselt een blik met zijn vader. Beiden knikken.

'Neven, dan,' zegt Herr Ludwig. 'De Wervelende Neven Nowack.'

16

OP DE MOEDERTOER

Gewoonlijk verlaten de meisjes het Margarethahuis een paar maanden na hun kraambed, soms zelfs maar weken. De meeste keren terug naar hun familie, maar Tilli bedenkt redenen om te blijven en begrijpt wat de nonnen nodig hebben nog voordat ze erom vragen.

Ze verwelkomt angstige nieuwelingen, die hebben gehoord over dit afgelegen landhuis waar je harp leert spelen en leert schilderen en borduren. Eerst wordt hun echter bijgebracht hoe je voor de kinderen zorgt die er al zijn.

Ze stelt hen in de grote-kinderkamer voor aan de oudere kinderen. Ze vertelt hoe belangrijk het is om ze uit verdriet te trekken voor het zich om hen heen sluit. Maar hoe dan, vragen de meisjes. Gewoon, door van ze te houden, zing een liedje voor ze, maak samen schaduwdieren op de muur met je handen.

Ze laat ze in de kleine-kinderkamer zien hoe je baby's zo wast dat zelfs de nukkigste niet huilen. Ze waarschuwt voor de mensen die een baby willen adopteren. 'Ze doen heel lief maar zodra ze je baby hebben, willen ze niks meer met je te maken hebben. Soms liegen ze over waar ze wonen zodat je je baby nooit meer terugvindt.'

Ze leert ze flauwvallen: sierlijk door de knieën gaan of pardoes tegen de vlakte. 'Met flauwvallen kom je de kerk uit. Jij en in elk geval twee anderen, die jou moeten helpen.'

'Ik wil de kerk niet uit,' zegt het nieuwste meisje, Marlene.

Maar de rest oefent enthousiast. Wie het soepelst bezwijmt, wie het langst stilligt zonder ook maar een trilling van wimpers.

Marlene bidt dat haar bevalling in de kerk onder de mis gebeurt als bewijs van onbevlekte ontvangenis. Omdat ze niet weet hoe die baby in haar binnenste is gekomen – net als de *Jungfrau* Maria – zweert ze dat ze haar kind groot zal brengen net zoals Maria haar kindje Jezus heeft grootgebracht. Als dat betekent dat ze aan de voet van zijn kruis moet weeklagen wanneer hij volwassen is, nou, dan brengt ze dat offer ook. Doordrongen van vroomheid als ze is, heeft ze een slechte invloed op de anderen, vooral op Hedda, die op het smalle bed tegenover haar slaapt en haar beste vriendin wordt omdat ze allebei vastbesloten zijn om hun kind te houden. De nonnen maken zich zorgen omdat ze meisjes die de adoptiepapieren al hebben ondertekend, van gedachten doen veranderen. Het idee om je baby te houden kan romantisch lijken.

Op een zondag blijft de vrouw van de smid na de mis staan en verrast Hedda en Marlene met een gul aanbod: zij en hun baby's mogen in de kamer boven de smidse wonen als ze in het huishouden helpen en haar laten helpen met de kleintjes. Ze heeft de bedekt verdrietige blik van een onvruchtbare vrouw die naar kinderen blijft hunkeren. Haar man gelooft niet in adoptie, zegt ze, maar stemt wel in met haar voorstel.

Als Tilli Wilhelm in de kinderwagen mee uit wandelen neemt, zou ze willen blijven lopen, hem mee willen nemen naar een verre plek. Naarmate haar uitjes langer duren, vermoeden de nonnen dat ze op de moederlijke toer is. Dat hebben ze vaker zien gebeuren, en het loopt nooit goed af.

'Niet voor Tilli.'

'Of voor Wilhelm.'

'Ze probeert haar eigen baby te vervangen.'

'Daarmee duurt het verdriet alleen maar langer.'

'Arm kind.'

'Ze heeft ook plezier in Wilhelm.'

'Ik heb de ouders geschreven,' zegt zuster Hildegunde. 'Twee keer. Ze nemen haar niet terug.'

'Dat zal ze niet begrijpen.'

'Ze noemen Tilli verdorven.'

'O alsjeblieft, zeg!'

'Zeggen dat ze haar kleine broertje heeft verleid.'

'Kleine broertje? Ze heeft er maar één en dat is haar tweelingbroer.'

‘Ze zeggen dat ze het weer zal doen.’

‘De enigen die hier verdorven zijn, zijn die ouders. Ze hebben de jongen liever dan haar.’

‘En ze is zo’n schat.’

‘Behulpzaam, hartelijk.’

‘Weet van aanpakken.’

‘Kunnen we haar niet boven aan het werk zetten met de oudere kinderen?’

‘Ouder dan haar eigen kind. Ouder dan Wilhelm.’

‘Ze is Wilhelms voedster geweest. Denk aan de band tussen die twee.’

‘Ieder meisje had zijn voedster kunnen zijn.’

‘Maar zij is het geweest. Ik heb het geprobeerd, maar Wilhelm wilde niet bij een ander meisje drinken.’

‘Haar helemaal van Wilhelm scheiden… dat zou niet juist zijn.’

‘Niet helemaal. Ze zou hem nog steeds zien.’

‘Wat we ook beslissen, we moeten Tilli’s waardigheid bewaren.’

‘Haar waardigheid, ja.’

‘Alleen haar tijd met Wilhelm inperken.’

Bezorgd om Tilli’s hechting aan Wilhelm neemt zuster Franziska hem vaker de trap op naar Lottes kamer.

‘Ik heb je hulp nodig in de kinderkamer,’ zegt ze op een middag tegen Lotte.

‘Dat kan ik niet aan.’

‘Al ben je er maar gewoon.’ Ze legt Wilhelm in zijn moeders armen.

‘Tilli zorgt graag voor hem.’

‘Tilli zorgt té graag voor hem.’

‘Ze houdt van hem.’

‘Sommigen van ons maken zich zorgen dat ze er te moederlijk tegenaan kijkt.’

Nonnen kunnen zo naïef zijn, denkt Lotte. Heeft vast te maken met hun maagd-zijn. Het is de ziel voor en na, en het lichaam dan?

‘Ze is nog maar een kind…’

‘Dat zelf net een kind heeft gekregen.’

‘Ik weet niet wat ik met kinderen aan moet.’

‘Ik heb je met kinderen gezien en–’

‘En die zijn nu dood.’

Zuster Franziska kijkt haar strak aan, onbevreesd voor Lottes pijn al kan pijn zoals de hare je verblinden en al je eigen wonden weer openrukken. ‘Ik ken je je hele leven al, als kind, als vrouw, als moeder, en je bent altijd warm en geduldig geweest.’

Ze haalt Lotte over om te komen helpen.

‘Eén uurtje maar. Morgen. Voor deze ene keer.’

En nog een keer.

‘Twee uurtjes maar.’

En algauw halve dagen.

‘We kunnen je betalen.’

‘Jullie geven me al zoveel.’

Terwijl Lotte zuster Franziska in de kleine-kinderkamer helpt, voelt ze zich honderd jaar ouder dan de zwangere meisjes, al is ze nog maar vijfentwintig. De non leert haar alles wat ze weet over hoe je de meisjes tijdens en na de kraam in leven houdt: over bloedingen en koude kompressen, over brouwseltjes van lijnzaadthee, moedermelk en laudanum.

‘Elk kind dat we ter wereld helpen,’ zegt zuster Franziska, ‘maakt ons verlies een fractie draaglijker.’

Heb jij dan ook verliezen geleden? Maar Lotte weet niet hoe ze die vraag zou moeten stellen.

Het is gemakkelijker om het met de non te hebben over wat er gedaan moet worden, hoe je na de bevalling borsten afbindt, bijvoorbeeld. ‘Allereerst moet je genadig zijn,’ zegt zuster Franziska. ‘Niet te snel. Niet te strak.’

Terwijl Lotte leert blijft Wilhelm bij haar in de kleine-kinderkamer, met Tilli als oppas. Als andere meisjes met hem willen spelen, moeten ze het eerst aan haar vragen. Ze mogen vadertje en moedertje met haar en Wilhelm spelen, maar alleen volgens haar regels. Om beurten zijn ze Wilhelms *Mutti* en *Vati*, lachend laten ze hem achter een bal aan kruipen die ze van de ene kant naar de andere door de kinderkamer laten rollen, en verkleden ze hem in de kledingstukken uit de grote naaimand, die de Oude Vrouwen goed gevuld houden voor de kinderen van het Margarethahuis.

Als zuster Franziska vindt dat het tijd is dat Wilhelm 's nachts bij zijn moeder blijft, maakt Lotte geen bezwaar. Weert hem niet af als hij tegen haar aan leunt, ze zijn warme ademteugjes tegen haar huid voelt. Schuldgevoel is niet langer de enige bril waardoorheen ze de wereld ziet. Elke dag zijn er nu momenten van plezier. Dat Wilhelm naast haar slaapt trekt haar urenlang uit haar vagevuur. Algauw kijkt ze ook overdag naar hem uit, zoekt hem op in de kinderkamer, staat verbaasd over hoe tevreden Wilhelm met de andere kinderen is: hij speelt en lacht met ze, alsof het broers en zussen… *niet aan denken niet…*

Op een dag treft ze hem en Tilli op handen en voeten aan; ze doen Verrückter Hund na, die vrolijk om hen heen dartelt.

Tilli komt overeind. 'Ik kwam alleen maar even op bezoek.'

Wilhelm kraait als Verrückter Hund zich neer laat ploffen en op zijn rug rolt met zijn belachelijk lange poten opgetrokken alsof hij een pup is.

Lotte gaat op haar hurken en kroelt het dier in zijn witte nek. 'Hoe heb je toch zo snel leren kruipen, Wilhelm?'

Iedereen wil een deel van Wilhelm, denkt Tilli. De kinderen, de meisjes, de nonnen. *En nou zijn moeder.* Die de hond over zijn rozige buik aait. Wilhelm kruipt om de hond heen, stoot zijn hoofd tegen een stoelpoot en zet het op een huilen. Zijn moeder tilt hem in haar armen, drukt een kus op zijn hoofd en fluistert lieve woordjes, maar hij is ontroostbaar en strekt zijn armen uit naar Tilli. Hij stopt pas met huilen als zij hem overneemt.

Eerst voelt Lotte alleen opluchting. *Maar waarom voel ik dan ook wrok?*

Tilli voelt triomf. *Lotte heeft me nodig.*

17

MARLENE EN HEDDA

Op een zondagochtend ziet Marlene haar gebeden verzilverd, en wanneer de weeën door haar heen trekken, haar openrijten, vervloekt ze zowel de baby als God én haar beste vriendin Hedda, die naast haar op de grond zit en haar hoofd op schoot houdt zodat ze het niet tegen de kerkbank stoot. Bij Marlenes godslasteringen staat de pastoor als verlamd in zijn preekgestoelte. De gezichten van de meisjes van het Margarethahuis van nu vloeien over in de gezichten van de meisjes van veertig jaar geleden. *Nieuwe jonge gezichten, maar op een of andere manier dezelfde.* Alleen de nonnen blijven volmaakt zichzelf, jong toen hij jong was, oud nu hij oud is. Een van hen heeft altijd zijn hart gehad. Ook nu nog. Hij heeft er zuster Hildegunde nooit iets van laten merken, maar ze weet dat hij haar toegenegen is en dat hij dag en nacht klaarstaat als ze wil biechten. Niet dat het ooit 's nachts gebeurt. Zuster Hildegunde komt alleen 's morgens na de mis naar de biechtstoel, en dan samen met twee andere nonnen, die met een knixje en een kruisje plaatsnemen op een kerkbank, waar ze wachten terwijl een van hen hem haar zonden toefluistert.

'Laat me u omlaag helpen.' Een hand om zijn arm.

In een reflex bedekt hij de hand met de zijne, *bedekt – eindelijk – zuster Hildegundes tengere hand, die deels schuilgaat onder de sleetse zoom van haar zwarte mouw, de gelofte van armoede. Zuster Hildegunde helpt hem de treden van de kansel af, een trede, twee, de bordestrede, nog twee naar de onderste.*

'Voorzichtig,' zegt ze zacht.

'Dank u,' fluistert hij terug.

'En de laatste.'

Zuster Hildegunde is oud, zoals hijzelf oud is. Maar zij ziet er jong uit omdat de kap haar hals aan het zicht onttrekt. Nonnen hebben dat voordeel. Zijn hals verraadt zijn jaren. Rimpels, plooien. Al verandert dat omdat hij heeft ontdekt hoe hij jeugdigheid met penitentie kan combineren. Na de ochtendgebeden thuis blijft hij op zijn knieën zitten, legt zijn hoofd zover mogelijk in de nek en spert zijn mond open tot de huid van zijn hals gespannen staat. Zo blijft hij zitten tot het bijna ondraaglijk wordt en voert dan de marteling nog wat op door zijn onderlip over zijn bovenlip te strekken.

'Nu zijn we allebei oud, zuster Hildegunde.'

'Ik ben zuster Elinor.'

'Nee!'

'Ja.'

Duizelig. Hij is duizelig. 'U bent niet zuster Hildegunde?'

'Nee.' Zuster Elinors hand schiet toe als hij wankelt. 'Het is te laat om Marlene naar de ziekenzaal te brengen. Ze heeft te lang gewacht.'

'Marlene kan dat toch niet hier doen,' zegt hij verschrikt.

Maar dat kan ze, en ze doet het ook. De chaos! Het gevloek, gehuil, gehik, en een maalstroom van nonnen die meisjes en parochianen de kerk uit bonjouren – *weg jullie, nu meteen* – maar niet genoeg nonnen om de pastoor af te schermen, die nog nooit het kruis van een vrouw heeft gezien, een met bloed besmeurd kruis, een met bloed besmeurde baby. Als hij de laatste sacramenten toedient aan stervende kraamvrouwen, houdt hij aan het hoofdeind van het bed zijn kuisheid intact.

Dit meisje ligt niet eens op een bed. Dit meisje ligt op de vloer van de kerk met haar benen wijd en verklaart dat haar zoon Jezus heet. En ze slaat een kruisje.

Je reinste blasfemie. De pastoor heeft nog nooit gehoord van een mens met de naam Jezus. En deze Jezus is zo schriel en grauw dat hij hem maar beter meteen doopt, zo naakt en slijmerig als hij ter wereld is gekomen.

Zuster Franziska grist de pastoor de baby uit handen, houdt hem ondersteboven en tikt hem stevig tegen de billen.

'Doe hem geen pijn,' jammert Marlene.

Als de non hem nog een tik geeft komt het bij Marlene op dat haar ware roeping is om non te worden. ‘Een offerande aan God,’ roept ze uitzinnig. ‘Een offerande aan jullie…’

Zuster Franziska legt Jezus op het altaar en blaast hem met haar mond over zijn gezichtje levensadem in.

Marlenes tanden klapperen. Ze probeert overeind te komen, maar zuster Hildegunde dwingt haar zachtjes weer te gaan liggen.

‘Mijn kindje Jezus en ik zullen bij jullie in het Margarethahuis wonen.’

Zuster Hildegunde en zuster Elinor wikkelen koude, natte lakens om Marlene. ‘Ze heeft hoge koorts.’

‘Jullie…’ huilt Marlene, ‘jullie zouden de Heilige *Jungfrau* zelf nog wegsturen als ze hier met het kindje Jezus op haar arm stond…’

‘We proberen jullie alle twee te redden.’

In de donkere slaapzaal van het Margarethahuis wachten de meisjes. Ze kruipen bijeen rond Hedda. Huilen. Eén meisje staat op, doet een pas opzij, een pas achterlangs. Een meisje voegt zich bij haar. Ze stampen met hun voeten, pas opzij, pas achterlangs. Zo dansen ze in een cirkel, een trage dans, waar ook Hedda aan deelneemt. *Er is niets veranderd*, denken de nonnen, als ze de danspassen en stemmen boven de kapel horen waar ze de lichamen van Marlene en Jezus afleggen. *Maar alles is veranderd. In een oogwenk.* Toen de nonnen op Nordstrand aankwamen waren ze jong. Nu zijn ze oud terwijl de meisjes jong zijn gebleven, zijn overgegaan in volgende generaties meisjes die dansen en streken uithalen en sterven en kibbelen over wie de liefste zuster is. Sommigen adoreren zuster Franziska, meelevend en bekwaam, anderen zweren bij zuster Elinor, vrolijk en gul.

De ochtend grauwt en zuster Ida schudt Lotte wakker.

‘Wat? Wat is er?’

‘Het is Hedda. Zuster Franziska wil dat jij de bevalling doet.’

‘Zover ben ik nog niet!’

‘Nou, Hedda is dat wel. Haast je!’

'Maar het is Hedda's tijd nog niet.'

'Tijd of geen tijd, het is zover.'

'Maar ik heb het nog nooit in mijn eentje gedaan!'

'Zuster Franziska zegt dat je het kunt.' Zuster Ida begint te huilen. 'Zelf is ze in de kapel om te bidden voor Marlene en haar kindje.'

'O God… Allebei?' Ook Lotte springen de tranen in de ogen.

'Ja. Allebei…' Even kan zuster Ida geen woord meer uitbrengen. Ze gebaart naar het bed, waar Wilhelm op zijn buik ligt te slapen. 'Ik blijf wel bij…'

Met het zweet in de handen haast Lotte zich de marmeren trap af.

Maar in de kraamkamer gebeurt er iets vreemds. Het is alsof haar handen uit zichzelf weten wat ze moeten doen en haar hart slaat kalm en krachtig. Er is niets meer buiten dit heilige werk, geen angst, geen verdriet. *Alleen Hedda. Alleen het nu.* Het is een heilige gunst om de eerste te zijn die Hedda's baby aanraakt, nog eerder dan ze haar eigen kinderen heeft aangeraakt omdat de vroedvrouw de eerste was. *Maar nu Lottes handen. Nu.* En ook al zit Hedda's dochter al net zo onder de roze en witte vegen als destijds Lottes kleintjes, de geboorte kiept haar niet in de afgrond van haar verlies zoals ze had gevreesd. Die kalmeert haar juist en staat haar toe iets te geven waarvan ze het bestaan niet had vermoed.

Kan ik dit echt?

Ik kan dit. Echt.

'Niet vergeten,' zegt Hedda. 'Ik geef haar niet af.'

'Ik zal het niet vergeten.' Lotte legt het kleintje op Hedda's borst.

'Is Marlene dood?'

Lotte streelt de klamme pluiskrullen van de baby. 'Ja.'

'Beloof dat niemand mijn baby afpakt.'

'Ik beloof het.'

Er trekt een rilling door Hedda. 'Ze zullen haar willen adopteren. Tilli zei tegen Marlene dat ze poeslief tegen je zijn, maar dat ze, als ze je baby eenmaal hebben, niks meer met je te maken willen hebben.'

'Niemand pakt haar af.'

'Tilli zei tegen Marlene dat sommige lui van ver weg komen met een valse naam, en dat ze liegen over waar ze wonen zodat je je baby nooit meer terugvindt.'

'Tilli weet ook niet alles. Kijk me aan, Hedda. Je hebt geen adoptiepapieren ondertekend. De nonnen en ik laten niemand jou je dochter afpakken. We weten wat je hebt besloten. We weten ook dat je goede plannen maakt.'

's Zaterdags na de biecht komen de Oude Vrouwen bijeen voor *Kaffeeklatsch* in de keuken van een van hen en vergelijken de penitenties die de pastoor hun heeft opgelegd.

'Meestal is-ie wel eerlijk.'

'Of niet oneerlijk.'

'Een beetje pompeus.'

'Behoorlijk ijdel.'

'Hij doet die strekoefeningen voor de hals die hij van de koster heeft geleerd.'

'Ze zijn allebei nogal ijdel.'

'En de hals is bij allebei nogal uitgezakt.'

'Alles is bij allebei nogal uitgezakt.'

De Oude Vrouwen lachen.

'Maar hij is vriendelijk. Hij laat je niet alleen in je verdriet, zelfs niet in je woede.'

'Hij wil een goede pastoor zijn.'

'En een goede man.'

'Hij is meer een jongen.'

'Een goedhartige jongen.'

'En naïef. Hij denkt dat hij meer van de nonnen weet dan de nonnen van elkaar weten.'

'Hij weet niet eens dat zuster Konstanze en zuster Ida het bed delen.'

'Hoe weten wij dat dan?'

'Omdat wij weten hoe we moeten weten.'

'Wat filosofisch.'

'Denk je dat hij zijn eigen biechtvader alles opbiecht?'

'Niet dat hij een bruid van Christus begeert.'

'En het zesde gebod hoopt te overtreden.'

'Daar hoopt hij niet op. Het is veel spannender voor hem om achter zuster Hildegunde aan te jagen.'

'Te smachten van een afstand.'

‘Die afstand is er alleen omdat zuster Hildegunde weet hoe ze van hem weg moet komen.’

‘Of hem weg moet sturen met een waslijst aan taken.’

‘Die kuise obsessies moet je niet onderschatten. Die houden langer aan dan andere.’

‘Net als die van Maria’s visser.’

‘Je ziet het aan de zuiverheid in zijn ogen.’

‘Hij heeft geen vrouw meer gehad sinds Maria hem aan de kant heeft gezet.’

‘Al hebben sommigen het geprobeerd. Sommigen die hier aan tafel zitten, zelfs.’

De Oude Vrouwen rekenen erop dat ze elkaars geheimen houden. Soms treedt er een roekeloos buiten hun kring met geheimen waar ze geen recht op heeft: ‘Ik dacht dat je wel wilde weten dat…’ Soms zuigt ze ze zelfs uit haar duim. Dronken van de gretige aandacht van haar toehoorders heeft ze niet eens in de gaten dat de Oude Vrouwen haar buitensluiten. Dat gebeurt vanzelf, er worden geen woorden aan vuilgemaakt. Zo iemand kun je zonder problemen goedemorgen wensen, een recept geven of het nieuws vertellen van een op handen zijnd kleinkind. Je kunt zonder problemen samen initialen op zakdoeken borduren of wanten breien die je met een gehaakt touwtje aan elkaar bevestigt zodat ze niet kwijtraken. Zonder problemen samen hoge *Schultüten* maken van karton, die met bonte kleuren beschilderen, afbiezen met lint, beplakken met voor ieder kind eigen plaatjes. Zonder problemen samen de winkeliers afgaan, die met plezier een bijdrage doen voor de kleuters die voor hun eerste schooldag staan. Om hun eerste dag te vieren geven de Oude Vrouwen elk kind zo’n kleurige *Schultüte*, die zo groot is als het kind zelf en tot de rand vol zit: met hazelnoten en een leitje, met gedroogde appelpartjes en knikkers, met krentenbrood en een liniaal, met krijtjes, een setje zakdoeken en een alfabetschrift. Ze vertellen de kinderen hoe fijn de *Schultüte* op hun eigen eerste schooldag was.

‘Ik heb de mijne nog steeds.’

‘Ik heb die van mijn grootvader nog.’

18

DE VORST TEKENT BLOEMEN OP DE VENSTERS

De ochtend dat Lotte vertrekt heeft de vorst bloemen getekend op de vensters van het Margarethahuis. Na het ontbijt komen de nonnen afscheid nemen van haar en Wilhelm.

'Ik ben jullie zo dankbaar,' zegt ze.

'En wij zijn zo trots op jou.'

'Ik kom elke dag werken,' belooft ze.

Met Wilhelm op de arm loopt ze door de zee van mist waarin mens, dier en huis verloren gaan. Haar voordeur klemt en ze bonkt er met haar lichaam tegenaan tot hij meegeeft. Binnen hangt de klamme muffe lucht van verlatenheid, alsof er in geen jaren iemand heeft gewoond in plaats van een paar maanden. Ook hier ijsbloemen op de ramen, maar deze staan op het flonkerende punt van smelten.

Die nacht schrikt Lotte wakker. Geklop op de deur: aanhoudend en hard.

Tilli. In paniek, zonder jas. 'Ik ben sterk, ik kan voor je werken–'

'Je kunt niet zonder jas in de kou blijven staan.' Lotte trekt haar naar binnen en zet haar op een stoel bij de nagloeiende kachel.

'Ik kan in het huis en op het land werken voor je. Ik kan helpen met Wilhelm.'

Lotte wikkelt haar in een deken. 'Voorlopig,' zegt ze zo vriendelijk als ze kan, 'moet ik op mezelf wonen.'

'Maar je woont niet op jezelf. Je hebt Wilhelm.'

'Op mezelf met Wilhelm, dan.'

'Laat me alsjeblieft blijven.' Tilli's kin bibbert. Maar ze heft hem toch en zegt: 'Voorlopig.'

Lotte slaat haar armen om het meisje. 'Och, Tilli.' Als ze haar gewoon kon inhuren zou ze het doen. Maar haar laten inwonen betekent zoveel meer, het betekent dat ze haar niet op straat kan zetten, dat ze Tilli als familie in huis opneemt. Was ze maar niet zo opdringerig.

'Ik kan koken en verstellen en de ramen zemen en de vloeren schrobben en–'

'Ik moet leren hoe ik met mijn zoon op eigen benen moet staan.'

'Waar is Wilhelm?'

'Boven, in bed. Je ziet hem morgen.'

Ze laat Tilli die nacht blijven, laat haar bij de kachel slapen. De volgende ochtend zullen ze samen naar het Margarethahuis gaan met Wilhelm.

Wanneer Lotte een keer niet bij het krieken van de dag bij het Margarethahuis is, komt Tilli naar haar. Ze staat erop voor Lotte te zorgen, die met koorts op bed ligt. Wilhelm, met vieze luier en lege maag, brult zo hard dat horen en zien je vergaat. Nadat Tilli hem heeft verschoond, brengt ze Lotte een tinnen kroes koel water. Dept haar voorhoofd met een vochtige doek.

Wilhelm graait naar Tilli's borst. Hij kan knopen open krijgen en werpt zich vastberaden op die taak.

Zijn moeder kijkt naar Tilli, die ineens op haar hoede is.

'Mag het?' vraagt ze. 'Hij heeft honger.'

Lotte knikt maar het knaagt aan haar om Wilhelm aan Tilli's borst te zien. Hij houdt meer van Tilli dan van haar, en het kan niet goed voor hem zijn als dat zo doorgaat. *Of voor mij,* denkt ze.

Bellen blazen, Wilhelm is bellen aan het blazen, en Tilli tilt hem hoog boven haar hoofd. Ze lachen, en Wilhelm schopt in de lucht en strekt zijn armpjes naar Tilli uit.

Zo kijkt hij niet naar mij. Toch is Lotte blij dat hij nog iemand heeft die van hem houdt. Want dat is waar, dat doet Tilli. Wat ook waar is: Tilli neemt Wilhelm van haar af. Haar laatst overgebleven kind.

'Hij wil naar jou,' liegt Tilli, die bang is dat Lotte haar kwalijk neemt dat Wilhelm zo dol op haar is. *Maar Wilhelm was tot nu toe van mij.*

Lotte houdt haar armen op en Tilli laat Wilhelm in de omhelzing zakken.

Hij klopt zijn moeder zachtjes tegen de wangen, plant kleine kusjes op haar neus.

'*Mein lieber, lieber Junge*,' zegt ze.

De klopjes worden petsen.

'Zo is het wel genoeg.' Tilli probeert zijn handjes te pakken.

Zijn gezicht betrekt. Hij slaat zijn moeder.

Lotte vertrekt geen spier. 'Hij weet nog dat ik hem in zee heb gegooid.'

'Hij is te jong om zich dat te herinneren.'

'O, hij herinnert het zich, Tilli.'

DEEL 4

1859-1866

19

MANNEN DIE IN STEEN VERANDEREN

Wat mijn hart verovert, die eerste keer dat ik de Sensationele Sebastiaan zie, is hoe hij zijn blik op mij richt, op mij alleen, wanneer hij loslaat en in zijn smaragdgroene pak door de lucht zweeft. *Een man die geboren is om te vliegen.*

Ik weet dat hij nog niet lang bij Circus Ludwig is, omdat ik elke september trouw de show bezocht wanneer het circus Rodenäs aandeed, het dorp aan de Duits-Deense grens waar ik naar school ben geweest en waar ik mijn leertijd bij Modeatelier Becker heb voltooid. Ik ging naar het circus voor de verhalen die de ringmeester opvoerde. Herr Ludwig gaf zijn apen rollen in zijn Bijbelvertellingen, hooggeplaatste rollen van heiligen en engelen. En de slimme dieren, die dol op hem waren, brachten alles waar hij om vroeg: banieren, kaarsen, een opgezette papegaai, Mozes' stenen tafelen. En hoewel hij begon met scènes uit de Bijbel, liet hij het publiek de afloop van het verhaal veranderen aan de hand van hun eigen verbeelding en herinneringen. Als ringmeester wist hij je honger naar magie te raken, omdat hij begreep dat je niet was gekomen om naar een optreden te kijken. Nee. Je was gekomen zodat hij je kon laten zien wat jij wilde zien, iets fantastisch, iets wat zo puur van jezelf was dat je naderhand – als je over Circus Ludwig vertelde – details wist die een ander zich niet herinnerde, dat de spierwitte hond blauwe oogleden had, bijvoorbeeld, of dat Luzia de Pierrette je aan je erftante deed denken.

Buiten de circustent staat de Sensationele Sebastiaan in zijn glanzende pak, één hand uitgestrekt alsof hij me wil zegenen. Hij legt twee vingers tussen mijn wenkbrauwen.

'Ik heb u niet eerder gezien,' weet ik uit te brengen, geïntimideerd door hoe elegant hij is, hoe vol zelfvertrouwen.

'Dit is mijn eerste jaar bij de Ludwigs.'

In plaats van naar huis te gaan laat ik me door hem meevoeren naar een wagen met levensgrote engelen en heiligen op de panelen. De deur zit midden in een uit hout gesneden Maria-Boodschap. Wanneer hij zijn houten stoepje uitklapt zwaait de deur open, en ik schiet in de lach, want daar sta ik dan: pal voor de Jungfrau Maria, die door de aartsengel Gabriël wordt verteld dat ze de zoon van God zal baren.

'Waarom lach je?' vraagt de Sensationele Sebastiaan.

Ik gebaar naar het paneel. 'Als dat geen waarschuwing is voor iedere vrouw die zo haar twijfels heeft over de onbevlekte ontvangenis.'

'Aha. Dus je wilt wel binnenkomen.'

'Ik wil wel buiten blijven,' zeg ik, in een poging mijn verlegenheid te verbergen.

'En wil je dat ik je geloof?'

Haastig ga ik op het trapje zitten. Ik stop mijn handen weg in de plooien van mijn rok, handen die ruw zijn van het stikwerk en het kantklossen. 'Ik ben naaister. Trouwjurken en avondjaponnen, zijde en satijn, kant en kralen.'

'En heeft de naaister een naam of moet ik er een voor haar verzinnen?'

'Sabine Florian,' zeg ik en ik wou dat ik hem een naam had laten verzinnen.

De Sensationele Sebastiaan komt naast me op het trapje zitten. Met een elleboog leunt hij op de houten knie van Gabriël. De smaragdgroene stof spant over zijn dijen. Zijn ogen… Ze branden gaten in mijn huid.

Ik wil het kuiltje onder aan zijn hals aanraken. *Nee.*

'Je moet je niet laten afschrikken door een aartsengel,' zegt hij. Die lach. Er bestaat geen andere vrouw voor hem dan ik.

Ik weet dat ik mijn moeder niets kan vertellen over deze ontmoeting. Ze is zo keurig en strikt dat ze zijn schoonheid niet zou zien. Alleen het gevaar. *Alsof ik dat niet zie.* Ik wend me af, wijs naar de met roze doorschoten grauwe lucht waar ganzen als pijlpunten in de richting van de Noordzee gaan, grote en kleinere pijlpunten. Hun schelle kreten sterven weg in de verte.

Maar hij laat zich niet afleiden. 'Al die Bijbelscènes zijn om klanten te trekken. Zelfs de prekerige verkopen circuskaartjes. De Ludwigs zelf zijn helemaal niet zo.'

'Hoe?'

'Kerkelijk.' Hij vertelt me over hoe het is om in een circusfamilie op te groeien. 'Vanaf mijn tweede was het dagelijks trainen: rekken, strekken, springen en optrekken aan de barre.'

'Dat is wel jong.'

'Je moet vroeg beginnen.'

'Zo vroeg toch niet.'

'Ik kon op mijn handen lopen voor ik drie was.' Hij klinkt trots. 'Ik verdiende mijn geld voordat ik kon tellen.'

Hij heeft niet de voorkomendheid om me zijn blik te besparen, zoals de meeste mensen doen als je wangen branden, en ik zou losjes langs zijn dij willen strijken, de geborduurde knopen van zijn smaragden jasje willen openmaken. De stof glimt sleets, maar het ontwerp is mooi, het laat zijn schouders, zijn borst, zijn middel goed uitkomen.

Ik kan dit patroon namaken als ik eenmaal zijn kleren maak...

Met de waarschuwing van mijn moeder – de reputatie van een jonge vrouw is een fragiel iets – in mijn oren volg ik de Sensationele Sebastiaan zijn Maria-Boodschapwagen in.

'Ik heb nog nooit een vrouw gehad die seks net zo graag wil als een man,' zegt hij als ik wakker word bij door de gordijnen filterend zonlicht dat de schaduw van een waslijn op de wand werpt.

De warmte van zijn adem schiet van mijn oor naar... omlaag. Ik voel me zinnelijk. Heet en hebberig.

'Vrouwen verdragen het,' zegt hij. 'Ze beleven er geen plezier aan.'

'Ik kan niet geloven dat ik de enige vrouw ben die–'

'O, maar dat ben je, Sabine.' Hij kijkt me strak aan. Is hij geschokt door mijn gedrag? Geïntrigeerd? Of probeert hij zichzelf – en mij – aan te praten dat ik anders ben dan andere vrouwen?

Ik word verlegen en kom in verweer. 'Hoeveel vrouwen?'

Hij heft een vuist op, telt vingers af, heft zijn andere vuist, telt door. 'Acht. Met jou erbij.'

‘Een beetje weinig om zulke aannames over vrouwen te doen.’

Hij lacht. ‘Ja, je brengt die aanname wel aan het wankelen.’

‘Over die vrouwen voor mij…’

Hij drukt zichzelf tegen me aan, trekt met zijn vingertoppen de lijn van mijn kaak na van de ene oorlel naar de andere.

‘… die verdroegen jou dus alleen maar?’

Hij rukt een denkbeeldig mes uit zijn hart. ‘En jij dan, hoeveel mannen?’

‘Negen,’ lieg ik, mijn zonden verdrievoudigend om op hem voor te blijven.

‘Heb je mij meegeteld?’

Ik glimlach raadselachtig.

‘Nou, Sabine?’

‘Nog niet.’ Ik zwaai een been over zijn dijen, kras met mijn duimnagels over zijn tepels, laat mijn vingers doelgericht naar zijn navel afzakken – *Wie ben ik? Waar ben ik mee bezig?* – en naar zijn schaamstreek, zonder hem daaronder aan te raken, nog niet, al heft hij zijn heupen naar mijn handen.

De Sensationele Sebastiaan en ik wonen drie wagens van het Laatste Avondmaal vandaan. Ik heb mijn kans om naar huis terug te keren de avond van de voorstelling voor het eerst gemist. Toen opnieuw de ochtend erna. En nu ik die kans al elf dagen heb gemist, is het te laat om terug naar huis te gaan. *Of te vroeg.* Ik verdien mijn kost: ik verstel kostuums, gebruik ze als patroon voor nieuwe, help de Sensationele Sebastiaan een elixir brouwen waarvan hij beweert dat het mensen het eeuwige leven geeft. Hoe sceptisch ik ook ben, ik zie erop toe dat hij er bij het ontbijt een lepel van neemt omdat ik elke voorstelling bang ben dat hij zijn dood tegemoet zal zweven, dat er zweet in zijn handen zal staan en hij zijn grip op de trapeze verliest of erop misgrijpt. Ik kan me een leven zonder hem niet voorstellen.

Voor en na elke voorstelling sta ik in de kiosk zijn elixir te verkopen in aardewerken flaconnetjes met etiketten waarop *Für Immer* gekalligrafeerd staat. Naast mij verkoopt de kokkin *Würstchen* en *Brötchen mit Fisch.* Ze heeft een mooi gezicht op de onderste helft na, die rimpelig en ingevallen is alsof haar trekken uit verschillende tijdvakken bijeengeraapt zijn.

'Als je ooit ziek bent, maak ik je lievelingseten klaar,' zegt ze. 'Maar dan moet ik wel weten wat dat is. Nu. Want als je dodelijk ziek wordt kun je het me misschien niet meer zeggen.'

'*Apfelkuchen*,' zeg ik.

De klanten staan in de rij voor onze Venetiaanse snoeprepen, een gouden lekkernij van noten en honing, heel wat anders dan het goedkope snoepgoed dat andere circussen verkopen. Het recept is van Herr Ludwigs overleden vrouw, Pia, die in Venetië is opgegroeid en daar haar lekkernijen verkocht van een houten bord dat met riemen om haar nek en haar middel vastzat.

'En wat vind je daarna het lekkerst?'

'Nog meer taart.'

Ze port me in de zij. 'Vertel.'

'*Erdbeertorte*.'

'Zoetekauw. Je bent onze Deense Zoetekauw.'

'Waarom Deens?'

'Omdat je van de Deense grens komt en Duits en Deens allebei vloeiend beheerst.'

Iedereen bij Circus Ludwig spreekt verscheidene talen, droomt in verscheidene talen. Het tekent waar we allemaal hebben gewoond en gewerkt, en we kunnen er zo ongeveer elke grens mee over. Nederlands, Duits en Italiaans voor de Ludwigs. Frans en Duits voor de Sensationele Sebastiaan. Russisch en Duits voor Luzia de Pierrette. En Marliss de kokkin en haar man zijn samen ook goed voor een handvol talen.

In Rodenäs wist ik me 's morgens mijn dromen altijd te herinneren, maar mijn relatie met de Sensationele Sebastiaan doet die flakkerende beelden van de nacht vervagen, trekt mijn wezen voorbij mijn huid naar hem toe.

We trekken noordwaarts de grens over naar Denemarken om in Tønder en Boderslev op te treden. Overal waar we stoppen ruilen we circuskaartjes voor eten: groente en fruit, vers of ingemaakt, gedroogde appels, peren en wortels uit boerenkelders, vis en soms vlees.

In de steden waar we met de grote tent neerstrijken wijst de Sensationele Sebastiaan me op standbeelden in parken en op begraafplaatsen. 'Mannen die in steen zijn veranderd omdat ze op één plek bleven.'

'Die standbeelden zijn altijd van steen geweest.'

'Ach, Sabine... Sabinchen.' Hij legt zijn sierlijke handen rond mijn gezicht. Kust me. En nog eens.

'Uit steen gehouwen om op mensen te lijken,' fluister ik tegen zijn mond.

'Ik hou zoveel van je.' Tranen in zijn ogen. Hij knippert ze weg. 'Je hebt zo'n geluk dat je me hebt getroffen.'

'Voordat je in steen verandert?'

'Nee, nee.' Zijn lachrimpeltjes verdiepen zich.

'Ik mis mijn dromen.'

'Ik bedoel zo'n geluk dat je niet bent verleid door een van die gasten die elk seizoen een andere vrouw hebben. Sommige vrouwen volgen een circus maandenlang.'

'En daar ben ik er nu één van?'

'Niet zoals jij. Vorig jaar lente volgde een vrouw uit Oberkassel ons. Ze had haar zinnen gezet op de dagomroeper. Zoals de meesten.'

'Vroeger droomde ik elke nacht.'

'Buitenstaanders denken dat circuslui verdorven volk zijn. Daarom verwachten ze gedrag dat ze van dorpsgenoten niet zouden tolereren. Maar dat van de dagomroeper snap ik nog steeds niet. Hij is zo lelijk.'

'Zo lelijk dat hij knap is.'

'Vind je?'

'Dat zegt de kokkin.'

'Wat zegt ze nog meer over haar man?'

'Dat is... vertrouwelijk.'

'Vertel eens,' fleemt hij. Drukt vederlichte kusjes langs mijn hals.

Ik lach. 'Hij wordt niet alleen de dagomroeper genoemd omdat hij een dag eerder komt dan het circus.'

'Hij komt dus te vroeg?'

'Hij komt elke dag.'

De Ludwigs nemen voor een schijntje een jonge leeuw over van een groot circus dat geen dieren met een mankement houdt. Zijn linkerachterpoot draait naar binnen, zodat hij over zijn eigen poten struikelt, maar het ziet er niet onhandig uit, meer alsof hij een reverence maakt.

'Hij is majesteitelijk,' zegt Luzia.

'Net een sfinx,' zegt Herr Ludwig.

'Goed temperament ook,' zegt Silvio.

'Laten we hem Egypte noemen.'

Egypte wordt van ons voor twee pony's en veertig uur tentreparatie door de Wervelende Neven Nowack (Icarianisten), die niet alleen buitengewoon goed kunnen jongleren maar ook overweg kunnen met naald en draad. Met een tang trekken ze de grote naalden door het stugge zeildoek.

Bij Circus Ludwig hoeft Egypte niet het hoofd van de ringmeester tussen zijn kaken te houden.

Of door brandende hoepels te springen.

Of razende woede voor te wenden.

Hij is Egypte, de steracteur in Herr Ludwigs script *De zeven plagen van Egypte*. Egypte gaat door de arena, aan de hand gehouden door Luzia de Pierrette. Ik ontwerp een zadel voor hem van cognackleurig damast met zilverboordsel, en een bijpassende kous die we hoog optrekken over zijn manke achterpoot en vastgespen aan het zadel, waarin zeven apen zich wiebelend aan elkaar vastklampen.

Elke voorstelling is anders. Wat hetzelfde blijft is Herr Ludwigs waardigheid wanneer hij de ring in schrijdt met zijn rokkostuum en hoge hoed, en ieder van jullie de magie en fascinatie geeft die jullie de adem in de keel doet stokken.

20

JONGE WEDUWEN MET KLEINE KINDEREN

Eenmaal zwanger wijs ik er de Sensationele Sebastiaan niet meer op hoe onzinnig het idee is dat hij altijd verder moet omdat hij anders in steen verandert. Het is een verhaal waarin hij moet geloven, net zoals ik moet geloven dat hij met mij anders zal zijn. Dat hij zal blijven. Voor altijd de speelse minnaar die zich naar mij wendt, en alleen naar mij, nadat hij iedere vrouw in het publiek heeft begoocheld.

Maar hij wordt rusteloos. Rookt meer sigaretten. Vangt de slaap niet in de stilte van de nacht. We overwinteren op een stuk boerenland aan de Rijn bij Emmerich, het laatste Duitse stadje voor de Nederlandse grens, waar de plaatselijke kinderen de tent in sluipen om onze repetities te zien.

Ik bouw een nest. Maak blauwe met mousseline gevoerde gordijnen. Bestempel de houten vloer van de Maria-Boodschapwagen met wolken.

De Sensationele Sebastiaan bewondert wat ik heb gedaan.

Dan keurt de Sensationele Sebastiaan het af.

'Veel te veel de vrouwenhand.'

'Herr Ludwig vindt het mooi.'

'Die man is tegennatuurlijk. Kijk maar hoe hij met zijn apen omspringt.'

'Wat bedoel je daar nou mee?'

'Weet je waarom hij zo'n beroemde apentrainer is?'

'Omdat hij er zo goed in is.'

'Omdat hij... tegennatuurlijk liefdevol met apen omgaat. Daarom lijkt hij zelf ook op een aap.'

'Dat doet hij niet!'

'Hij gaat te ver. Kwestie van territoriumdrift. Ik heb gehoord dat een van zijn apen hem heeft gebeten.'

‘Gehoord van wie?’

‘Van hem, uit de eerste hand. Zo trots dat apen hem begrijpen. Hem accepteren. Geen woord over het gevaar.’

‘Ik geloof er niks van.’

‘Hij vindt zichzelf heel wat. Met apen foezelen.’

‘Doe niet zo gemeen. Zo doe je altijd als je je verveelt.’

Hij strekt zich uit op ons bed. ‘Kom hier, Sabine.’

Ik schud mijn hoofd. ‘Ophouden met die gemene praat.’

‘Kijk dan naar zijn oren.’

De tweede week van februari 1859 is het zo koud dat de Sensationele Sebastiaan en ik ons bed niet uit willen. Sneeuw hoopt zich op tegen de oever van de rivier, een lange met krijt getrokken kronkel, maar in de Maria-Boodschapwagen houden we elkaar warm.

‘Volgens mij vindt Luzia de Reus leuk,’ zeg ik.

‘Heb je iets opgevangen?’

‘Niks met zekerheid. Puur intuïtie.’

‘Ze is een groot artiest.’

‘Hij ook.’

‘Maar dat voorhoofd van hem!’ De Sensationele Sebastiaan springt uit bed en bonst op het raam.

Ik kom op mijn knieën overeind, hou mijn buik vast. ‘Wat is er?’

‘Hou daarmee op!’

Een stel boerenjongens vuurt joelend sneeuwballen af op twee honden die aan elkaar gevroren zijn tijdens het dekken. Jankend proberen de honden uiteen te gaan en in veiligheid te komen. De jongens gooien meer sneeuwballen.

‘Kappen, jullie!’ De Sensationele Sebastiaan bonst op het raam.

De jongens gillen en lachen.

Halfdol happen de honden in de lucht.

Naakt en woest rent de Sensationele Sebastiaan de wagen uit en dreigend op de jongens af. Een streep donkerbruin haar loopt van zijn billen naar zijn nek en uit over zijn schouders. *Net een beer. Een wild beest.* De jongens maken dat ze wegkomen.

Als hij in de diepe sneeuw op zijn knieën gaat om de honden te helpen en ze kalmerend in de nek kroelt, bedenk ik wat een lieve vader hij zal zijn. Ik had geen idee dat hij zo teder, zo geduldig kon zijn. Met tranen in de ogen zie ik hem één hand laag onder de samengeklonken honden brengen. Hij warmt ze op tot ze los kunnen komen.

De Sensationele Sebastiaan houdt van me zolang hij de deur kan zien. Gaandeweg, naarmate mijn buik om ons kind heen groeit, blokkeer ik het zicht erop. Hij weet desalniettemin langs me heen te komen. Sluit zich aan bij een ander circus, een dat landinwaarts trekt. Bewijst dat hij een visionair is. En ik een dromer.

'Zulke mannen heb je,' zegt Herr Ludwig. 'Altijd onderweg naar elders.'

'Was hij rustelozer dan anderen?'

'Hij was doodsbang.'

'Voor mij?'

'Bang om zich te vestigen en dan stof te vergaren. Zo zijn er veel. Ik hoop dat je bij ons blijft.'

Ik zeg 'ja', en 'dank u'. Want hoe kan ik naar huis met de schande dat ik zwanger ben maar geen echtgenoot heb? 'Hier kennen de mensen me tenminste niet.'

Silvio Ludwig roept de kleine Nowack erbij, en met gegrom en gesnauw over en weer slepen ze de Maria-Boodschapwagen naast die van de Ludwigs, alsof ik er altijd bij heb gehoord.

'Ik hoop dat je niet wakker zult liggen van mijn vaders gesnurk nou we buren zijn,' zegt Silvio.

'Ik sta ver genoeg weg.'

'Ik word er anders regelmatig wakker van.'

'Ik ben een diepe slaper.'

'Het is de laatste tijd erger. Ik ben doodop.'

Ik vertel hem niet dat ik steevast om drie uur klaarwakker overeind zit in mijn bed, met een droge mond en een knoop in mijn maag, zo bang als ik ben voor wat er komen gaat. Om de angst te sussen zeg ik mijn werklijst op tot ik weer wegzak.

* *Nieuw tuig voor de dansende honden*
* *Luzia's mantel strijken*
* *Herr Ludwigs kostuum innemen, hem zeggen dat-ie beter eet*
* *Kostuums van de Wervelende Nowacks herstellen*
* *Stof kopen voor Egyptes zadel en sok*
* *Beddengoed en kleren regelen voor de baby*

Ik beloof mezelf niks meer te geloven van wat de Sensationele Sebastiaan me heeft verteld, ook niet over de krachten van zijn *Für Immer*-elixir. Geen kwakzalversgaranties meer. Voor-Eeuwig-en-Altijd wordt niet meer gebrouwen. Silvio Ludwig laat me in plaats daarvan zien hoe je zijn moeders Venetiaanse lekkernij brouwt.

Ik krijg mijn dromen terug.

Het kind van de Sensationele Sebastiaan besluit zes weken en drie dagen nadat hijzelf het toneel heeft verlaten, op te komen. De weeën komen opzetten terwijl onze karavaan langs hobbelige wegen over vlak, verlaten terrein trekt. Silvio Ludwig zadelt een paard en gaat op zoek naar een vroedvrouw.

Zijn vader blijft bij mij. 'Het komt allemaal goed,' zegt hij als ik schreeuw.

De ijzerlucht van bloed is zo sterk dat je hem proeft.

Ik vervloek de Sensationele Sebastiaan. 'Wat is zijn echte naam?'

'Heeft-ie je die niet gezegd?'

'Hij zei de Sensationele Sebastiaan.'

'Fritz.'

'Fritz?'

'Hij heet Fritz Fuchs.'

Lachen zet een verpletterende wee onder druk en ik kerm.

'Wil je dat ik een van de vrouwen haal?'

'Ik ben naar zoveel voorstellingen van u geweest voordat ik hem leerde kennen. Ik–'

'*Tief atmen*, Sabine.'

'U bent een geweldige verhalenverteller.'

'Dit verhaal gebeurt echt.'

‘Het hele jaar verheugde ik me erop om u te horen vertellen in de ring.’

‘Laat me Luzia halen.’

Ik word overweldigd door een verlangen naar mijn moeder. Ik wil mijn moeder bij me hebben. Nu.

‘Luzia heeft gezegd dat ik haar moest komen halen als je haar nodig had.’

‘Ze praat en praat maar. Ze luistert niet, ze praat alleen.’

‘Of de kokkin.’

‘Die gaat me eten willen geven.’ Ik ben misselijk, alsof ik te veel gegeten heb.

‘Zo is ze. Met ons allemaal.’ Hij glimlacht. ‘Vertel eens over je moeder.’

‘Hoe wist u dat ik aan haar dacht?’

‘Hoe heet ze?’

‘Heike.’

‘Konden jullie met elkaar opschieten? Voordat… voordat je bij ons kwam.’

‘Mijn moeder heeft geheimen. Mijn moeder–’ Ik kerm opnieuw.

‘Ja, Sabinchen?’

‘… neemt de hostie maar voor de helft. Mijn moeder zegt–’

‘Wat zegt ze?’

‘… dat je de Here God nooit helemaal op moet maken.’

Herr Ludwig legt zijn handen om mijn buik en drukt er zijn oor tegenaan om te luisteren. Zijn haar valt weg van het oor dat ik kan zien: een grillig knotsel dat hij gewoonlijk goed verborgen houdt onder haar of hoed.

Ik voel geen weerzin. Alleen een soort tederheid.

Hij heft zijn hoofd, laat me zien hoe ik met mijn vingertoppen kringen trek van klein naar groot tot aan mijn zijden. ‘Zo doen, Sabinchen.’

‘U hebt ook geheimen,’ fluister ik.

‘Vele, ja.’

Mijn buik zet op en wordt hard. ‘Geheimen over… de aap.’

‘Welke aap?’

‘Die ene die u heeft gebeten.’

‘Kringen, Sabine. Blijf kringen trekken.’

Ik concentreer me op de kringen, laat ze samenvloeien bij mijn navel, dan uitwaaieren tot over mijn ribben.

‘Heel goed.’

Zijn goedkeuring roert me tot tranen. ‘Dank u.’ Ik huil en hap naar adem.

‘*Tief atmen*, Sabinchen,’ brengt hij me in herinnering.

Ik zuig alle lucht in de wagen naar binnen. Alle lucht ter wereld. En pers hem naar buiten.

‘Het was arrogant van me,’ zegt hij. ‘Ik rekende op een menselijke gedragscode van dieren. Dankbaarheid, vormen.’

‘Mijn moeder–’

‘*Tief atmen*.’ Hij brengt mijn handen terug naar mijn buik. Neuriet me toe.

‘Mijn moeder loopt met haar hele lijf voorovergeleund–’

‘Net als jij, Sabine.’

‘Mijn moeder maakt… kant.’

Ik schreeuw.

‘… kant… het duurste… van Rodenäs.’

Dat geschreeuw, dat ben ik, en Herr Ludwig neuriet en fluistert dat het allemaal goedkomt. Altijd.

Bedreven stevige handen trekken het kind uit me los. ‘Een meisje,’ kondigt hij aan met sonore ringmeestersstem, terwijl ze het op een huilen zet en met haar armpjes maait alsof ze schrikt van haar eigen geluid. ‘Kleine artiest!’

Ik strek mijn handen naar haar uit.

‘Nu al wil ze applaus.’ Zachtjes legt hij haar op mijn buik.

Glibberig, dat is ze. Glibberig van roze-met-witte vegen en van het bloed. Zonder een molecuultje lucht tussen ons tweeën, zo dicht bijeen, al bestaat ze nu buiten mij en wurmt ze al op zichzelf. Ik had niet geweten dat je zo innig kon liefhebben, en met die liefde komt het besef dat mijn moeder zo van mij moet hebben gehouden. Wat een verpletterende klap moet ik haar hebben gegeven door zonder één woord te vertrekken. Mijn dochter verliezen is niet voor te stellen. Ik hou haar stevig vast. Geef haar mijn moeders naam. *Heike.*

'Jonge weduwen met kleine kinderen mogen op de steun van hun buren rekenen,' zegt Herr Ludwig.

'Iedereen weet dat ik geen weduwe ben.'

'Je kind niet.'

'En oude weduwen?' Ik lach, al doet het pijn. 'Wat is het verschil tussen jonge en oude weduwen?'

'Jeugd en–'

'Bewijs,' zeg ik, roekeloos, duizelig.

'Bewijs?'

Ik streel het kleverige buikje van mijn baby. 'Bewijs van *fögeln*.' Ik sla mijn hand voor mijn mond. Maar ik heb alleen mezelf geschokt.

Herr Ludwig grinnikt. 'Dat is heel… raak gezegd.'

'Ik praat nooit zo.'

Hij drukt kusjes op de voeten van de baby. Eentje op elke teen.

'Ik noem haar Heike.'

'Naar je moeder.'

'Wat zeg ik mensen over haar vader?'

'Geef hem de dood van mijn vrouw.' Er klinken tranen door in zijn stem. 'Pia hield zo van koorddansen.'

En terwijl hij me het verhaal van haar laatste voorstelling vertelt – zo oogverblindend, zo waaghalzerig – *zie ik Pia Ludwig haar tollende vrije val maken, niet de val die hij als jonge echtgenoot heeft gezien, maar de vertraagde vlucht met gespreide armen, en wanneer het opgeworpen stof neerdwarrelt op Pia's glinsterende lijfje, op haar keel, haar lippen, voel ik mijn hart breken zoals ik het niet heb toegestaan te breken toen ik de Sensationele Sebastiaan verloor.*

'Blijf hier.' Herr Ludwig haast zich naar de deur.

'Waar zou ik heen moeten?'

Een paar minuten later is hij terug met een in linnen gewikkeld pakje. 'Zie het maar als een cadeautje van mijn liefste Pia.' Hij slaat het linnen open en haalt er een enorme omslagdoek uit van een blauw en paars zo diep en levendig dat de kleuren in elkaar overvloeien wanneer hij de sjaal om ons heen drapeert.

De baby en ik leiden een dommelend bestaan van voeden en vertrouwd raken met elkaars geur, slaapdronken, vochtig, warm, en wanneer ik mijn ogen opendoe is Luzia de baby aan het verschonen, waarna ze mij wast, en de baby trekt aan mijn tepel met kleine stevige teugjes, trekt me weer onder in een zoete poel van slaap tot een geur ons weer naar de oppervlakte hijst, de geur van vanille, en Luzia me vanillepudding voert terwijl we weer langzaam ondergaan.

21

IK BRENG DE SENSATIONELE SEBASTIAAN OM ZEEP

Met Pia's omslagdoek warm om Heike heen loop ik met haar naar het Laatste Avondmaal, waar de kokkin mijn lievelingseten heeft gebakken: *Apfelkuchen* en *Erdbeertorte*.

'Vandaag,' kondigt ze aan, 'beginnen we bij het toetje. De stoofpot komt erna.'

Silvio streelt de zoom van de omslagdoek en knikt. 'Ik ben blij dat die nu van jou is.'

'Dank je.'

'We waren al een poosje van plan hem aan jou te geven.'

'Heeft je moeder hem zelf gemaakt?'

'Toen ze zwanger was van mij.'

Luzia de Pierrette geeft mijn baby een kus en glimlacht. 'God, wat wil ik er ook graag een.'

Ze lacht nooit tijdens de voorstelling. Ze krijgt het publiek aan het schateren met haar melancholische geploeter door het zaagsel op schoenen met puntneuzen die langer zijn dan haar benen. Als kind was ze goed in gymnastiek. Op haar vijftiende sloot ze zich aan bij Circus Ludwig, vastbesloten om een groot acrobaat te worden. Jarenlang hongerde ze zichzelf uit om slank als een rietje te blijven, toen drong tot haar door dat ze acrobatiek wilde, geen hongerdood. Ze vond zichzelf opnieuw uit als Luzia de Pierrette, grappig, gracieus en romig. Beeldschoon zolang ze de vleesgeworden melancholie is. Als ze lacht gaat de magie verloren, dan wordt ze gewoontjes.

'Lekker?' vraagt de kokkin vanaf het ene eind van de wagen, waar ze met een boel gekletter de pannen op de fornuiskachel bestiert. Aan het andere eind is het bed, met een gordijn gescheiden van de ruimte waar we zitten.

Haar man veegt met een vinger de slagroom van zijn brede kin. 'Goddelijk.' Het kusje vliegt van zijn openspringende vingertoppen naar zijn vrouw, een bleke schoonheid zolang ze onder het praten of lachen haar hand voor haar mond houdt om haar rotte tanden te verbergen.

'Dus... Ik heb gehoord van een trapezeartiest bij een circus in Bremen. Hij noemt zichzelf–'

'Sabine wil dit misschien helemaal niet weten,' zegt Herr Ludwig plompverloren.

'... de Fantastische Ferdinand.'

Ik leg mijn vork neer, ziek van oud verlangen.

Ze werpen me ongeruste blikken toe.

Ik laat de stilte duren totdat ik mezelf voldoende meester ben om iets te zeggen. 'Waarom niet de Wonderlijke Waldemar?'

Nerveus gelach.

'Zoveel scheelt het niet.'

'Wat dacht je van de Lafhartige Ludovicus!'

'O, het spijt me zo dat ik hierover–'

'Huichelachtig,' zeg ik.

'De Huichelachtige wat?'

'Ik vind de Huichelachtige Hubertus wel wat.'

'De man of de naam?'

'Sabine bedoelt de naam, niet de man.'

'Niet die man.'

'Ik heb de perfecte naam voor hem. De Perfide Pjotr.'

'De Leugenachtige Leonard!'

Ik schiet in de lach.

'Nu te koop bij de Leugenachtige Leonard: wonderen uit een potje–'

'*Meine Damen und Herren...*' Silvio springt op de tafel en houdt de hand op het hart. 'Met even onuitputtelijk als ongefundeerd genoegen stel ik u voor aan de Leugenachtigste, de Huichelachtigste, de mateloos Lafhartige Ludovicus...'

Mijn petieterige dochter gaat van het ene nest armen naar het andere de lange tafel langs, terwijl we elkaar de loef afsteken met namen voor haar vader en het verdriet omgieten in gelach, en dat gebeurt ook, het lukt, en ik lach hardop. Iedereen wil Heike vasthouden, en daar waar de baby tegen me aan lag voelt mijn lijf nu koud.

Ik leen Pia Ludwigs dood en pas hem op maat af voor de Sensationele Sebastiaan: het soort dood dat ik vreesde toen ik van hem hield en me het leven zonder hem niet kon voorstellen. Ik borduur de val van de trapeze, het stof dat om zijn lichaam opwolkt en neerdwarrelt. Gelig houtstof dat neerkomt in het kuiltje onder aan zijn hals. Op zijn wimpers.

En toch. Toch roep ik soms, 's nachts, de Sensationele Sebastiaan op: met de wreef van zijn voeten stevig tegen de zolen van de mijne en de palm van zijn handen plat op mijn kruin omsluit hij met zijn lichaam het mijne, zoals alleen een grote man dat kan.

Heike slaapt.

Heike lacht.

Heike eet.

Wat zij voelt, voel ik.

Ook wanneer ik naaiwerk doe of sta te strijken ben ik me bewust van elke ademteug die ze neemt.

Circus Ludwig wordt onze familie. Luzia knipt papieren vlinders uit, beschildert ze en hangt ze aan het plafond om Heike te vermaken, die op haar rug naar de kleurige vormen grijpt en schopt. Hans-Jürgen koopt een groen vilten kikker voor haar. De Reus breit een lappendeken. De dagomroeper brengt een houten eend op wieltjes voor haar mee. Herr Ludwig komt met een rieten wandelwagen en een zachte haarborstel. Ze valt steevast in zijn armen in slaap als hij haar haren borstelt.

Ik schrijf een brief aan mijn ouders: Jullie kleindochter is eigenwijs en grappig en lief. Ik verscheur de brief. Schrijf een andere. En verscheur die ook. Niks wat ik schrijf kan ooit genoeg zijn.

'Ik maak een nette rouwjurk,' zeg ik tegen Luzia. 'Zodra die klaar is neem ik Heike mee voor een bezoek.'

'Een elegante rouwjapon,' stelt Luzia voor.

Sinds Heikes geboorte komt ze vaak langs. Ze houdt haar vast en zingt liedjes voor haar. We hebben elkaar in die ene maand beter leren kennen dan in het hele jaar dat ik bij het circus ben. In kisten met restlappen vinden we gele en groene zijde. We koken zwarte textielverf en laten de lappen erin weken, maar het zwart wordt niet hetzelfde. Ik ben teleurgesteld.

Luzia is opgewonden. 'Je kunt iets heel stijlvols en gedurfds doen met twee kleuren zwart.'

'Ik voel me niet zo'n durfal.'

Met de lichtzwarte zijde bekleedt ze vierentwintig piepkleine knoopjes, en ik ontwerp een jurk die lijkt op een japon die ik bij Modeatelier Becker heb gemaakt.

'Prachtig,' zegt ze ademloos, als ik hem laat zien.

Wanneer ik met Heike in mijn armen in Rodenäs aankom ben ik een jaar weggeweest. Ik ben elegant in het zwart, een jonge weduwe in de rouw. Medeleven en blijdschap van mijn ouders, die Heike en mij verwelkomen met een feestdiner. Vroegere klasgenoten zijn jaloers op mijn vrijheid. Mannen staren me aan met een vrijmoedige honger die nooit eerder op mij gericht is geweest.

Mijn moeder neemt me terzijde. 'Mannen denken dat je het continu wilt doen als je het eenmaal gedaan hebt. Gezegend de vrucht van uw schoot en zo.'

Ik kijk met grote ogen naar mijn zedige, vrome moeder, die misschien toch niet zo zedig en vroom is, en we slaan allebei een hand voor onze mond om ons geproest te stelpen.

Voor deze mensen houd ik de Sensationele Sebastiaan net lang genoeg in leven dat hij me met zijn laatste adem zijn onsterfelijke liefde kan verklaren. Maar wat in alle versies hetzelfde is, is dat mijn weeën beginnen op het moment dat ik naast mijn stervende echtgenoot in de ring op de knieën ga, en dat ik diezelfde nacht nog ons kind ter wereld breng. Keer op keer breng ik de Sensationele Sebastiaan om zeep. Er zijn dagen dat ik er genoegdoening uithaal. Maar het helpt voornamelijk om de uitlopers van mijn liefde te snoeien.

Herr Ludwig leent me een boek met groenleren kaft, *Duizend-en-één-nacht*. 'Het was van Pia. Ze las er Silvio avond aan avond uit voor. En ik luisterde mee.' Zijn gezicht verzacht weemoedig. 'Het zijn verhalen die Scheherazade aan koning Schariar vertelde om haar zus en haarzelf en ontelbare andere meisjes van de beul te redden. Uiteindelijk heeft ze hem geleerd wat barmhartigheid is.'

Van Silvio weet ik hoe roerig het huwelijk van zijn ouders was. Beschuldigingen en beloften. Uitgesponnen drama's dagelijkse kost in Silvio's jeugd.

Herr Ludwig trekt het reliëfwerk van de kaft na met zijn vingers. 'Je mag het lenen, Sabine. Het is het waardevolste wat ik heb.'

Is hij zo geboeid door Scheherazade omdat zij het, in tegenstelling tot zijn vrouw, heeft overleefd?

'Het enige verhaal dat ik niet geloof is het kaderverhaal dat al die verhalen mogelijk maakt,' zegt hij. 'Hoe zo'n moedige, vindingrijke vrouw met zo'n schoft kan trouwen.' Hij kijkt me scherpzinnig aan. 'Ik wil stabiliteit voor Heike.'

'Ik ook.'

'Voor Heike, voor jou... en voor mijn zoon.'

Hij heeft genoeg van de wereld gezien om te weten dat zijn zoon op mannen valt. Hoopt hij dat soms te genezen? Met mij?

'Silvio is geweldig met Heike,' zegt hij minstens één keer per week. 'Heb je het gezien?'

En tegen Silvio: 'Je zou een goede vader zijn.'

'Ga uit dansen,' zegt hij tegen ons samen. 'Dansen is de poëzie van de voeten. Zo noemde de dichter John Dryden het twee eeuwen geleden. Ik pas wel op Heike.'

Silvio en ik zijn allebei vierentwintig. We gaan allebei graag uit eten en dansen, we kletsen allebei graag over mannen. Soms verlaat hij het danscafé met een vreemdeling. Die hij nooit mee naar huis neemt. *Het moet verschrikkelijk zijn om jezelf zo verborgen te houden.*

22

LUZIA DE PIERRETTE EN DE WERVELENDE NEVEN NOWACK

Het publiek is dol op de Nowacks, die je verwachtingen op hun kop zetten: de grote Nowack zo groot en breed dat de kleine er twee keer in past, het verschil zo enorm dat er, wanneer ze op hun blote voeten de ring in rennen, wordt gewezen en geroepen, en hoe vaak je de voorstelling ook ziet, je blijft ervan uitgaan dat de grote de kleine zal dragen. Vanavond begint hun act als altijd: de kleine Nowack gaat naar het midden en laat zich op een grote mat zakken waardoor hij nog ieler lijkt. Hij ligt op zijn rug, met opgetrokken knieën. Maar dit keer heft hij zijn benen niet op, hij laat ze naar bezijden zakken, open, en wendt zijn gezicht naar Silvio, die bij het doek staat, kijkt Silvio strak aan, en Silvio slaat zijn armen linksom over elkaar, dan rechtsom. Zijn gezicht ziet hoogrood.

Herr Ludwig laat zijn zweep twee keer in de lucht knallen voordat de kleine Nowack zijn benen sluit en opheft, zijn voetzolen parallel aan de grond. Als de Reus op hem af rent, vangt Hans-Jürgen hem met zijn voeten op, werpt hem hoog in de lucht, werpt hem over de kop en dan van de ene zij op de andere, verandert hem in een werveling terwijl hij zelf op zijn benen na roerloos blijft.

'Hou je ogen op je partner,' maant Herr Ludwig hem naderhand. 'Dat niet doen is gevaarlijk. Voor hem en voor iedereen.'

Laat op een avond komen Silvio en ik Luzia de Pierrette en de Wervelende Neven Nowack tegen in een *Ratskeller*. Luzia wil *Bratkartoffeln mit Speck* bestellen, maar de kelner zegt dat de keuken al gesloten is.

Ze trekt een sip gezicht. 'Geen *Bratkartoffeln*?'

'Jij krijgt alles wat je hartje begeert.' De kleine Nowack geeft haar een knipoog en de kelner een circuskaartje. 'Ik heb eens voor een beroemd circus gewerkt, echt het neusje van de–'

'Je zet jezelf voor schut,' zegt de Reus, met een stem zo diep dat die uit zijn tenen lijkt te komen.

'... zalm, en ik zorgde dat ze daar kregen wat hun hartje begeerde. Geen gemodder zoals hier.'

'O ja? Vertel eens over dat neusje van de zalm van je.' Silvio leunt naar voren. De teerling is geworpen, en Silvio weet iemand in het nauw te drijven.

'Ik heb ook een verloofde,' komt de kelner tussenbeide, zijn hand op het ene kaartje.

'Gefeliciteerd.' De kleine Nowack schuift hem nog een kaartje toe, plant zijn ellebogen op tafel en steekt zijn kin naar voren tot zijn rood aangelopen gezicht een vuistbreedte van dat van Silvio vandaan is. 'Dat circus had tientallen grote katten en tientallen paardenteams en tientallen–'

'Tientallen, hè? En die tientallen beesten waren vast beter dan de onze.'

'Wil je d'r een paar? Ik kan goed onderhandelen. En zij hebben er zoveel... Zal ik ze eens opzoeken?'

'Waarvoor dat?'

'Voor jou. Een ruilhandel.' Er sluipt een lome toon in zijn stem. 'Als je dat tenminste wilt.'

Silvio schudt verward zijn hoofd. Doorgaans is hij er goed in om moeilijkheden te zien aankomen, er de vaart uit te halen en ze op te lossen voordat het volwassen problemen kunnen worden, maar nu niet. 'Wat wil je waarvoor ruilen?'

'Voor wat je... maar te bieden hebt.'

Silvio's kleur wordt dieper en ik kan de spanning tussen hen, die ik voor vijandigheid had aangezien, voelen.

'Arbeid, bijvoorbeeld,' zegt de kleine Nowack. 'En dan bedoel ik lichamelijke.'

Luzia en ik wisselen een blik. Ik bijt op mijn lip om mijn lachen in te houden. Zij kucht.

'Wiens arbeid?' wil Silvio weten.

'Niet de mijne,' zegt Luzia fijntjes.

'*Macht Platz!*' roept de kelner, die Luzia's gebakken aardappels met spek komt brengen.

'Geef het maar toe,' zeg ik tegen Silvio.

Hij krimpt ineen. 'Geef wat toe?'

Ik laat hem even zweten. 'Dat jullie twee graag overhoop liggen.'

'Alleen over *Bratkartoffeln*,' zegt de kleine Nowack. 'Silvio is gewoon kwaad dat ik voor hem niet ook een bord heb geregeld.'

Luzia legt haar kleine hand op de brede pols van de Reus, en op dat moment mengt haar verdriet zich met dat van hem en ontvlamt er meer geluk dan twee mensen mogelijkerwijs kunnen genereren. Zijn lange wimpers onttrekken zijn ogen aan het zicht want wat hij ziet is voor hem alleen: *Luzia in bed, in zijn armen, voeten die niet voorbij zijn knieën reiken, haar lippen tegen zijn hals, waar zijn sonore lach trilt. Je bent een prachtige man, mompelt Luzia, en het doet er niet toe of haar stem voortkomt uit zijn verlangen of uit hun toekomst.*

Je bent een prachtige man. Het ligt in de tred van de Reus wanneer hij met haar het restaurant uitloopt, het ligt in de manier waarop hij haar zijn arm voorhoudt, voor het geval Luzia arm-in-arm wil lopen. Voordat ze die kan aannemen heeft de kleine Nowack vlak voor haar zijn pas ingehouden zodat ze tegen hem opbotst.

'Sorry,' zegt ze, 'ik wilde niet duwen.'

'Dat wilde je wel. Er staat gewoon een afdruk van je boezem op mijn rug.'

'Doe niet zo achterlijk.' Silvio stoot de kleine Nowack aan.

Luzia lacht. 'Nou, ik hoop dat je je leven lang lol hebt van die afdruk, want daar blijft het bij.'

Een leven lang. Dat beloven de Pierrette en de Reus elkaar: een leven lang plezier en verdriet en vertrouwen. Ik maak de trouwkleding. Luzia wil een japon die ze kan verven en in de ring kan dragen, de Reus een blauw rokkostuum. 'Nachtblauw.'

'Mijn vader snurkt steeds erger,' zegt Silvio aan het ontbijt, de dag na de bruiloft.

'Ik heb geen oog dichtgedaan,' zegt hij de volgende dag aan het diner.

‘Ik ben doodop,’ zegt hij tijdens de repetitie.

‘Ik wil je niet wakker houden,’ zegt zijn vader.

‘Je snurkt niet met opzet, *Vater*.’

Elke dag beklaagt Silvio zich over slaapgebrek en wijst op de donkere kringen onder zijn ogen. Luzia’s diagnose luidt anders. ‘Verliefd.’ Het gaat zo nog een paar weken door, totdat Herr Ludwig voorstelt dat hij het bed in de wagen van de Wervelende Neven Nowack neemt dat over is nu de Reus bij Luzia is ingetrokken.

‘Daar had ik nog niet aan gedacht,’ zegt Silvio.

Ik kijk hem vrolijk aan en hij kleurt. Hij is een verschrikkelijk slechte leugenaar.

Hans-Jürgen wendt onverschilligheid voor. Haalt zijn schouders op. ‘Olivers bed wordt toch niet gebruikt.’

‘Dan moet Silvio maar bij jou intrekken,’ zegt Herr Ludwig.

‘Het is uw circus…’

‘Dus je vindt het niet erg als Silvio–’

‘Uw circus.’

‘Het bed van de Reus is wel hobbelig,’ klaagt Silvio tegen zijn vader en tegen iedereen die het horen wil, zelfs tegen Heike.

Luzia en ik weten wel zeker dat hij niet in het bed van de Reus slaapt maar een smoes zoekt voor het geval zijn vader hem ooit betrapt.

‘Te doorzichtig,’ waarschuwt Luzia hem.

‘Je maakt je te veel zorgen,’ zeg ik tegen hem. ‘Kijk naar mij. Een minnaar kun je geheimhouden, een kind niet.’

23

VERTEL NOG EENS VAN HOE PAPA KON VLIEGEN

Ik sta versteld van mijn dochters kleine krachtige lichaam.

Ik sta versteld bij haar eerste stappen.

Ik sta versteld bij haar eerste woord: *Mutti.*

Als ze lacht, schudt haar buik. Als ze verdriet heeft, loeit ze als een verloren gelopen kalf. Ik zet me schrap. Probeer me niet te laten meeslepen. Terwijl ik rijg en stik zit ze bij mijn naaikist op de vloer te spelen met de mooist glimmende knopen: schuift ze in de banen zonlicht die op de vloer vallen. Beweegt met de zon mee.

Van Herr Ludwig leert ze tellen door haar knopen op een rijtje te leggen en in haar mollige handjes te klappen: *eins zwei drei vier, eins zwei drei vier.* Ze leert snel. Algauw komt ze tot twaalf. Waar ze stopt. En weer bij één begint.

Ze is een woelige slaper en werkt zich onder de dekens uit. Altijd warm wanneer ik het koud heb. Vlak voor dageraad valt ze in een peilloos diepe slaap waaruit ze het verdomt om wakker te worden. Elke ochtend is een nieuw gevecht met het licht en uiteindelijk laat ik haar slapen. Hoe laat ze ook opstaat, ze is altijd slaapdronken.

De daaropvolgende jaren leer ik tijd en feiten manipuleren. Als Heike naar haar vader vraagt verzin ik verhalen om haar te beschermen voor de waarheid dat hij ons heeft verlaten. Haar lievelingsverhaal is dat hij vliegt.

'Vertel nog eens van hoe *Vati* kon vliegen.'

'Als je vader door de nok vloog dacht iedere vrouw in het publiek dat hij alleen naar haar keek.'

'Maar toen viel hij.'

'Dat klopt.'
'En toen ging hij dood.'
'En nu ligt hij op een prachtig kerkhof.'
'Boven op een berg.'
'Dat klopt.'
'Met standbeelden.'
'Grote standbeelden, ja.'
'En appelbomen.'
'Dat klopt, ja.' Ik kijk haar bewonderend aan.
'Ik heb hem zien vallen.'
'Je was nog niet geboren, Heike.'
'Ik heb het gezien.'
Het geeft me een onbehaaglijk gevoel, zoals ze mijn herinneringen in zich opneemt alsof ze van haarzelf zijn: zijn val, zijn dood, gelig zaagsel op zijn wimpers.

Onderweg maak ik vriendinnen. Als je vriendinnen wilt, heeft Luzia me eens gezegd, doe dan niet afwachtend, want voor je het weet ben je weer vertrokken. Je moet ze voor je winnen met je openhartigheid, je humor, je oprechte complimenten.
'Ik heb jou toch al.'
'Ja. Maar je hebt meer vrienden nodig.'
'Soms schok ik mensen,' zeg ik, in de hoop dat ze me zal zeggen dat ik haar niet schok.
Maar ze knikt.
'Vroeger was ik verlegen, totdat ik erachter kwam dat ik niet bang was om te zeggen wat ik dacht. Denk jij dat ik mensen schok?'
'Ja.'
'Moet ik voorzichtiger zijn?'
'Je schokt mensen graag.'
Ik moet lachen. 'Dat is waar.'
'Waarom zou je dat opgeven? We zijn nooit ergens zo lang dat je iemand echt tegen je in het harnas jaagt.'
'Ik wil jou niet tegen me in het harnas jagen.'
'Gebeurt ook niet.'

Voor de derde keer deze week wil Heike het verhaal over de samengevroren honden.

'Op een koude winterdag redde *Vati* twee honden.'

'Dat klopt.'

'Het was heel heel koud.'

'Ja. Hij rende de wagen uit in de diepe…' Ik laat haar de zin afmaken.

'… sneeuw en hij joeg de jongens weg omdat ze… omdat–'

'Sneeuwballen,' souffleer ik.

'Omdat de jongens sneeuwballen naar de honden aan het gooien waren.'

'Je vader hielp de honden weer van elkaar loskomen.'

'Was ik toen al geboren, *Mutti?*'

'Nee, nog niet.'

Ze geeft klopjes op mijn buik.

'Ik bleef in de wagen in de warmte…'

'… met mij in je buik.'

Geen fabeltjes over ooievaars of rodekool voor mijn dochter.

Ik kus haar op haar kruin. 'En toen heb ik hem in bed gestopt met al onze dekens en omslagdoeken over ons heen.'

Allicht vertel ik haar niet dat ik haar vaders ijskoude lijf heb opgewarmd met het mijne, met zijn koudste lichaamsdeel diep in mijn binnenste, en dat ik werd overweldigd door een oeroude kracht. En ik vertel haar evenmin dat ik, wanneer ik me terughaast nadat ik haar bij Luzia heb gebracht om te spelen, de deur achter me op slot doe zodat ik me op bed kan uitstrekken en doen alsof mijn handen de zijne zijn.

Je vlecht je dochters haar.

Herinnert haar eraan dat ze haar handen moet wassen.

Leert haar voor de duizendste keer hoe je veters strikt.

Hoe je twee eitjes kookt.

Hoe je voorbij twaalf telt.

Steeds weer.

Zonder verder te komen.

Als ze je niet wil horen of zien schudt ze haar hoofd met vliegende haren tot ze duizelig is, en dan gooit ze haar armen wijd open om haar evenwicht te bewaren.

Of om weg te vliegen?

De winter dat ze zeven wordt stuur ik haar in Emmerich naar school, maar ze loopt van school weg met verse schaafwonden op haar ellebogen en knieën.

'Het spijt me het te moeten zeggen,' zegt haar onderwijzeres, 'maar uw dochter is nogal… traag. Daarom plagen en duwen de andere kinderen–'

'Dat mag u niet toelaten.'

'Ik probeer te zorgen dat het niet gebeurt.' Ze knikt, deze magere vrouw met haar vriendelijke mond. Het kost haar duidelijk moeite om te zeggen: 'Heikes geest kan het allemaal–'

Ik kan haar niet laten uitpraten. 'Ik lees mijn dochter elke avond voor.'

Ze vouwt haar handen voor haar mond ineen alsof ze bidt.

'Mijn Heike is altijd een goede leerling geweest. Ze kan zich feilloos de verhalen herinneren die ik haar heb verteld, en ze weer aan mij vertellen.'

'Ze beschikt over enige… basiskennis.'

'Goed zo.'

'En het is pijnlijk maar–'

Hou je pijn voor je, wil ik roepen.

'… Heikes geest kan de lesstof allemaal niet bevatten.'

Daar heb je het. Waar ik nu al maanden op stukloop: dat Heike geen vooruitgang meer boekt met cijfers en het alfabet en het verband tussen letters en woorden.

'Heike wordt onbereikbaar als ze iets niet wil doen. Dan legt ze haar hoofd op haar tafel, wiegt heen en weer, en wil je niet aankijken,' vervolgt de onderwijzeres.

'Dat heb ik haar nooit zien doen,' lieg ik.

'Ze doet heel hard haar best–'

Ik leun naar voren.

'… om niet te leren.'

'Dan werk ik harder. Ik zal letters en woorden met haar oefenen en haar blijven voorlezen, en…'

'*Sehr gut.*' Heikes onderwijzeres knikt tevreden.

'En haar… grootvader kan getallen en rekenen met haar oefenen.'

'Dat is precies wat we adviseren voor kinderen als Heike.'

Kinderen als Heike?

Maar misschien is dit een aanmoediging. Ik stel me voor dat we Heike met zijn allen verder helpen, deze onzeker glimlachende onderwijzeres inbegrepen.

'We adviseren dat de familie het kind lesgeeft.'

'Ik weet al hoe we–'

'Thuis.'

Dan pas dringt het besef tot op het bot door: mijn instinct om Heike veilig te houden kan nooit sterk genoeg zijn, wat mensen haar ook leren over woorden en getallen, over de sterren en de aarde, over sprookjes en legenden, en ik hou nog duizend keer meer van haar dan ik al deed.

Herr Ludwig telt en rekent met Heike, Luzia leert haar rietvlechten, ik leer haar schrijven, de gemakkelijkste letters eerst: de o, de c, de v. Dit is beter voor haar, zeggen we, beter dan school, waar ze zichzelf leert vergelijken met andere kinderen, waar woorden en vuisten haar pijn zullen doen.

Ze geniet van het leren en van onze aandacht, neemt zoveel op als een zevenjarige opneemt en vergeet de rest. De mensen zien het niet aan haar af, nog niet. Ze is gewoon een zevenjarige. Snel en beweeglijk. Rent, hinkelt, maakt radslagen. Is gefascineerd door de trapeze. *Wat te gevaarlijk is.* De Ludwigs en ik leiden haar af. Herr Ludwig huurt haar in om hem bij zijn act te helpen: hem met de circusbijbel te volgen in de ring, het thema en de volgorde van de verhalen te helpen kiezen. Ik moedig haar aan om bij het orkest te gaan dat Herr Ludwig dirigeert. Hij tovert een houten kist met een kindercello tevoorschijn. Heike fluistert tegen haar cello. Luistert ernaar. Als het om muziek gaat hoeft ze niks te leren of te onthouden, muziek leeft al in haar binnenste, klaar voor trillende melodieën op haar cello.

Muziek trilt ook door haar hele lijf, haar armen, haar vingers, haar kin, haar dijen.

Ik zie de dochters van de vrouwen in het publiek, mooi uitgedost voor de gelegenheid, dochters die zullen uitgroeien tot vrouwen. Mettertijd krijg ik medelijden met de moeders. Mijn dochter zal altijd mijn kleine meisje blijven.

De mensen klakken met hun tong. 'Die daar…'

Laat haar met rust! Laat haar dan een kind zijn. Mijn kind.

Ik leer haar zoveel als ze kan verstouwen, kies taken die we samen kunnen doen. Ik maak nieuwe kostuums, en ze wikkelt zich in de zijdezachte doorzichtige stoffen, verrukt over de volle kleuren die zo'n contrast vormen met dit grauwe land. Zij doet het rijgwerk, met grote oneffen steken, terwijl ik het fijne stikwerk doe, en aldoor prijs ik haar, ik moet wel, ik moet elke piepkleine prestatie prijzen, elk piepklein onderdeeltje van elke piepkleine snertprestatie, elk–

Ze legt haar hand om mijn wang.

Ik deins terug voor de aanraking.

'*Mutti?*'

Ik glimlach naar haar. Trek mijn lippen in de breedte. Draai ze bij de hoeken omhoog.

'Ben je boos op me, *Mutti?*'

'Nee. Nee, liefje.'

'Je doet je enge lach.'

Heb ik al gezegd hoe dol ik op mijn dochter ben? Ze houdt van vliegende insecten. Van aardbeien. Van mooie knopen. Telkens wanneer ze er een ziet, koop ik die voor ons, eentje tegelijk, en dan ontwerp ik kostuums die bij de knopen passen, met verstevigde zomen om onstuimige acts te weerstaan. Oude kostuums herstel ik in ere – apostels, engelen – met sierband en borduurwerk om rafelige zomen en sleetse plekken te verhullen. Ik ken het verschil tussen dure en goedkope stoffen, en de Ludwigs laten me de beste kwaliteit kopen die ze zich kunnen veroorloven. Ik vertel Heike wat ik al van jongs af weet door het af te kijken van mijn moeder: zelfs goedkope stof kan prijzig lijken als je er mooie knopen op zet.

Ze is het bekoorlijkste meisje dat ik ken. Als ze cello speelt is ze weerbaar, weet ze wat ze doet; dit meisje dat niet verder kan tellen dan twaalf, kan zo mooi spelen dat iedereen ervan versteld staat. Naarmate ze groter wordt, groeien ook de cello's. Ze lacht en huilt gemakkelijk en draagt het hart op de tong.

'Muziek is jouw toverkracht,' zegt Herr Ludwig tegen haar. 'Helemaal van jou. In zekere zin zijn we allemaal tovenaars, door te zien wat er onder de oppervlakte ligt van het gewone en het buitengewone.'

DEEL 5

Winter 1878-1879

24

KWIKZILVEREN GEFLUISTER

De Oude Vrouwen kunnen uren aan het raam staan. Met een kussen onder de borst leunen ze over de vensterbank en roeren in de roddels. Tussen het ene raam en het andere is iedere voorbijganger onderwerp van commentaar: ze klakken met de tong over stelletjes die in het openbaar hand-in-hand lopen; ze klappen voor kinderen die aan het hinkelen zijn of radslagen oefenen, net zoals Oude Vrouwen voor hen hebben geklapt toen zij klein waren, en worden zo zelf weer even kind, alsof ze al hun leeftijden tegelijk beleven, *kind, vrouw, Oude Vrouw.*

Nu Lotte Jansen weer thuis is helpen de Oude Vrouwen zoveel als ze hun toestaat. Hun dagen winnen aan betekenis met de barmhartigheid die ze Lotte bewijzen. Vergeleken met haar hebben zij het gemakkelijk gehad, en ze scheppen genoegen in hun geluk, in hoe capabel ze zich altijd hebben geweerd. En ze maken zich bezorgd over Wilhelm.

'Ik zag haar met hem over de dijk gaan naar de plek waar de anderen zijn verdronken.'

'Het arme jong.'

'Ik heb haar zien lachen.'

'Lachen met haar kleintje? Dat is toch niet raar?'

'Ze heeft hem al één keer in zee gegooid.'

'Dat was omdat ze zich van God had afgekeerd en–'

'Van zichzelf. Lotte Jansen had zich van zichzelf afgekeerd.'

'Gek van verdriet.'

'Nee, ze is verbluffend goed bij.'

'Gek.'

'Alleen die ene dag.'

'Ik had zo onderhand mijn zakken volgestopt met stenen,' zegt Nordstrands Oudste.

'Het zou ook tijd worden,' zegt de op een na Oudste.

De wedstrijd om de titel van Oudste bederft de schoonheid van op jaren komen, en de wijsheid ervan. Zo ben je nog een liefhebbende grootmoeder en zo word je een nietsontziend kreng omdat je de titel binnen bereik ziet komen. Winnen wordt belangrijker dan je dierbaren. In plaats van pret te maken met je kleinkinderen en achterkleinkinderen zit je in over je gezondheid: hoestdrank bij het geringste teken van een zere keel, en je slaapuren zijn je heilig, wat zou het als de kleintjes nachtmerries hebben. Als Oudste overlevende van Nordstrand ben je niet meer te vertrouwen.

De rivaliteit schept een band. Twee kunnen er samenspannen tegen een derde, elkaar aanmoedigen: kom, leven, leef door! Maar als die derde dan inderdaad sterft neemt de strijd tussen de finalisten epische vormen aan. Schaamteloze vormen. Niet dat je elkaar laat struikelen op de kerktrap of dat je arsenicum door de perzikjam roert, al speelt het door je hoofd. Jouw grootste wapen is medeleven. Met rampverhalen – waar of verzonnen – herinner je elkaar aan verloren liefdes, verloren kinderen, verloren vrienden, waarmee je de ander net dat fatale duwtje in de rug geeft naar meer hartzeer.

Vertel...

Eenmaal gekroond moet je in conditie blijven voor de volgende zomerzonnewende, want wie weet hou je het nog een jaartje vol. Je voelt de rochelende adem van je rivalen heet in je nek, terwijl ze hopen op een val, op duizeligheid of, god verhoede, op bloed in je urine. Als je een dag het bed houdt komen ze met volvette maaltijden aanzetten om je einde te bespoedigen en buigen zich over je heen om de verdienste van je malaise te peilen. Niet anders dan je zelf hebt gedaan, overigens. Met opzet en met leedvermaak. Nu weet jij ook hoe dat voelt.

Lotte is bang dat ze vergeet hoe haar kinderen eruitzagen, hoe ze roken, hoe hun haar aanvoelde. Daarom moet ze uit alle macht vasthouden aan haar verdriet. De korst van de wond blijven krabben.

Die is nog niet geheeld, maar hard bloeden doet hij niet meer. De dag voor Kerstmis pakt ze Wilhelm warm in in Martins pyjama en Bärbels jas, neemt hem mee naar het strand en gaat met hem op schoot aan de rand van de zee zitten.

'Kijk die kleuren eens.' Ze wijst naar de lucht vol koelgloeiende blauwtinten met een witte bies erboven die de hemel dichterbij duwt. 'Kleuren voor je verjaardag, Wilhelm. Vandaag ben je één jaar oud.'

Zijn smalle ruggetje tegen haar borst, duim in zijn mond.

Ze houdt haar kin op zijn kruin. 'Je zussen en je broer kijken ook naar deze lucht. Op ditzelfde moment.'

Wilhelm schommelt met zijn hoofd zodat haar kin kantelt. Omhoog, omlaag, weer omhoog.

'Bärbel, Martin, Hannelore.' Lotte proeft hun namen op haar tong. 'Jij was acht maanden toen je ze voor het laatst zag, Wilhelm. Martins lievelingseten is karnemelksepap. Hetzelfde als jij. Hij helpt het maken, kruimelt brood in een schaal karnemelk om het te laten weken.' Ze voelt ze dichtbij komen. Het gebeurt door het vertellen. 'Onze Hannelore houdt van meeuweneitjes. Ze vindt het leuk om ze te zoeken. Ze weet dat ze er maar een paar moet pakken en de rest moet laten liggen om uit te komen. En onze Bärbel–'

Je kunt geen appelmoes maken zonder dat Bärbel er met haar neus bovenop staat, mond al halfopen voor een proefje, nog te heet, zegt ze, in een echo van wat jij net hebt gezegd, nog te heet...

'Onze Bärbel is dol op zoetigheid. Weet je nog hoe we haar altijd noemen?' Lotte draait Wilhelm naar zich toe. '*Verfressenes Kaninchen.* Gulzig konijntje dat ze is: hoe goed we het snoep ook verstoppen, het is alsof ze het rúíkt. Ze propt er haar wangen mee vol. Kijk, zo.'

Lotte blaast haar wangen bol.

Wilhelm petst ze leeg. Lacht onbedaarlijk. Blaast zijn eigen wangen bol, petst ze leeg. Zijn voetjes kietelen, *schapenvoetjes, schapenknietjes, schaapjes hebben een mond om mist te happen, schaapjes hebben tanden om de mist uit de grond te trekken, hoor de grond rommelen, hoor de schaapjes happen.*

Ze ademt diep zijn Wilhelmgeur in: modder en karnemelk. Nog een geur: aarde en warme huid, Bärbelgeur. Ze kent haar kinderen aan hun geur. Kaneel en melk voor Hannelore. Roggebrood voor Martin. En zij is er voor ze.

Nu en wanneer jullie me maar nodig hebben. Met een andere verbinding dan verdriet en schuldgevoel omdat ik jullie heb verloren, een verbinding buiten het verlangen en de paniek, ik ben hier voor jullie met jullie, een zekerheid die sterker is dan de vraag wanneer ik jullie weer zal zien, een vrede die ik niet elk uur zal kennen, maar ik zal me herinneren hoe die voelt en dat die bestaat.

Een zwarte zwerm aan de hemel die uitwaaiert, zwenkt en wervelt, die Lotte betovert en te verstaan geeft dat haar kinderen in leven zijn – *BärbelMartinHannelore, een kwikzilveren gefluister, een zwarte werveling die vervormt en schemert – in leven in de verloren stad Rungholt, die elke lente gedurende een paar ogenblikken uit zee oprijst. Niemand weet wanneer. Je moet bedacht zijn op de voorbode, op de dans van miljoenen vleugelslagen, wanneer de spreeuwenzwerm in zijn choreografie van licht en beweging de ondergaande zon boven het drasland verduistert.*

Elke keer dat Lotte het korstje van de wond krabt, is de wond kleiner en komen haar kinderen dichterbij. Keer op keer gaat ze terug naar de rand van de zee, waar het gemakkelijker is om hun stem te horen. Om ze te lokken vertelt ze Wilhelm de oude legende waar ze zelf mee is opgegroeid en die ze aan haar kinderen heeft doorgegeven: die van de *Nebelfrau.*

'De nevelvrouw zet een pan nevel op het fornuis en laat hem sudderen. Bij het krieken van de dag laat ze hem kolkend overkoken in de wereld, maar in de avondschemer haalt ze hem weer uit de lucht omlaag. Eerst verbergt hij de schapen helemaal, maar uiteindelijk blijft hij rond de hoeven liggen, zodat ze op nevel zweven. En dan…'

'En dan?' vraagt Martin. Martin, die lang voor de anderen vast voedsel wilde en nog voor hij tanden had op een korst roggebrood sabbelde.

'De nevelvrouw woont op de bodem van de zee. Weet je nog, Martin?'

Gesmak van Wilhelms duimzuigen.

Hannelore werpt hem een boze blik toe. 'Waar heb je mijn pop gelaten?'

Om haar weer aan het lachen te krijgen geeft Lotte de *Nebelfrau* groene nevel.

'Toch niet groen!' protesteert Hannelore.

Martin gaat achter de groene nevelslierten aan, stampt erop.

Wilhelm laat zich van Lottes schoot glijden, kruipt over het groene-neveltapijt.

Bärbel neemt zijn plaats op Mutti's schoot in.

BärbelMartinHannelore... Namen die naar zeezout en zomergras smaken. Bärbel, die zich tegen je aan nestelt en luistert, Martin, die half luistert terwijl hij kiezels rangschikt, Hannelore, die klaarstaat om je te verbeteren als je iets verandert of vergeet. Overbekend. Onvoorspelbaar.

Als Tilli Wilhelm optilt, klampt hij zich met zijn armpjes om haar hals en zijn beentjes om haar middel aan haar vast. Zuster Franziska plukt hem dan zacht maar onverbiddelijk uit haar armen en zegt Tilli te helpen met de grote kinderen. Op sommige ochtenden weet Tilli er echter met hem vandoor te gaan naar de vleugel waar de gepensioneerde nonnen voor hun konijnen en zangvogels zorgen: vinkmannetjes met rossige wangen, vinkvrouwtjes met een zwart spoor onder het oog.

De nonnen zijn dol op Wilhelm en houden lekkere hapjes voor hem achter: een lepel pudding, een half koekje. Ze lezen hem de gedichten voor die ze op dinsdagmiddag met de dichter uit Niebühl schrijven.

'Vinkmannetjes maken zwakkere vinkmannetjes dood,' vertelt Tilli Wilhelm.

'Flauwekul,' zegt zuster Konstanze. 'En maak hem niet zo bang.'

'Zal ik niet doen.'

'Van wie heb je dat, trouwens?'

'Van mijn vader.'

Zuster Konstanze snuift. 'Je vader slaat de plank wel vaker mis, da's niks nieuws.'

Tilli proest het uit. Ze slaat haar hand voor haar mond. O, wat onbeschaamd, denkt ze, en allicht is het dat ook: verrukkelijk onbeschaamd. 'Hij heeft mijn broer uit huis gezet,' laat ze zich ontvallen.

Zuster Konstanzes lippen vertrekken.

'Hij heeft gezegd dat ik nooit meer thuis mag komen.'

'Mijn lieve dappere kind.'

‘Je hebt zo enorm veel geleerd dat je promotie verdient,’ zegt zuster Hildegunde hartelijk tegen Tilli.
‘Dank u,’ zegt Tilli blij.
‘Je gaat aan het werk in de grote-kinderkamer.’
Wilhelm. Ze nemen Wilhelm van me af.
De diepte waar mijn eigen kleintje leeft, en nooit geen woord meer van–
Zuster Hildegundes hart knijpt samen om dit meisje met de vierkante kin en het abrikooskleurige haar. ‘Natuurlijk zie je de andere kinderen ook gewoon nog.’
De behoefte om Wilhelm bij zich te weten is sterker dan haar hoop dat ze zuster Hildegunde op andere gedachten kan brengen. Ze rent weg.
Een dwarreling van sneeuw.
van sproeten op Tilli’s gezicht, op Tilli’s borst, en de hemel kantelt
‘Drink maar, kleintje, mijn eigen kleintje…’
en de ronde, getopte sproet in Wilhelms mond, droog, de sproet is droog en Wilhelm is koud
En Tilli’s lichaam maakt aan wat haar meisje nodig heeft en nu voor Wilhelm is, en daarom kan haar meisje nooit ver weg zijn.
‘Drink maar.’
hij zuigt aan de sproet zuigt
het geluid van een naderende fiets
sproeten op Tilli’s vingers die snel langs de knopen gaan
‘Sst maar, kleintje.’
de knopen moeten dicht
‘Sst, kleintje.’
Zuster Franziska neemt Wilhelm zachtjes over. ‘Ik wou dat ik je kon helpen.’
‘Ik zal het nooit meer doen.’
‘Hij is niet jouw baby, Tilli.’
‘Ik weet het.’ *Angst, schaamte, en het spijt me zo.*
‘Mij ook.’ Er klinken tranen in de stem van de non. ‘Ik heb te veel van je gevraagd.’

Tilli kan zich geen wereld zonder Wilhelm voorstellen. ‘Hij heeft mijn knopen opengemaakt. Dat kan hij.’

‘Voor jou is dit ook niet goed.’

‘Ik zal het nooit meer doen. Alsjeblieft, zuster.’

De non gebaart naar de kloosterfiets, die in het bevroren onkruid ligt. ‘Rij jij de fiets terug, alsjeblieft?’

‘Maar–’

‘Ik zal Wilhelm dragen. We praten wanneer we terug zijn.’

25

IN DE GROTE-KINDERKAMER

Die eerste nacht in de grote-kinderkamer ligt Tilli wakker in de alkoof tegenover de vier rijen van zes bedden waarin de kinderen slapen. Terwijl ze haar ademhaling onder controle probeert te krijgen – luider en sneller dan die van de kinderen – verlangt ze ernaar een Oude Vrouw te zijn. Eerst wordt Sabine er een. Dan Lotte. Dan voegt Tilli zich bij hen. *En ben ik nooit meer alleen, zegt niemand me ooit nog waar ik moet gaan of staan omdat ik het dan zelf voor het zeggen heb.*

De eerste keer dat ze Wilhelm aanlegde had ze Lotte beloofd dat ze zuster Franziska's rozenkrans zou stelen. Een stilzwijgende belofte die zwaarder weegt dan wanneer ze uitgesproken was geweest. Over de rand van haar bed geleund haalt ze haar zakdoekenkistje uit de tas die zuster Franziska haar heeft laten pakken, en ze sluipt op haar tenen langs de bedden, de trap af en naar de ziekenkamer, waar ze de rozenkrans van de sleutel van de medicijnkast haalt. In de keuken laat ze de barnstenen kralen smelten in een pot die in een pan kokend water staat. Het zachter wordende barnsteen laat de geur van haar kinderjaren los: dennengeur, zout. Ze kneedt het tot een vuistgrote kraal, snijdt die doormidden, schudt de halvemaantjes die ze van Wilhelms nagels heeft geknipt uit haar zakdoekenkistje en drukt ze in het hars voordat ze de helften weer aaneen smelt. Met haar haarspeld prikt ze een gaatje voor een koord. In het licht van de ochtend ziet ze belletjes in het barnsteen als een halo om de halvemaantjes liggen.

De grote-kinderkamer is veel groter dan de kleine-kinderkamer. Hij beslaat drie vertrekken: de slaapzaal, het leslokaal en daartussenin de speelkamer met een grote tafel, waar de kinderen nu dringen om ook hun vinger in de jampot te steken omdat Tilli dat net ook heeft gedaan: één lange vinger, om de donkere spikkel eruit te vissen, geen vliegje maar een broodkruimel die eruitziet als een vlieg maar het niet is omdat Tilli hem heeft opgevist, samen met onnodig veel jam.

Ze likt haar vinger af. Zet grote ogen op van genot.

'Ik!'

'Jam!'

'Als je je gerstesoep op hebt...' Gerstesoep met wortel en stukjes appel, die ze voor de kinderen uit de keuken heeft gehaald.

'Ik! Ik!'

Ze leunen over de tafel, proberen erop te klimmen.

Tilli houdt de jampot ondersteboven zodat ze er gemakkelijker bij kunnen. En wat dan nog als de tafel een kleverige bende wordt? Ze wil ze opvrolijken, en ze gillen van de verrukking die met verboden vruchten komt. De jam zit rond hun lippen en over hun wangen. De nonnen zijn nog maar vage schimmen als ze met de kinderen speelt, als hun pret iets van de warmte onder haar hart terugbrengt waar haar kleintje lag tot ze geboren werd, waar Wilhelm een plekje had tot ze uit de kleine-kinderkamer verbannen werd. Ze ziet hem nog steeds, maar lang niet vaak genoeg.

'Knisperen,' roepen de kinderen.

'Kietelen,' roepen ze.

Ze wijzen naar de honingkleurige amulet die in het kuiltje onder aan haar hals ligt. Elke dag poetst ze hem glanzend met een beetje spuug.

'De haartjes op mijn arm...' roept er een.

'Eerst de mijne,' roept een ander.

'Laat ze overeind staan, ah toe, alsjeblieft!'

Ze doet de hanger af en laat de barnsteen langs de armen van de kinderen strijken, die elkaar om haar heen verdringen en giebelen om de knetterende vonkjes. Ze houdt meer van haar werk met de grote kinderen dan ze had verwacht toen zuster Franziska haar een maand geleden uit de kleine-kinderkamer wegstuurde.

'Kijk, er zitten riefeltjes maan in.' Ze hurkt tussen de kinderen in zodat ze de bleke halvemaantjes kunnen zien.

'Waar hebt u die gevonden, *Fraülein* Tilli?'

'In de lucht. Ze hebben toverkracht.'

Toverkracht. De kinderen zijn er stil van.

Wanneer Lotte ervan overtuigd is dat haar man nooit meer thuis zal komen, droomt ze dat ze wakker wordt van de geur van rijke, goudbruine vleesjus, en haar lendenen trekken heet samen.

Ze holt op blote voeten naar beneden met de vraag in haar achterhoofd of je in je slaap wel iets kunt ruiken, en Kalle staat in haar keuken zijn zondagse stoofvlees te maken, staat een homp vlees aan te bakken met uien en spek, en hij merkt haar niet op al heeft ze zich tegen zijn rug gedrukt met haar armen om hem heen en haar handen op zijn borst, op de warme huid van zijn borst, warme lucht in beroering, hij roert – zijn wonder niet het wonder van broden en vis, maar van een vleesjus die hij kan laten uitdijen tot er meer dan genoeg van is – en net voordat de jus aanbrandt doet hij er water bij, laat hem sissen en borrelen en indikken, en weer roert hij tot ze de geur van de vleesjus op haar huid ruikt en in de damp die haar huis heeft doortrokken, en…

De dag breekt aan, haar huis te koud voor geur behalve de geur van kou zelf, van steen en vocht en vorst. Lotte huivert en trekt de dekens over haar schouders. Geen zondag. Een druilerige dinsdag in februari. Laat op de ochtend is ze buiten met Wilhelm en hangt onder een dun, haveloos wolkendek de was op. Hij doet een voorzichtige stap en grijpt een plooi van haar rok. Gisteren deed hij zijn eerste stap weg van haar. Hij staat naar de grond te kijken alsof hij zijn volgende stap overweegt. Het gros van de sneeuw is gesmolten en de grond is een modderbrij, maar hier en daar ligt nog wat tussen de pollen oud gras, met door regen geslagen putjes erin. Boven de rij donkere stenen is alle sneeuw weg.

Wilhelm doet nog een pas. Kijkt stralend, verrast over eigen kunnen naar haar op.

'Kijk jou nou eens!' Ze lacht, zet haar wasmand op een vlakke steen en gaat op haar hurken, haar armen een ruime kring waarin hij veilig kan lopen. Nog een pas…

Op dat moment komt haar man het erf op rijden op een zebra die stram voortstapt. De rug van het dier is nat, net als Kalles hoed en schouders. En Kalle vergist zich nu al: hij ziet haar lachen en weet niet dat ze naar Wilhelm lacht, niet naar hem. Hij glimlacht terug.

'Alsjeblieft,' zegt hij.

Zijn aanwezigheid pleegt inbreuk op haar verlangen naar hem, verlangen dat vertrouwd en vertroostend is gaan voelen. Ze wil hem aanvliegen en slaan.

'Lotte,' zegt hij.

Wilhelm wankelt op zijn beentjes en ze sluit haar armen om hem heen, voelt de randen van de schelpen waarmee hij zijn zakken weer vol heeft gestopt, dwingt zichzelf aan de schelpen te denken, ziet zichzelf de zakken binnenstebuiten te keren voordat ze de kleren wast. *Hoe vaak heb je de zakken en de sokken van je kinderen al niet binnenstebuiten gekeerd om de stenen, de schelpen, het zand eruit te krijgen? Zand is het lastigst, dat blijft nog wasbeurten lang in zomen en hoekjes zitten. Lang na de golf komt er nog zand uit de sokken.*

Kalle laat zich van de zebra glijden, zijn benen al even stijf als die van het dier, al heeft hij er elke dag van de zes maanden dat hij is weggeweest op gereden.

'Ik heb…' Hij schraapt zijn keel. 'Ik heb een idee.'

Ze zegt geen woord. Weigert het hem gemakkelijker te maken, al hunkert haar lichaam naar hem alsof er geen dood en verraad tussen hen in staat.

'Een idee voor jou om geld te verdienen,' zegt hij. Hij heeft zich losgeslagen gevoeld, zo weg van zijn gezin, op drift. Hij heeft zijn kinderen getekend zoals hij vroeger deed, met de zachte rondingen van Lotte voor en na de geboorte om hen heen, maar de stukjes vallen niet langer op hun plaats, het zijn alleen nog maar houtskoollijntjes op papier die aantonen hoeveel hij heeft verloren. *Zoveel gemakkelijker om dieren te tekenen.*

'Met de zebra.' Kalle klopt het dier op zijn mottige flank.

'Ik kan ongedierte kweken in die vacht en dat verkopen.'

'Zo ken ik je weer.'

'Jij kent mij niet.'

Half verborgen achter zijn moeders been gluurt Wilhelm naar het strepenpaard, dat zijn kop naar hem uitsteekt, briest en zijn lip optrekt voor een grijns met veel lange tanden. Wilhelm trekt zijn bovenlip op om zijn eigen schaarse tandjes aan het strepenpaard te laten zien.

'Ik wil helpen met de boerderij, Lotte, en–'

'Er is hier geen werk voor jou.'

'Je kunt de schuur aan Circus Ludwig verhuren. Ik kan er de zieke dieren stallen en behandelen.' Drie weken geleden had hij de gelegenheid aangegrepen van een meningsverschil over het wel of niet afmaken van deze oude zebra, en voorgesteld dat ze het dier in de schuur zouden stallen die zijn vrouw als bruidsschat had ingebracht. Zodoende zou hij op de boerderij kunnen blijven zonder Lotte te zeggen dat hij naar huis wilde komen. Dat wil hij ook niet, of althans, hij weet het niet zeker, sowieso niet zeker genoeg om iets te zeggen. 'En volgend jaar,' voegt hij eraan toe, 'zou het hele circus hier kunnen overwinteren.'

'Ik heb het land aan de koster verhuurd.'

'Aan de oude Niessen? Die schapenpis drinkt?'

'Geitenpis.'

'Geitenpis dan.'

'En hij drinkt het niet, hij krijgt er een spuit mee.'

'Ik hou er niet van dat een ander mijn werk doet.'

'Jóúw werk?' zegt ze, laaiend van woede.

26

ALLEEN EN ONAANGERAAKT

Kalle ziet alleen dat ze straalt, en één krankzinnig makend moment weet hij zeker dat ze een ander heeft. Hij voelt weer die paniek van alleen en onaangeraakt achterblijven, net als de dag voor Kerstmis, als de rest vertrekt om hun familie te bezoeken. Hij probeert de paniek in te dammen – door aan Lottes potten *Hagebuttenmarmelade* op de planken in de kelder te denken, aan de wilde duinrozen met de roze bloesem aan het begin van de zomer en de dieprode vruchten aan het einde, tot de smaak ervan hem in de mond ligt: dik, stroperig als honing en met de smaak van de zomer, van duizend zomers, van alle zomers samen met Lotte – maar desondanks gutst de paniek zijn ziel binnen en kolkt daar rond.

'Ik heb geen andere vrouw gehad,' flapt hij eruit.

'Waarom kom je daarmee?'

'Ik wil dat je het weet.'

'Ik hoef het niet te horen.' Ze bedekt Wilhelms oren met haar handen en ziet Kalle voor zich in de armen van Sabine Florian, die iedere man, hoe jong of oud ook, kan krijgen. Die recente jaloezie is van haar alleen, hij heeft er geen recht op.

Hij heeft geen woorden voor het verlangen dat niet bij Lotte kan beginnen omdat hij haar zo volledig uit zijn hart moet bannen dat het verlangen er alleen steels in terug kan sluipen – met de zwier van een vrouwenpas, bijvoorbeeld, of de ronding van een vrouwenschouder onder een schouderbandje, of de welving van een vrouwenhals – steels terugsluipen in kleine vonkjes die regelrecht naar Lotte leiden. En daar vlam vatten.

'Kijk jou nou, een mottige oude zebra als excuus gebruiken om terug te komen. Mij een schuur vol mottige oude beesten aanbieden.'

'Zo ligt het niet. Ik wil dat je een inkomen hebt.'

'Dat heb ik al.'
'Waarvan?'
'Het Margarethahuis. Ik word opgeleid tot vroedvrouw.'
Ze vertrouwen het jou toe om kinderen op de wereld te brengen? Hij slaat zijn hand voor zijn mond. Baardstoppels, zweet. Ze walgt vast van hem.
'Geeft de koster je een eerlijke prijs?'
'Wat gaat jou dat aan?' Het komt er kwaad uit.
Hij laat zich niet afschrikken door haar woede. Hij zou hem eerder voeden en aanwakkeren, samen met haar zorgen dat hij witheet blijft. Dat is veiliger dan het over de kinderen te hebben.
'Hij geeft me een eerlijke prijs, ja.'
'Mooi.'
'Je bent hier vast niet voor mij alleen. Je hebt nog niet eens naar je zoon gekeken.' Ze tilt Wilhelm op zodat zijn gezicht voor dat van Kalle zweeft. 'Wilhelm, dit is je *Vater*.'
Vater. Niet *Vati*.
Het ventje maait met zijn armen alsof hij naar hem en de zebra toe zwemt. Zijn mouwen vallen over zijn handen. Bärbels jas. '*Guten Tag,* Wilhelm,' zegt hij ernstig.
Lotte draait Wilhelm naar zichzelf en glimlacht naar hem. 'Wat zijn je voeten zwaar. Heb je weer zand in je sokken?' En al die tijd wil ze Kalle vertellen dat hun andere kinderen in leven zijn. Hem met die wetenschap opzadelen voordat hij er weer vandoor gaat. *Noch nicht.*
'Zand in je sokken…' Kalle omvat Wilhelms enkel met wijsvinger en duim.

Lotte laat hem onder de grauwe lucht bij de schuur achter. Met Wilhelm op haar heup rept ze zich naar het Margarethahuis. Ze heeft geen dienst, maar thuisblijven, met Kalle daar, kan ze niet.
Bij de voordeur stuit ze op zuster Sieglinde. Lotte gebaart haar voor te gaan, de vestibule in.
De non heeft geen haast en kijkt haar nieuwsgierig aan. 'Is er iets gebeurd?'
'Gaat u voor, zuster.' Haar stem klinkt haarzelf koud in de oren,

en ze krimpt ineen. Zuster Sieglinde kletst graag, en als je niet op tijd wegkomt krijg je haar hele tirade over pauselijke buitensporigheid te horen. Voor de zoveelste keer. De eerste keer was toen zuster Sieglinde nog Lottes lerares was en als afgezant van het klooster het Vaticaan bezocht. De schatten in het Vaticaans museum – de immense, obscene rijkdom waarvoor de armen hadden moeten bloeden – hadden haar zo tegengestaan dat ze overwoog uit te treden. In plaats daarvan had ze een rozenkrans van zilverfiligrein en twee door paus Pius IX gezegende sinaasappels gekocht. Een van de sinaasappels gaf ze aan de zwangere meisjes, de andere aan haar derdejaarsleerlingen. Ze had geprobeerd ook de rozenkrans weg te geven, maar geen van de nonnen wilde hem, omdat het fijne zilverwerk schrammen in je huid trok. Dat is geen rozenkrans, zeiden ze, dat is een martelwerktuig.

'Wat is er gebeurd, Lotte?' dringt zuster Sieglinde aan.

'Ik moet echt door.'

'Ben je boos? Je lijkt boos.'

Lotte verplaatst Wilhelm naar haar andere heup en wendt zich af. Rusteloos zwerft ze door de gangen. Radeloos is ze. Woest-radeloos. Geef haar een bijl in handen, dan... Ja, wat dan? Het is te veel. Dit. Te veel leven. Plannen, vogels, keuzes en nu Kalle. Ze smijt de kapeldeur zo hard achter zich dicht dat de kaarsen op de stalen standaard bij het altaar flakkeren. Ze geeft een grimmig knikje, trekt de deur weer open, smijt hem nog harder dicht. En nog eens. Ze trekt zich met Wilhelm terug op de achterste kerkbank. Neuriet hem toe. Neuriet, terwijl die aan het kruis geslagen Jezus daar boven het altaar hangt als om te bewijzen dat ook hij uit een vrouw ter wereld is geperst.

27

DE SOM VAN VERLIES EN VERLANGEN

Voordat Lotte naar bed gaat zet ze op de keukentafel eten klaar voor Kalle, die het meeneemt naar de schuur, waar hij het op de rand van zijn brits opeet: erwtensoep met ham. Geitenstoofpot. Aardappelkoekjes.

Hij ploetert door, zoekt vastigheid in een dagelijkse routine. Dicht bij Lotte. Voorlopig. Hij mist de verhalen over alles en niets die Lotte en hij elkaar vroeger vertelden – wat ze hadden gezien, gedacht, beleefd – verhalen die je graag vertelde omdat je wist dat de ander ze wilde horen. Het zijn geen verhalen om te bewaren voor in een brief, voor een ander hebben ze geen betekenis, voor jullie des te meer.

Stel dat ik Lotte vraag wiens hand ze vasthad, dan geeft ze me geen antwoord, dan zal ze me niet zeggen wiens hand ze heeft losgelaten toen Wilhelm al haar kracht nodig had. Zo is hij altijd geweest, de jongen, vanaf de dag dat hij geboren werd.

Wiens hand? zal hij aandringen, bang dat ze hem zal wegsturen omdat hij ernaar vraagt.

Ik weet het niet meer.

Waarom heb je de anderen losgelaten? Hij blijft haar met vragen bestoken en voelt zich wreed. Met welk recht stel ik ze nadat ik haar in de steek heb gelaten?

Er was geen tijd. Om te kiezen.

Om haar te troosten zal hij zeggen: als je Wilhelm had losgelaten en de andere drie had vastgehouden, dan had hun gewicht, het gewicht van alle drie samen, jou ook meegesleurd, dan waren jullie allemaal verdronken en had ik niemand meer gehad.

Maar wat hij blijft zien is dat zijn kinderen van haar losgerukt worden – BärbelMartinHannelore – terwijl ze de jongste nog steeds vastheeft.

De som van verlies. Van verlangen.

De tweede dinsdag na zijn terugkeer wacht ze hem met rode wangen op. Op tafel een goudgele wig *Rodonkuchen* op een van de goede borden. Zijn lievelingstaart, *Apfelkuchen*, zou welkom terug betekenen. Zijn Lotte maakt het niet mooier dan het is.

Als ze hem gebaart tegenover haar plaats te nemen, weet hij zeker dat ze hem de vraag gaat stellen die de spil is van zijn angst.

Waarom heb je ons in de steek gelaten?

Omdat je me zou hebben weggestuurd.

'Ik heb een tulband gebakken vanochtend,' zegt ze.

'Dank je wel.' Hij toont zijn waardering en neemt een hap, een gewone, helemaal niet groot, maar toch krijgt hij hem niet weg. Doorslikken lukt niet, en hij kucht, zijn gezicht voelt warm, zijn huis voelt doortrokken van de geest van zijn dode kinderen.

Lotte zet een glas water voor hem neer. 'Rustig aan.'

Nog steeds kuchend drinkt hij gulzig. Discreet werkt hij de hap cake weg in zijn hand.

'Beloof...' Ze aarzelt.

'Ik beloof het.'

'Je weet nog niet eens wat ik vraag.'

'Ik kan beloven dat ik luister.'

'Beloof dat je me gelooft.'

'Ik zweer dat ik je geloof.'

Ze weifelt. Giet het dan in raadsels: 'Zachte stem? Volle lach?'

En hij weet het antwoord. 'Hannelore.' Het doet pijn om haar naam hardop te zeggen, maar hij gaat door. 'Een stil stemmetje maar lacht het hardst van allemaal.'

'Zou het komen omdat ze de oudste is, denk je?'

'Misschien,' zegt hij voorzichtig. Hij verbergt zijn volle vuist onder tafel, propt de cake in zijn broekzak.

'Zou haar stem altijd zo zacht blijven?'

Altijd? De huid van zijn nek prikt waar de haarlijn loopt. 'Ik geef je nergens de schuld van, Lotte.'

'Want ze leven nog.'

'Wat?'

Ze knikt en kijkt zo blij. 'Hannelore en Martin, en Bärbel ook.'
Hij kreunt. 'O, Lotte.'
Ze houdt haar wijsvinger tegen zijn lippen. 'Ze hebben elkaar vastgehouden. Zo hebben ze Rungholt weten te halen.'
'En hoe weet je dat?'
'Van onze kinderen.' Ze steekt haar kin uitdagend in de lucht.
'Wie zorgt er voor ze?'
'De mensen. Daar.'
'Wie speelt er met ze? Vertelt ze verhalen voor het slapengaan? Al die dingen die ik vroeger deed?'
'De mensen die hun lesgeven, zorgen ook voor hen. Net als in het Margarethahuis.'
'Nonnen, bedoel je?'
'Niet nonnen. Een gezin. De mensen in Rungholt hebben een manier gevonden om zich aan te passen.'
'Zich aan te passen? Als salamanders? Als in een grot of een trog of een of andere hof van Eden?'
'Jij… Je bent een ongelovige Thomas. Geloven vergt moed, en jij wilt ze aanraken voordat je het gelooft.'
O, om jou aan te raken…
'Maar je kunt ze daarna pas aanraken. Vanaf de eerste keer dat je gelooft, hoe kort ook, wordt het sterker. Alsof je geneest van een wond of een ziekte, net als toen je je arm had gebroken bij het vissen. In het begin voel je constant die pijn, maar er komt een dag dat je hem een minuut niet voelt. En dan merk je dat je hem een halfuur niet hebt gevoeld. Dan een halve dag.'

Een valse start, en meer dan één.
Misverstanden.
Botsingen tussen rede en hoop.
Hij komt over de dijk bij haar aan het water, verlaat zijn brits in de schuur en komt naar haar bed dat voorheen ook het zijne was. In die donkere kamer onder het rieten dak liggen ze naast elkaar en voeren fluisterende gesprekken over hun kinderen, ver weg op het oude Strand.

En zo begint het. Begint het opnieuw. Tussen hen.

'Ik wil weten wat jij weet.'

'Ze wonen bij een scheepsbouwer en een onderwijzeres in Rungholt.' Ze klinkt als vroeger, toen ze nog met zijn allen waren, licht en sterk. 'Hun kinderen zijn volwassen. Ze zijn al lang de deur uit.'

'De ouders missen ze vast,' zegt hij behoedzaam.

Ze draait op haar zij naar hem toe. 'Ze namen die drie van ons zo liefdevol op.'

Hij schuift dichterbij. Legt zijn voorhoofd tegen het hare. 'Voor hen is het een geschenk uit de hemel, weer kinderen in huis hebben.'

Omwille van Lotte staakt hij zijn verzet, laat hij toe dat ze hem meetrekt in de illusie. Om te zorgen dat de kinderen niet verdwijnen moet hij ze voeden, kleden, leven inblazen. Dat kan hij. Hij bewaart zijn verstand doordat hij het verschil kent tussen realiteit en illusie. Hij zal niet in zee springen om naar zijn kinderen op zoek te gaan. Omwille van Lotte ziet hij Rungholt in kleur. *Rijst Strand niet eens per jaar op uit de Noordzee? Geloof. Dat is jouw offerande. Als je met hart en ziel gelooft, zijn jij en je kinderen weer samen.*

Ze houdt hem niet tegen als hij zijn mond naar haar borst brengt, als hij zichzelf brengt, ze is klaar voor hem, ze is bijna klaar voor hem, maar hij zuigt zo hard dat ze instinctief met haar duim de verzegeling verbreekt, iets wat ze voor het laatst heeft gedaan met Bärbel, die zichzelf vaster zoog dan haar andere kinderen: haar duim tussen tepel en mond, met het zachte topje naar de mond van haar dochter en de nagel naar haar borst, en dan het plopje waarmee er werd losgelaten. Alsof ze haar dochter weer de borst aan het geven is – niet nu, niet nu, die herinnering – maar het is haar man die zich aan haar laaft. Ze heft haar armen met puntige ellebogen in afweer, en hij valt van haar weg. Wat dom om te denken dat we elkaar weer kunnen vinden in dat zoete verborgene waar onze kinderen zijn begonnen.

Hij knijpt zijn ogen dicht…

'Kalle?'

… stijf dicht, tot hij ze weer voor zich ziet, zijn kinderen, een korte slinger schimmen, flakkerend aan Lottes hand, springend en dansend, al kan hij niet zien wie er naast haar staat, wie in het midden en wie aan het einde van die slinger die golft als de staart van de vliegers die hij als jongen maakte van vloeipapier in de kleuren van kerkramen, dat hij

over een frame van flinterdun sparrenhout spande, met een paar pluizige wilgenkatjes aan de staart voor de balans.

Een vlieger zou zijn opgestegen.

Hij kermt. Ze houdt de binnenkant van haar pols tegen zijn linkerwang, wat hem vroeger kalmeerde en tot zichzelf bracht, waarschijnlijk omdat hij zo in zijn moeders buik had gelegen: op zijn zij, binnenkant pols tegen linkerwang. De maan laat de vlakken van zijn gezicht oplichten. Zo jong als hij eruitziet, denkt ze. *Zo jong als we op onze trouwdag waren.* Mijn zestiende verjaardag. Hij net zeventien. Haar vingers trekken strelend de spieren van zijn nek en de vorm van zijn borstbeen na, net als ze deed toen ze vijftien was, voordat ze elkaar lager durfden aan te raken, zonde durfden aan te raken: hun code voor verlangen.

Als Kalle wakker wordt in zijn echtelijke bed kan hij zich niet herinneren dat hij in slaap is gevallen, maar hij dommelt alweer weg en *droomt van een dier dat over zijn benen scharrelt. De geur van pis. Kalle verschuift, voelt het gewicht verschuiven, de droom verschuiven, en hij vraagt zich af of je pis kunt ruiken in een droom. Opnieuw verliest hij kinderen. Schuift ze voor even terzijde. Vergeet ze. Achteloos.*

Dan licht dat schuin door het raam valt, en Lotte met gesloten ogen naast hem. Hun jongste ligt tegen haar aan genesteld, magere beentjes opgetrokken tegen zijn buik. Kalle kan voor zich zien *hoe het ventje zichzelf ophijst aan de spijlen van zijn bed, over de rand heen klautert en dan het grote bed op om een plekje tussen zijn slapende ouders in te veroveren.* Nee. Lotte. Die moet eruit zijn gegaan vannacht, met blote voeten over de koude vloer, om Wilhelm te halen. *Eerst heeft ze de sleetse ochtendjas omgeslagen die aan het haakje van de deur van de kinderkamer hangt. De kinderkamer, die Wilhelm met zijn zussen en zijn broer deelde. De ochtendjas is groot genoeg om haar en de jongen te omvatten wanneer ze hem uit zijn bedje tilt en meeneemt naar dit bed.*

Heeft de jongen hier geslapen, al die maanden dat ik weg ben geweest? Hij zwaait zijn benen over de rand van het bed en staat op, het hoofd laag zodat hij zich niet stoot aan het plafond dat van de punt boven het bed schuin omlaagloopt. *Je lijf dat zich een gewoonte herinnert.*

De gewoonte van duizend-en-één ochtenden opstaan met Lotte en het hoofd laag houden.

De jongen scharrelt naar Kalles kant van het bed, duwt iets – Hannelores pop – onder het kussen weg en gaat met zijn stinkende bips op het kussen zitten.

'Wat heb je daar?'

In kleermakerszit wiegt hij van voor naar achter, de ogen diep in het magere gezichtje. Te bedenken dat hij ooit zo mollig was. Nu zijn de lijnen van zijn lichaam ingevallen. Kalles andere kinderen waren stevig op die leeftijd.

'Het is niet erg als je het me niet wilt vertellen,' zegt hij tegen Wilhelm. Maar dat is het wel. Hij vindt het wel erg.

Wilhelm wiegt van voor naar achter. Hij luistert naar de spookschapen die op de dijk nevel uit de grond trekken, nevel die omhoogkruipt en de poten van de spookschapen ontbloot, hun buiken ontbloot.

Van voor naar achter, net als Martin, denkt Kalle. Hij stelt zichzelf gerust. Langzaam. Stilletjes. Dan sneller, woester, tot hij met zijn achterhoofd tegen de muur bonkt en zijn haar in de klit gaat. Martin maakte altijd een misbaar van jewelste wanneer Lotte zijn haar kamde, al deed ze zachtjes, maar zat gedwee stil bij zijn vader op schoot als die met de tanden van een vork voorzichtig het steile blonde haar uit de klit haalde, en de vertroostende geur opsnoof van Martins kleine-jongenslucht van zweet en melk. Maar Martin hield voor zijn eerste op met zichzelf te wiegen. En daar bonkt Wilhelm, met datzelfde steile blonde haar, zijn hoofd tegen de muur. Als hij naar voren komt, schuift Kalle gauw een kussen achter zijn rug om te zorgen dat hij zichzelf niet bezeert. Verrast zit Wilhelm stil. Wiebelt met zijn rug om de zachte buffer te peilen. Kijkt Kalle scheef aan alsof hij diens gedachten kan lezen: te mager, te stil, deze kleine. De anderen maakten altijd geluid als ze wakker werden, gegiebel, gehuil, gebrabbel dat gaandeweg kletsen werd. Hij drukte kusjes op hun buik als hij ze 's avonds instopte, en dan lachten ze, vooral Bärbel. Maar niet meer sinds de golf. Kan zich niet voorstellen dat met de jongste te doen.

Hij wendt zich af, grijpt zijn kleren van de berkenplanken die hij langs de lage muren heeft getimmerd. Zo'n mooi timmerwerk, zeggen de buren. Maar mooi timmerwerk is wel het minste voor een speelgoedmaker die er bedreven in is om de fijnste details uit hout te snijden.

Zwart-witte strepen voor hem: de zebra. Reizigers die het dier op deze heiige ochtend in het zicht krijgen zouden zomaar kunnen denken dat ze de kust van een of ander exotisch continent hebben bereikt, of dat ze zijn afgedwaald in een droom. *En wat zouden ze van mij denken? Dat ik een weergekeerde geest ben? Een goedaardige, hopelijk.*

Hij hoopt dat Lotte de zebra op Nordstrand zal houden, haar met de schapen vrij zal laten grazen, ook wanneer hij er niet meer is. Hij weet niet, nog niet, hoe hij haar moet zeggen dat hij zich in de lente weer bij het circus zal voegen.

In maart overvalt ze hem met de vraag: 'Vertrek je weer?'

'Wil je dat ik ga?'

'Dat is niet wat ik vraag.' Het is niet eens de echte vraag, die ze niet gaat stellen omdat het niet nodig zou moeten zijn. Waarom blijf je niet bij me?

'We kunnen elkaar schrijven, Lotte.' Hij wil het allebei, zijn gezin en het circus.

Lottes blik verhardt. 'Ze is te oud voor je.'

'Wie?'

'Alsof je dat niet weet.'

'Als je wilt, blijf ik bij je–'

'En bij Wilhelm.'

'En bij Wilhelm. De week in augustus dat het circus op Nordstrand is.'

'Een week?' zegt ze, haar stem ijskoud. 'Een week is niet blijven.'

'Die week en misschien vijf maanden 's winters. Ik zal het met de Ludwigs hebben over hier overwinteren. Er is meer ruimte voor de dieren dan in Emmerich. De boeren kunnen ze in hun schuren stallen, timmerlui kunnen de wagens repareren, de smid kan de paarden en pony's beslaan. Iedereen zou blij zijn met de inkomsten, Lotte. Ik heb het helemaal uitgedacht. Als ze ermee akkoord gaan, regel ik de overwintering zodra ik in augustus terugkom.'

Maar wanneer maart overgaat in april heeft hij het niet meer over overwinteren. Hij wordt zo ontwijkend dat het ongezegde alle ruimte tussen hen inneemt. En zij wordt kortaf, zo afstandelijk dat hij zichzelf ervan overtuigt dat ze hem graag ziet gaan, en dus moet hij vertrekken voordat ze hem wegstuurt. Voor haar is het glashelder dat hij niet wil blijven, en dus moet ze hem wegsturen. In hun laatste nacht samen trekt hij haar nachtpon weer kuis omlaag alsof hij zojuist niet bij haar is binnengedrongen, alsof ze zojuist niet hebben gevreeën. Naast elkaar in bed komt bij beiden de gedachte op dat ze zich nog nooit zo eenzaam hebben gevoeld.

DEEL 6

Lente 1879

28

DE BALANS TUSSEN MENSEN EN BIJEN

De imker komt bij ons aan met blote armen, sterke armen. Zijn blik volgt de bijen die in onze wagen langs de wanden en ramen zoemen, niet om zich te pletter te stoten maar om hun territorium af te bakenen. Over zijn zongebruinde gezicht geen net. Niet eens een hoed op zijn hoofd. Hij heeft de bijen zo hoog dat hij zichzelf niet bedekt als hij ze nadert, en ze weten het, het gezoem wordt een uitbundig welkom.

'Ze hebben hun korf gemaakt van jullie wagen,' zegt hij.

'We wonen in een bijenkorf,' zingt Heike, 'we wonen in–'

'Wat kun je eraan doen?' vraag ik.

'Het hele volk eruit halen, anders trekt het nog meer bijen aan.'

'... een bijenkorf, we wonen in een bijenkorf, we...' Haar ogen glanzen. 'Ik heb je gezien.'

Hij kijkt haar zo zacht aan dat ik mijn angst om Heike niet meer kan ruiken.

'Ik heb ogen in mijn hoofd.' Ze wijst met twee vingers naar haar ogen.

Hij glimlacht, deze man. Hij wijst met twee vingers naar zijn eigen ogen. 'Ik moet oppassen dat ik mijn ogen zo niet uitsteek.'

'Voorzichtig!' Ze grijpt zijn hand en trekt die weg van zijn gezicht.

'Dank je,' zegt hij.

'Ik heb je gezien. Die erge dag. We waren er allemaal bij.'

'Ja. Die erge dag. We waren er allemaal.'

En dan weet ik het al. Dan al. Omdat ik van Herr Ludwig heb geleerd over de vriendelijkheid van mannen. Niet mannen als de Sensationele Sebastiaan, die een en al vuur en opwinding zijn. Maar mannen als de imker. Met hem zal mijn dochter veilig zijn. Want hij zal haar beschermen na mijn dood. Want zij zal altijd een kind zijn, snel opgewonden, het huilen al even na als het lachen. Want hij is degene die ik voor haar kies.

De dag dat hij in zijn open rijtuig met de hoge zijpanelen terugkomt voor het bijenvolk, nodig ik hem uit voor het avondeten. Als ik mijn dochters *Rouladen* prijs – in flinterdunne lapjes rundvlees gewikkelde augurken en spekjes – glanzen er tranen in haar ogen, en ik ben bang dat ze eruit zal flappen dat niet zij maar de kokkin het gerecht heeft klaargemaakt.

De kokkin plaagt haar graag met haar gemakkelijke tranen: '*Du hast zu nah am Wasser gebaut.*' Je hebt te dicht bij het water gebouwd. Waarop ze er met een kus op Heikes voorhoofd aan toevoegt: 'Kom, dan bak ik *Pfannekuchen* voor je.'

De kokkin is trots op haar kookkunst. Konijnenstoofpot die ze met water en groenten omtovert tot soep. Gevulde koolrolletjes. Goulash met veel paprika. Het meeste voedsel kan ze zelf niet eten met haar slechte tanden, die zacht zijn als de melktanden van een kind. Maar ze bakt met liefde aardappelkoekjes en worst voor ons.

Om Heike af te leiden zeg ik tegen de imker: 'Je geduld met bijen is geweldig.'

'Het mooiste is dat ze in leven blijven als ik ze hier weghaal.'

'Een levende bruidsschat,' flap ik eruit.

Heike klapt in haar handen.

Hij lacht verrast.

Wanneer hij de gigantische korf losmaakt, wordt hij niet gestoken. De bijen gaan uit eigen beweging mee als hij ze naar het rijtuig brengt. Om onze wagen te repareren en kieren erin dicht te werken snijden Heike en Silvio bij een vijver lange biesstengels af.

'Mozes lag in een biezen mandje,' vertelt ze hem, 'en hij is bijna verdronken.'

'Ik vraag me af waar je dat verhaal vandaan hebt.'

'Van je vader, Silvio.'

'Weet je het zeker?'

'Je kent het toch.'

Silvio grinnikt. 'Hij heeft me dat verhaal wel honderd keer verteld.'

'Zie je wel dat je het kent.' Heike heft een stengel op naar zijn gezicht en kietelt hem.

Ze slaan de fluwelige bruine staarten tegen een boom tot ze barsten en doen de witte pluizen in een zak. Samen proppen we elke kier in de Maria-Boodschapwagen dicht.

Als we na het eten in het Laatste Avondmaal de wagen uitgaan roept Hans-Jürgen Silvio na: 'Waarom hink je?'

'Ik hink niet.'

'Het heeft er anders aardig wat van weg.'

'Een ingegroeide teennagel, dat is alles.'

'Laat me eens kijken.'

Silvio schudt zijn hoofd.

'Je grote teen?'

'Ja.'

'Welke voet?'

Silvio wiebelt met zijn rechtervoet.

'Je moet er de druk afhalen voordat...'

'Het geneest vanzelf wel weer.'

'Zo'n nagel groeit je vlees in. Pus, bloed, ontsteking...'

'Bloedvergiftiging,' voegt Herr Ludwig er met een stalen gezicht aan toe.

Silvio ziet een beetje bleek.

'Dat wordt amputeren.' Herr Ludwig klakt meewarig met zijn tong.

'Je lijkt er wel lol in te hebben,' zegt Silvio.

'Laat de man ernaar kijken, Silvio.'

'Hij mag me vertellen hoe het moet en dan doe ik het zelf wel.'

'Je hebt een scherp mes nodig,' zegt Hans-Jürgen. 'Klein genoeg om door...'

'Je komt niet bij me in de buurt met een mes.'

'Ik zei: laat de man ernaar kijken,' buldert Herr Ludwig en hij stapt opzij. 'Hier, ga zitten, jij.'

Silvio gaat zitten.

'Steek je been uit,' zegt Hans-Jürgen.

Silvio slaat zijn armen over elkaar.

Zijn vader rolt met zijn ogen. 'Been. Niet arm. Steek dat verduvelde been uit.'

Silvio steekt zijn been uit.

Lichte, vaardige vingers aan zijn tenen. 'Stilzitten,' zegt Hans-Jürgen.

Een vonk. Aanraken in het openbaar. Silvio doet zijn best er onverschillig onder te lijken. 'Doe het nou maar.'

Hans-Jürgen is in conclaaf met Silvio's vader. Pezige armen, allebei. 'Als ik de nagel in de hoek schuin afsnij, groeit-ie eruit en dan...'

'Ja, goed.' Silvio's vader knikt.

'... kan-ie weer netjes recht geknipt.' Hans-Jürgen klapt een zakmes uit.

'Doe het nou maar,' herhaalt Silvio, zijn stem hoger dan eerst.

Zijn vader en Hans-Jürgen buigen zich beiden over Silvio's teen, zij aan zij, en het komt in Silvio op dat dit is wat hij zou willen: openheid.

De snee doet niet eens pijn, en de verandering is meteen merkbaar. De druk is weg, alsof iemand je aan het knijpen was en heeft losgelaten: je voelt het nog, maar je bent niet meer aan het vechten om los te komen.

De imker vraagt waar het circus nu heen gaat. Hij logeert bij Kalle wanneer hij ons geschenken komt brengen: gedroogde kamille en venkel, honing in een aardewerken pot.

'Heike vindt je aantrekkelijk,' lieg ik.

'Zoals je stem omhooggaat aan het einde van elke zin, zoals je ogen uiteenstaan...'

'Heike heeft het steeds over je.'

Hij beschrijft mijn gezicht voor me alsof ik van mijn leven geen spiegel heb gezien. 'Dat royale in je gezicht, Sabine. Dat brede voorhoofd. Je jukbeenderen, je wangen, alsof je eeuwig uitademt.'

Een man die ik zou koesteren als ik Heike was. Niet een die ik voor mezelf kies omdat ik hem voor mijn dochter heb gekozen, deze eerzame man die zijn beloften en verplichtingen na zal komen als hij met haar trouwt.

'Zo lieflijk en krachtig.' Hij heft een hand op naar mijn gezicht. Trekt de contouren ervan na zonder het aan te raken.

Desalniettemin voel ik de warmte van zijn hand. Ik kan mezelf niet toestaan te denken dat hij mij wil. Dat gaat wel over als hij met Heike getrouwd is.

'Heike heeft ook zo'n gezicht,' zeg ik hem.

Een boeket gedroogde hortensia's bij zijn volgende bezoek.

'De imker brengt je bloemen.' Ik geef het boeket aan Heike.

'Dode bloemen.' Ze laat het vallen.

Hij raapt het op. 'Bewaard. Een andere fase van hun leven. Ik hang ze ondersteboven aan het plafond om ze te bewaren.'

'Ik wil geen dode dingen.' Heike glipt weg.

Hij blijft achter met de bloemen in zijn armen.

'Mijn dochter is gevoelig maar niet altijd praktisch.'

De imker knikt ernstig.

'Ze heeft zoveel goede kanten, ze is charmant en vrijgevig en ze is nergens bang voor.'

'Die goede kanten heb jij ook.'

'Onbevreesd ben ik anders niet.'

'Jij bent moedig.'

'Ik lijk moediger dan ik ben.'

De eerste zondag van mei komt hij een kist van de speelgoedfabriek brengen die Kalles vriend Köbi eigenlijk zou afleveren.

'Ik heb tegen Köbi gezegd dat ik toch deze kant op moest.'

In de kist: honderd uit hout gesneden leeuwen, half zoveel zebra's, dansende in tutu uitgedoste honden, aapjes die je arm in arm in een ketting kunt haken. De speelgoedmakers hebben ook dieren uitgesneden die Circus Ludwig niet heeft – giraffes, zeehonden, olifanten – maar die goed verkopen in de kiosk.

'Ik kan niet in mijn toekomst kijken,' zegt de imker, 'maar wel in de jouwe.'

‘En wat zie je dan?’
‘Dat ik er deel van uitmaak.’
‘Als mijn schoonzoon.’
Hij schudt zijn hoofd. ‘Ik wil met jou trouwen, Sabine.’
‘Dan zou Heike je stiefdochter zijn.’
‘Ja.’
‘Dan is ze overgeleverd aan de genade van je volgende vrouw.’
‘Wacht even, mijn “volgende vrouw”?’
‘Als jij en ik zouden trouwen…’
‘Dat is wat ik wil, ja.’
‘… en ik ga dood, dan kan je nieuwe vrouw Heike op straat zetten.’
‘Die nieuwe vrouw hoef ik niet. Wat een kreng.’
We schieten allebei in de lach al is er niks leuks aan.
Daar hadden we het bij kunnen laten, maar ik dring aan. ‘Als Heikes man ben je verantwoordelijk voor haar.’
‘Als haar stiefvader ben ik dat evengoed.’
‘Totdat die nieuwe vrouw…’
‘Genoeg zo, Sabine. Genoeg.’
Maar zijn vriendelijkheid kan niet op tegen mijn volharding, en ik haal hem binnen voor mijn dochter. Met welk aas? Ik zou het je niet kunnen zeggen. Ik ben er niet trots op. Maar ik schaam me er ook niet voor dat ik koste wat kost mijn dochter veiligstel.
Als hij eindelijk toegeeft, ziet hij er moe uit. En op dat moment voel ik me gedwongen eerzaam te zijn, hem de kans te geven Heike de rug toe te keren.
‘Ze kan geen kinderen krijgen. Een abortus op haar veertiende. Nog eentje het jaar erna. Ze bloedde bijna dood.’
Hij krimpt ineen.
‘Ik heb niet om de ingreep gevraagd, de vroedvrouw bood hem aan en ik heb ja gezegd. Telkens wanneer ik aan die beslissing twijfel, kom ik tot dezelfde conclusie: dat ik haar in leven moest houden.’
‘Dat snap ik.’
‘Begrijp je ook dat je nooit vader zult worden?’
‘Jij zult er ook zijn. Onder mijn dak.’
‘Bij Heike.’
Zijn schouders hangen af, armen krachteloos langs zijn zijden. Zijn lippen zijn opeengeperst, zijn kin beeft. Hij ziet er klein uit, deze

grote man, dunner ook, alsof ik hem stukje bij beetje heb afgeschaafd.
En ik ben bang dat hij weg zal gaan. Ik mis hem nu al.

‘Wij drieën samen. Het beste voor Heike.’ Zijn ogen kijken hol.

‘Want tot tien tellen is een liedje dat ze uit haar hoofd heeft geleerd…’ ik praat zo snel ik kan, ratel de tekortkomingen af. ‘Ze heeft geen idee wat cijfers zijn of wat ze ermee moet, ze snapt niet dat ze anders is, een cello in haar armen geeft haar meer voldoening dan een kind haar zou geven, een cello gaat tenminste niet dood van de honger als je vergeet waar je hem hebt gelaten, ze slaat van zielsgelukkig om naar diepverdrietig, dat heb jij ook gezien. Sinds de operatie…’ Ik aarzel.

‘Kom er maar mee, Sabine.’

‘Is ze niet meer geïnteresseerd in… Wil ze niet meer met een man zijn.’

‘Dat is een opluchting voor me.’

29

DE OUDE VROUWEN BOUWEN HET PODIUM OP GERUCHTEN

'Maria stond gisteravond met haar kleindochter bij me op de stoep. Allebei met bloedende wonden.'

'Dat monster...'

'De kleindochter heeft hem in zijn been gebeten toen hij Maria weer te grazen wilde nemen. Hij heeft haar met zijn riem in het gezicht geslagen. Een wenkbrauw ligt open tot op het bot. Zoveel bloed, je gelooft het niet.'

'Zo gaat dat, met wonden aan het gezicht.'

'Ik heb haar mijn revolver aangeboden.'

'Ik mijn neef, om hem zijn benen te breken.'

'Niet je zoons?'

'Neven zijn wel genoeg.'

'Ze heeft geen van beide aangenomen.'

'En nu?'

'Nu zegt ze dat we moeten praten.'

'Hè hè, eindelijk!'

De Oude Vrouwen waren jong toen Maria jong was. Ze zijn oud geworden met haar. Ze vertrouwen op de kracht van roddel om de juiste setting te creëren. Ze verspreiden het gerucht dat Herr Doktor Ullrich de strijd tegen zijn melancholie aan het verliezen is. Al twee keer – zo wil het verhaal – is hij de Noordzee in gewaad.

'Zijn schoenen achtergelaten op het strand.'

'Netjes naast elkaar.'

'Zijn dochters hebben zijn leven gered.'

Wanneer de pastoor komt met een luisterend oor en goede raad, jaagt Herr Doktor Ullrich hem de deur uit.

'Hij wil zijn melancholie niet kennen,' zeggen de mensen meewarig.

Zuster Konstanze en zuster Ida bieden Herr Doktor een periode rust aan op de ziekenzaal van het Margarethahuis.

'Het zijn leugens!' schreeuwt hij.

Maar de nonnen wijken niet.

'Mijn vrouw wil me dood.' Met geheven arm komt hij op hen af.

'Waag het niet,' snauwt zuster Ida en ze stapt tussen hem en zuster Konstanze in.

Tijdens hun eerste jaren in het Margarethahuis sliepen ze ieder aan een kant van een lange marmeren gang in een cel. 's Nachts slopen ze de gang door om de ander te bezoeken, doodsbang dat ze op zuster Hildegunde zouden stuiten, een arsenaal aan leugens klaar om op te biechten.

En op een ochtend was het zover. Zuster Hildegunde kwam zuster Ida tegen.

'Ik was aan het bidden,' zei zuster Ida. 'Dan loop ik graag deze gang op en neer.'

'Dit kan zo echt niet.' Zuster Hildegunde keek haar aan met tot spleetjes geknepen ogen, haar wangen de kleur van zachtroze rozenblaadjes. 'Jullie houden iedereen wakker met dat nachtelijke gebanjer. Het moet anders.'

'Het spijt me zo.'

Zuster Hildegunde wuifde de spijt met een handgebaar terzijde. 'Na de metten wil ik dat je verhuist naar de cel naast die van zuster Konstanze.'

Op een hoekje van het kerkhof bieden de mensen van Nordstrand woorden en gebaren van troost aan de weduwe Maria Ullrich en haar dochters. Vrijwel iedereen is aanwezig bij de begrafenis van de dorpsarts: boeren, nonnen, Oude Vrouwen, zwangere meisjes en vissers.

'Herr Doktor hallucineerde toen we hem een bezoek brachten,' zegt zuster Konstanze.

'Hallucineerde gewelddadig,' voegt zuster Ida eraan toe.

'Geen wonder dat hij er uiteindelijk in is geslaagd om zijn eigen leven te nemen,' zeggen de mensen.

‘Het is niet alsof hij het niet eerder heeft geprobeerd.’

‘Het water was hem niet gelukt, dan maar de strop.’

‘Zo’n getroebleerde ziel,’ zegt de pastoor.

‘Je hebt je best gedaan om hem te behouden,’ zeggen ze tegen de weduwe Ullrich.

‘Je hebt gedaan wat je kon,’ zeggen de Oude Vrouwen.

‘Jullie weten wat ik heb gedaan,’ zegt de weduwe. Ze klinkt gekweld.

‘Sst… stil maar.’ Troostend leggen ze haar het zwijgen op, trekken haar hun kring in, staan schouder aan schouder met haar, net zoals toen ze haar hielpen het lichaam naar de schuur te sleuren, de ladder naar de hooizolder op, dat loodzware, slappe lijf dat niet buiten westen had willen raken van een donzen kussen over het gezicht, dat een klap van de schop nodig had gehad. Op zolder hadden ze het hoofd door een strop gestoken, het uiteinde van het touw om een balk geknoopt, het lichaam een duw gegeven.

Eén sterfscène had doorgang gevonden.

Ze hadden er tientallen achter de hand gehad.

‘Sst… stil maar.’

De pastoor zegent de doodskist al gaat het om zelfmoord, en wil de weduwe zijn *Herzliches Beleid* aanbieden, maar de Oude Vrouwen vormen een fort om haar heen, een zwart fort, van hun hoed tot hun schoenen. Wanneer de kist wordt neergelaten in het graf, welt het water met een gorgelend geluid, met belletjes en geborrel, eromheen op, en de weduwe stapt uit het zwarte fort naar voren. Zelfs al was haar echtgenoot tegen alle logica in niet dood geweest, dan eist het water hem nu op in zijn graf. Het blijft stijgen, ook nu het graf wordt dichtgegooid, en er ontstaat een rechthoekige poel. *Zekerheid.*

‘Mijn condoleances, Frau Ullrich,’ zegt de pastoor. Hij schudt haar de hand, verlangend naar het moment waarop hij met een kop thee en een stuk *Lebkuchen* zijn bed in kan. *De zonde van gulzigheid…*

Nee, niet gulzigheid, geen zonde, hij houdt er gewoon van om in bed wat te eten en dan weg te dommelen. De eerste verdieping van het koetshuis is zijn woning nu, hem toegewezen door zuster Hildegunde, en hij bewaart alle zoete lekkernijen die parochianen in de biechtstoel voor hem achterlaten op de hoogste plank van zijn provisiekast. Om erbij te kunnen moet men eerst de ladder tevoorschijn halen. Een ladder is een goede graadmeter voor wilskracht.

30

JEZUS VAN DRIJFHOUT

De zondag erna voelt de pastoor zich verplicht zijn gulzigheidspreek te geven. Zijn Rungholtse gulzigheidspreek.

'Vijfhonderd jaar geleden kwamen er van over de hele wereld schepen vol goud en andere schatten naar Rungholt. Op de kaden konden de mensen kopen wat hun hartje begeerde. Er was zoveel rijkdom in Rungholt dat de mensen algauw niets meer te wensen hadden. Niets meer om naar uit te kijken, niets meer om op te wachten.'

De meisjes van het Margarethahuis, die nooit anders hebben gekend dan uitkijken naar en wachten op, hangen aan zijn lippen.

'Die overdaad leidde tot gulzigheid, die weer tot streken uit verveling leidde en uiteindelijk tot goddeloosheid,' zegt hij. Zijn stem galmt. 'Ik doe al tientallen jaren onderzoek naar Rungholt,' zegt hij, op kalmere toon en zonder te vermelden dat hij de draslanden afzoekt naar de verloren schatten van de stad. 'In januari 1362 heeft een handvol dronken boeren een varken volgegoten met sterkedrank tot het het bewustzijn verloor. Ze bonden het dier een wit kapje om de kop en legden het in bed.'

Geproest en gegiechel in de kerkbanken.

'Ze dekten het toe met een deken.' De pastoor strekt een denkbeeldige deken over een denkbeeldig lichaam. Bij het drama in zijn stem, bij de urgentie van zijn boodschap voelt hij zich groeien. Op datzelfde moment is hij in Rungholt, doet hij heroïsche pogingen de godslasterlijkheid van de zuiplappen te stoppen. 'Ze haalden de pastoor erbij om een stervende vrouw de laatste sacramenten toe te dienen. Die vouwde het kant van het kapje uit het gezicht, gaf een gil en weigerde de sacramenten van de stervenden toe te dienen aan een dronken varken. Hij sloeg een kruis en vertrok. Maar die boeren waren zo van God los dat ze hem achternagingen en bier in de zilveren pateen goten waarin hij de hostie bewaarde. Ze lachten hem uit. "Nou heeft die God van jou ook een stuk in zijn kraag."

Weer rukte de pastoor zich los en hij verborg zich in een kerk, waar hij God smeekte om wraak. En God zei: "Genoeg zo, genoeg!" En Hij deed wat Hij eerder had gedaan om de mensheid te straffen. Hij stuurde een Zondvloed op hen af. Maar dit keer was er geen Ark.' De pastoor tuurt doordringend naar de meisjes van het Margarethahuis, die dicht opeen in de kerkbanken onder de kansel zitten. 'Nieuwkomers op Nordstrand willen altijd weten of iemand het heeft overleefd.'

Het nieuwe meisje uit Berlijn zijgt ineen. Van zware geuren wordt ze flauw: wierook, lever, kamfer. Haar flauwte is niet gefingeerd maar daarom niet minder welkom voor de meisjes die haar, ieder aan een kant, met een knixje en een kruisje, mee de kerk uit de frisse lentelucht in mogen nemen.

De pastoor wacht tot de kerkdeur achter hen dichtslaat. Zijn blik blijft op de overgebleven meisjes rusten. 'Alleen de priester en twee meisjes hebben het overleefd. Alle anderen zijn ten onder gegaan in de vloed.'

Zuster Ida is niet van plan hem haar meisjes de stuipen op het lijf te laten jagen met een preek die alle schuld bij de mensen legt en alle macht bij God. Na de mis neemt ze hen mee op een lange wandeling langs de Noordzee. Ze hollen voor haar uit, jagen achter muggen aan alsof het vlinders zijn en verzamelen stukken wrakhout. Zuster Ida tuit haar lippen en blaast langs haar gezicht omhoog zoals ze als kind deed om zichzelf koelte toe te blazen en insecten weg te jagen. Als altijd verrast het haar dat haar haar niet opwaait. Die stijve kap, *zal ik er ooit aan wennen? Zal ik ooit wennen aan de vorm van mijn ziel?*

Zuiverheid, had ze als kind te horen gekregen, verkrijg je met je eerste biecht. En de dag erna draag je de witte communiejurk om de zuivere vorm van je ziel te vieren. Het wordt de gelukkigste dag van je leven. Maar de gelukkigste dag was niet gekomen, niet met haar eerste communie, en ook niet toen ze haar kloostergeloften deed.

Die kwam pas toen ze zuster Konstanze ontmoette met haar koppig geheven kin en haar zachte krullen, al kon ze die krullen helemaal niet zien door de kap, natuurlijk, die zag ze pas toen ze elkaars kap afdeden, op de rand van zuster Konstanzes bed.

'Meisjes.' Zuster Ida trekt de boord van de gesteven kap losser. 'Vandaag maken we een Jezusbeeld van drijfhout, maar dan...' Haar stem hapert en ze tikt met twee vingers haar keel aan. 'Maar dan zonder alle angst en zonder alle pijn.'

De meisjes gaan op zoek naar aangespoelde stukken hout die iets weg hebben van lichaamsdelen: armen, een dijbeen, de bolling van een buik. Eén meisje zegt dat ze de kerkklokken van Rungholt hoort, maar goed, zij is altijd de eerste om iets te horen of te zien, ze is ook de eerste om vierkant te weigeren de adoptiepapieren te ondertekenen.

'Ik hoor ze ook,' roept een ander meisje.

'Gouden klokken.'

'Ja, ik hoor ze.'

De meisjes zijn opgewonden bij de gedachte aan het goud en de juwelen onder de golven van de Noordzee. *Met zo'n schat kun je met je baby en een verhaal over een overleden echtgenoot naar een plaats verhuizen waar geen mens je kent en een nieuw leven opbouwen...*

'... een kindermeisje aannemen...'

'... een kok...'

'... een koetsier...'

'... een naaister...'

'... een huishoudster...'

Ze trekken een versleten visnet uit de modder. Helpen zuster Ida twee schoongebeten planken uit de branding sleuren en over de dijk naar het Margarethahuis. 'Voor het kruis,' zegt zuster Ida.

Ze binden de planken dwars op elkaar, met de kortste vlak onder de top van de langste. Als ze teruggaan voor meer drijfhout vinden ze een koud, verlaten vuur, waar ze geblakerde brokstukken uit halen: drie voeten, een schouderblad, verscheidene knieschijven, iets wat aan een ribbenkast doet denken en zeker zes oren.

Omwille van de authenticiteit vraagt zuster Ida zuster Konstanze om over de menselijke anatomie te komen vertellen terwijl zij en de meisjes het lichaam ordenen: een ruggengraat, een nek, een borstbeen, een oor aan weerskanten...

Het neemt zes dagen in beslag om Jezus bijeen te garen.

'Een ware scheppingsdaad,' verklaart zuster Konstanze.

Zuster Ida: 'Tijd om uit te blazen.'

'Zo hoort het ook.'

Zuster Hildegunde schildert regen en, in kleuren die gloeien als het eerste licht weer doorbreekt op de natte wereld, na-de-regen: lichtend zand, glimmende daken. Ze bedekt een groot doek met brede vegen die eerder weidsheid dan getrouwheid vangen. Horizontale, doordachte vegen waar passie uit spreekt, die geen grenzen kennen. Die haar ogen naar het midden trekken zodat ze zich moet concentreren om ze weer uiteen te dwingen. Naarmate ze haar techniek verder uitdiept is het opwindend om haar leerlingen te laten zien wat ze zelf aan het ontdekken is.

'Niet elk detail hoeft zichtbaar.'

'Wees het lege doek.'

In de hal van het Margarethahuis hangt een nieuw schilderij van een piepklein Margarethahuis in stromende regen zo hevig als een waterval, en toch is het ergste voorbij, begint er licht te schemeren. De non is betoverd door horizontale lijnen, van ruwe golven en kalme watervlakken, van weidse luchten en weids land, lijnen die worden bepaald door twijfel aan waar het een ophoudt en het ander begint, die breder of smaller worden, die tekenen van menselijk leven dragen: een boot zo klein als een kiezel, gebouwen als dobbelsteentjes, molenwieken zo fijn als vlooienpootjes.

Parochianen laten zuster Hildegunde graag hun *Hochwasser*-schatten zien.

'Een schilderij van de opkomende vloed met de tanden en de klauwen van een tijger.'

'Een schaal met een schildering van de vloed in de ondergaande zon.'

'... met de vloed in een krans van roosjes.'

'Mijn opa heeft twee houtsnedes van schepen die met vloed vergaan op de rug van een walvis.'

'Kitsch,' zegt zuster Hildegunde tegen haar leerlingen, en ze trekt haar neus in rimpels.

De meisjes lachen.

'*Hochwasser* inspireert mensen al eeuwen. Schilderijen, gravures, porselein en aardewerk. En soms is het kunst. Maar meestal is het kitsch.'

'Hoe weet je of het kitsch is?' willen ze weten.

'Je leert het herkennen.'

DEEL 7

Zomer 1879

31

AUGUSTUS. EN DE JURKEN VAN DE MARGARETHAMEISJES BOLLEN OP

Augustus. En de jurken van de Margarethameisjes bollen op, sierlijk, licht. De wind helpt hun buik dragen zodat ze weer kunnen hollen, gekheid kunnen maken met hun vriendinnen op dit zonovergoten, met rozenbottels gezoomde zandpad. Twee dingen om naar uit te kijken: vandaag maken ze rozenbotteljam, morgen komt het circus met de veerboot aan van het vasteland. De optocht is al werkelijkheid voor de meisjes, met zijn duizelingwekkende kleuren, geuren en muziek.

Van hun nieuwe vroedvrouw, Lotte, horen ze de Latijnse naam van de rozenbottelstruiken, *Rosa rugosa*. 'Niet te vroeg plukken,' zegt ze, 'want dan zijn ze hard en wrang.'

'Maar als je te lang wacht zijn ze melig,' zegt Tilli, die al een jaar in het Margarethahuis woont, langer dan wie van de meisjes ook.

Ze vullen bungelende emmers met de rijpste vruchten van de duinrozen. De meesten willen hun nieuwe vriendschappen nooit meer kwijt. De band tussen de Margarethameisjes is hechter dan die met andere vriendinnen, *op die met je allereerste beste vriendin na, die jou was en jij haar zonder obstakels tussen jullie in.* Maar sommigen vertrekken zo snel ze kunnen, vluchten voor de schande van hun buik, rijten de nieuwe vriendschappen uit hun ziel zodat niks ze kan laten terugtuimelen in herinneringen aan het Margarethahuis.

Hagebuttenmarmelade naar het recept van de Oude Vrouwen. In de keuken waarschuwt Tilli voor de stugge, scherpe haartjes op het fruit, die in het vel van je vingers blijven steken.

'Als splinters.'

'Om ze eruit te duwen,' zegt de vroedvrouw, 'schraap je met je tanden langs je vinger, kijk, zo.' Ze duwt het topje van haar duim tegen haar voortanden en perst het haartje naar buiten.

‘Niet inslikken, die splinters,’ zegt Tilli.

De rest van de dag ontdoet ze zij aan zij met de meisjes de rozenbottels van boven- en onderkant, voor ze ze doormidden snijdt en er de witte zaadjes uit schept. Ze hakken het fruit klein en koken het in water. Als het rode brouwsel eenmaal borrelend en bruisend in de grote pannen naar boven komt, doet de vroedvrouw voor hoe je het zeeft, zodat ook de laatste haartjes eruit verwijderd zijn. Tilli roert er ruimhartig honing door en dan scheppen ze de jam in potten die ze in kokend water verzegelen. De vingers van de meisjes zien nog dagen daarna felrood.

‘Als jullie vertrekken krijgen jullie een pot mee,’ belooft de vroedvrouw.

Terwijl seizoensknechten met het weerbarstige canvas van de tent in de weer zijn, sjouwen drie Margarethameisjes een ladder van het koetshuis naar de reusachtige drijfhouten Jezus, wiens linkerarm loskomt en uitsteekt alsof hij aanwijst wat er moet gebeuren. Ze steken weidebloemen – *Butterblümchen, Kornblümchen, Kleeblümchen* – in zijn doornenkroon bij wijze van welkom voor Circus Ludwig. De nonnen hebben schik in het enthousiasme van de meisjes.

Wanneer de knechten de tentpalen in de grond slaan, stuit eentje op een bundel vuil verband.

‘Kijk nou,’ zegt de smid en hij smijt het met een boog weg.

‘Vast nog uit de oorlog met de Denen,’ zegt een boer.

‘Blijft verband dan nog tientallen jaren goed?’ vraagt de bakker. ‘Liggen er nog steeds lijken, denk je?’

Een speelgoedmaker schopt tegen een kluit aarde. ‘Zou me niks verbazen.’

‘Mijn oom heeft voor de Denen moeten vechten,’ zegt een visser.

‘Mijn vader heeft zijn been moeten laten afzetten,’ zegt de smid. ‘Kleurde helemaal groen na een kogel.’

De eerste keer dat Lotte Kalle weer ziet, is wanneer hij de zebra komt halen voor de optocht. Het dier is rusteloos en danst hinnikend en met vooruitgestoken oren om hem heen.

'Wat heb jij nou?' Hij klopt de zebra in de nek en krabbelt haar achter de oren.

'Zo ken ik haar ook niet.' Lotte aait de zijdezachte snoet.

'Iets maakt haar van slag,' zegt Kalle.

'De geur van de circusdieren? Misschien heeft ze ze gemist.'

'Ze ziet ze bij de optocht weer.'

De zebra duwt met haar hoofd tegen hem aan en duwt hem bijna ondersteboven.

Hij lacht. 'Niks mis meer met jou, hè?'

Met een zwaai zet hij Wilhelm op de rug van de zebra, houdt hem met een arm om hem heen in evenwicht en voegt zich bij de stroom kinderen en honden die op de optocht af gaan.

'Alsof de Ark hier op straat is leeggelopen,' zegt hij tegen Wilhelm.

Verrückter Hund tilt een achterpoot op. Wankelt en valt om.

Vati zegt dat het komt omdat de nonnen hem niet hebben geleerd om te plassen als een jongetjeshond. 'Misschien kun jij het hem leren, Wilhelm,' zegt *Vati*. 'Laat hem tegen jou aan leunen, dan valt hij niet om.'

Plassen als een jongetjeshond. Kijk, *Vati*, die duif vliegt naar de kerkdeur. Kijk, hij heeft daar een nest.

'Zie de schaduw eens van de kerktoren,' zegt *Vati*. 'Die raakt bijna het Margarethahuis.'

Wilhelm ziet het. Kijk, hij rijdt over de schaduw van de kerktoren.

De circusdieren slaan met hun kop en met hun staart, maar de horden vliegen blijven zitten waar ze zitten. Modder zuigt aan de schoenen van de toeschouwers en kleurt de punt van hun paraplu donker. Vliegen worden weggewuifd, kinderen die in de modder zijn uitgegleden worden overeind gezet, het is allemaal onderdeel van de feestelijkheden, net als het kopen van het kaartje – de voorstellingen van zaterdag en zondag zijn zó uitverkocht – en het zegenen van de dieren wanneer de pastoor met twee misdienaars verschijnt in een wolk wierook die de vliegen eindelijk verjaagt.

Als Kalle Wilhelm thuisbrengt, zetten ze eerst de zebra op stal. Hij tilt Wilhelm van de rug van het dier, tilt hem hoog, nog hoger, en dan vangt hij het geluid op: gelach uit de keuken. Een mannenstem. Lottes stem. Zo lacht ze niet met mij. Een heet-koude pijnscheut achter zijn ogen. Hij zet Wilhelm neer. Hij doet lang over het borstelen, het drenken, het voeren. Hij rommelt door de spullen op de planken boven de werkbank, op zoek naar klusjes die hem nog even buitenshuis houden.

'Mag ik je iets vragen over een van de nonnen?' vraagt Köbi aan Lotte.

'Welke non?'

'Die met de lange benen.'

'Je kunt hun benen niet eens zien.'

'Ik weet anders precies hoe die van haar eruitzien. Ze is jonger dan de anderen en ze heeft er altijd flink de pas in. Als je goed kijkt, kun je je voorstellen hoe haar benen eruitzien. Dat komt door haar manier van lopen. Zo lopen alleen vrouwen met lange benen.'

'Dat moet je me eens uitleggen.'

Hij krimpt ineen. 'Wat moet ik uitleggen?'

'Hoe loopt een vrouw met lange benen?'

Hij bloost alsof hij weer in de schoolbanken zit.

'Je wordt rood.'

'En jij… jij kent geen genade.'

'O, je bedoelt vast de nieuwe non. Zuster Berthe.'

'Zuster Berthe…' Hij zucht diep. 'Die benen… bijna té lang. En dat zwierige…'

'Wat voor zwierigs?'

'Van haar… haar persoonlijkheid. Haar heupen.'

'Vrouwen aanbidden je,' plaagt ze. 'Ze smelten als je maar naar ze kijkt.'

'Ik weet het.'

Ze brult van het lachen. Wanneer heeft ze voor het laatst zo gelachen? 'Vrouwen kunnen niet wachten tot je ze ten huwelijk vraagt.'

‘Erg, maar waar.’

‘Het is écht erg.’

Hij grijnst. ‘Ontzettend erg.’

‘Waarom een non?’

‘De liefde kiest voor ons. De liefde koos voor mijn ouders en hun ouders. Mijn oudoom ging een jaar toeren door Duitsland en kwam de liefde van zijn leven tegen op Nordstrand.’

‘Vertel me niet dat zij ook een non was.’

‘Een weefster. De hele familie is voor de bruiloft afgereisd naar Nordstrand en nooit meer teruggegaan naar het Schwarzwald. Maar over zuster Berthe, ken je haar goed?’

‘Redelijk goed.’

‘Wat is ze voor iemand?’

‘Waarom?’

‘Ik wil het weten.’

‘En wat wil je dan? Je nog eens verloven?’

Hij kijkt haar pijnlijk getroffen aan, met vier verbroken verlovingen op zijn conto.

‘Je bent graag verloofd, maar trouwen zie je niet zo zitten. Goed, stel dat zuster Berthe voor jou het klooster uitgaat.’

Hij kijkt verschrikt.

‘Dat ze bij je intrekt en…’

‘O nee.’

‘… de prachtige liefde voor haar onsterfelijke bruidegom inwisselt voor de prachtige liefde voor jou…’

‘Nee.’

‘… en haar verloving met haar onsterfelijke bruidegom verbreekt en zich geheel en al aan jou wijdt.’

Hij kreunt.

‘Ik heb honger, *Vati.*’

‘Eerst moeten we dit opruimen.’

Overal om hen heen scherpe gereedschappen, zeis, schop, bijl, hooivork…

Wilhelm trekt aan een emmer spijkers.

'Die is zwaarder dan jij. Als je hem op je tenen krijgt, doet het pijn.'

'*Nein*,' roept Wilhelm.

'Ophouden,' snauwt Kalle. Meteen schaamt hij zich. 'Hier,' zegt hij en hij steekt hem een houten liniaal toe. 'Draag jij dit maar.'

'Ik help.' Wilhelm stopt zijn handje in Kalles knuist.

Nee. Martin stopte zijn handje in de zijne. En dat is de hand die Kalle wil, niet die van zijn jongste, wiens ogen te zacht staan om voor die van Martin te kunnen doorgaan.

Helemaal achterin op de onderste plank ligt een nest van vodden: muizen. Kalle grijpt de schop, klaar om het ongedierte dood te slaan, maar wanneer hij het nest tevoorschijn trekt valt er een vrouwtje uit met drie zogende jongen, die niet loslaten als ze op de vloer terechtkomen. Hij kan het niet. Ooit sloeg hij muizen dood, nu redt hij ze. Omdat het een moeder met jongen is. Omdat ze niet loslaten. Omdat hij nog steeds een vader is, van één kind, dat hem niet loslaat.

Hij hangt een jutezak over de melkkruk en zet die over het nest heen. Om ze te beschutten? Waartegen precies, nieuwsgierige blikken? Alsof muizen zich daar druk om maken. Hij schudt zijn hoofd. *Privacy voor muizen.*

'Wegblijven van muizen,' waarschuwt hij Wilhelm. 'Het zijn vieze beesten. Ze maken mensen ziek.' Hij zet Wilhelm in zijn nek – zijn harnas, zijn geweten – en gaat het huis binnen.

'Ik ben al over haar heen,' zegt Köbi.

'Ik geloof er niks van,' lacht Lotte.

Kalle zet meteen zijn stekels op. 'Wat doe jij hier?'

'Jij zei dat ik langs moest komen.' Er klinkt iets uitdagends door in Köbi's stem. 'Je wilde het over houtsnippers hebben.'

'Jullie maken ze te klein.'

'Ik zal het ze bij de speelgoedfabriek zeggen. Nog eens.'

'De beesten ademen het stof in en niezen zich een ongeluk. Dat zou je moeten weten.'

'O, ik weet het wel.' Köbi regelt de inzameling en verkoop van houtafval en huurt boerenschuren, waar de bergen houtsnippers en zaagsel van bruin langzaam zilverig opdrogen. Hij doet er goede zaken mee.

Wilhelm bonkt met zijn hakken tegen zijn vaders borst, en Kalle grijpt ze vast om ze stil te houden. 'Leg de speelgoedmakers het verschil uit tussen zaagsel voor in de ring en houtsnippers voor op stal. Die snippers moeten niet zo klein zijn dat de beesten ze in de longen krijgen.'

Lotte steekt haar armen uit naar Wilhelm. '*Komm mal hier, Kleine.*' Ze kijkt Kalle niet aan. Gaat ook niet voor hem staan, maar reikt gewoon van opzij naar haar zoon en laat hem in haar armen glijden zonder haar man aan te raken.

32

DE VERLOKKING VAN RUNGHOLT

Ze zegt die avond amper iets tegen hem.

Hij maakt de volgende dag lange uren bij het circus en komt laat terug bij Lotte.

De ochtend daarna, dan maar. In de keuken. 'Ik kan dit niet in mijn eentje...' Haar stem trilt.

'Dat begrijp ik,' zegt hij, ook al begrijpt hij er niets van.

'Op sommige dagen, als ik alleen ben... Ik kan me ze niet meer voor de geest halen.'

'Kom. Kom maar hier.' Hij trekt een stoel onder de keukentafel uit, gaat zitten, trekt Lotte op schoot. 'Samen zien we ze beter.'

'Als we over ze praten.'

'Ze zitten in de zon te spelen.' Hij verzint het ter plekke, een fraai verhaal om haar uit het duister te trekken. Samen te zijn.

'Hannelore, die zit nu in de tweede. Haar lerares zegt dat ze leergierig is.'

'Ze wilde altijd al alles weten. En Martin staat al te popelen om naar school te gaan sinds Hannelore is begonnen.'

'Soms is hij jaloers op haar.'

'Ik hoop dat de pleegouders hem troosten, niet dat ze hem straffen...'

'Het zijn goede mensen,' zegt Lotte.

'Bärbel speelt graag met de hond en de katten.'

Hij weet Lotte terug te brengen bij haar kinderen. Dat kan hij haar geven. Hij geeft haar Bärbel, die nu eens haar onderwijzeres, dan weer de scheepsbouwer op de voet volgt en probeert te helpen met klusjes, die volmaakt onbevreesd omspringt met de paarden en de koeien. Hij geeft haar Martin in het kielzog van Hannelore, Hannelore, die zich altijd warm onder de dekens nestelt, tot ze de kinderen weer voor zich ziet, nu eens vol, dan weer vlak, scherend, zwenkend en weer wegduikend als spreeuwen in hun bladernest. Hij geeft haar Hannelore op haar derde verjaardag, met liedjes en taart en de houten pop met de gele jurk, die Wilhelm nu overal mee naartoe sleept.

Lotte zucht. 'Nu mogen hun pleegouders haar verjaardag met haar vieren.'

Hij wrijft met zijn hand over haar rug.

'Ik wou...' Ze laat haar hoofd tegen zijn schouder rusten.

'Heb ik je verteld over de speelplaats die ze daar bij de school hebben? Die is net als bij ons. 's Zondags nemen ze er onze kinderen mee naartoe, en ze zijn Bärbel aan het leren hoe je op de schommel met je benen...'

'Maar niet te hoog.'

'Ze letten goed op.'

Wilhelm trekt aan zijn mouw. '*Vati, Vati?*'

'Niet nu,' snauwt hij en hij wou dat hij het op een zachtere toon had gezegd, want Lottes hoofd gaat met een ruk omhoog.

Wilhelm blijft aan zijn mouw trekken, en Kalle weet heel zeker: de jongen past niet in de wereld die Lotte en hij met hun andere kinderen bewonen. Hij, die nog nooit een kind geslagen heeft, zou dit kind kapot willen maken en de andere drie dwars door dat wegebbende leven heen terug willen halen.

Uit welke krocht van zijn ziel is dat gekomen? Kapotmaken? Niet uit zijn vrije wil.

'Daar ben ik niet toe in staat,' roept hij onwillekeurig uit.

'Wat? Waartoe?' zegt Lotte.

Hij schudt zijn hoofd.

'Je bent zo goed met dieren, hè? Maar van je zoon kun je niet houden.'

'Dat is niet waar.' Maar de zachte blik vol vertrouwen die de jongen hem toewerpt, geeft hem een onbehaaglijk gevoel. Het is een blik die het leven uit je zuigt als je niet oppast. Hij mag het de jongen niet laten merken. Wilhelm is al een keer eerder weggesmeten, dat valt niet ongedaan te maken.

'Sorry,' zegt hij. 'Ook voor hoe ik tegen Köbi deed.'

'Jij wilt alleen wat je niet kunt hebben.'

Lotte wil opstaan maar hij trekt haar terug en trekt de jongen bij haar op schoot, zodat ze gevangen zit tussen de jongen en hem in. Ze slaat haar armen om Wilhelm heen en leunt achterover tegen hem aan. Wanneer Kalles benen gaan slapen zet hij de jongen niet van schoot. Ze zou denken dat hij hem wegduwde.

Woorden schilderen portretten van hun kinderen. Om met haar samen te zijn moet hij onthouden wat ze hem heeft verteld, moet hij onthouden hoe hij de kinderen voor haar oproept. Hij mag geen detail overslaan, omdat hij het nodig zal hebben om er het volgende aan vast te knopen. En het daaropvolgende. Als hij zijn hersens erbij houdt kan hij haar in haar fantasie laten glijden zonder zichzelf te verliezen, en klaarstaan om haar overeind te helpen wanneer ze weer bovenkomt, haar vasthouden tot ze zich naar hem toe wendt.

'Vertel me waar ze op dit moment mee bezig zijn?'

Haar intensiteit is verschroeiend. Stelt ze hem op de proef? Of zijn geloof?

'Zeg dat ze in Rungholt zijn.'

'Daar zijn ze ook. Waarschijnlijk liggen ze nog te slapen.'

'Niks "waarschijnlijk".'

'Ze liggen nog te slapen.'

'Dit is ons geheim.'

'Heeft het geheim onze liefde vervangen, Lotte?'

'Jij bent niet de enige die jaloers kan worden.'

'Wie dan?'

'Alsof je dat niet weet.'

'Maar ik weet het niet.'

'Het is nog vroeg op het eiland,' zegt ze om een begin te maken.

'Hannelore maakt de kleintjes wakker. Ze kietelt ze wakker, je weet hoe ze is.' *Hannelore, hun oudste, die haar gezichtje opheft voor weer een brandende vraag, die haar pop verslijt met haar liefde, die het ding aan de vlechten met zich mee door de dag sjouwt en het 's nachts tegen zich aan klemt. Niemand die de kinderen kent zoals Lotte en hij.* 'Dadelijk gaan ze aan het ontbijt.'

'Plakken gekookte ham?' Ze klinkt schor.

'Ja. En Hollandse kaas.'

‘Fruit uit verre landen.’

‘Broodjes.’

‘Broodjes van deeg zo luchtig als… als ademteugjes,’ murmelt Lotte, die geen weerstand kan bieden aan het eiland dat haar lokt, waar het altijd warm en zonnig is, waar ze haar kinderen koninklijk kan uitdossen en op heerlijkheden trakteren waar ze alleen van gehoord heeft.

‘Wat voor fruit uit verre landen?’ zegt hij.

‘Sinaasappels,’ zegt ze dromerig, een brok in haar keel bij de gedachte dat haar kinderen elke dag sinaasappels krijgen. ‘Ik heb eens een keer sinaasappel geproefd.’

Nee, niet waar. Bijna geproefd. Eén partje. In de derde klas, toen zuster Sieglinde een door de paus gezegende sinaasappel mee naar school had gebracht. Als Lotte die dag op school was geweest en niet met de mazelen op bed had gelegen, had ze zuster Sieglinde de vrucht in partjes uiteen zien trekken, in gouden halvemaantjes die ze als een hostie op de tong van haar leerlingen legde. Zoet en sappig, vertelden haar klasgenoten later, en ze had zich de smaak op haar eigen tong ingebeeld en ingeprent.

‘Alle rijkdom van de wereld,’ zegt Lotte.

33

WEES AARDIG VOOR JE MAN

‘Wees aardig voor je man,’ houd ik Heike nog eens voor op de ochtend van de bruiloft.

‘Mijn man is saai.’

‘Je man is lief en gul.’

‘Hij is oud.’

‘Hij is jonger dan ik.’

‘Hij praat oud.’

‘Hij is maar tweeëndertig. Halverwege jou en mij.’

‘Trouw jij dan met hem.’

‘Heike!’

‘Hij vindt je leuk. Ik heb ogen in mijn hoofd.’

Mijn wangen branden.

‘Maar hij gaat algauw dood.’ Ze pakt een grillig gevlekte meeuwenveer van tafel en steekt die in haar bruidsboeket.

‘Waarom zeg je dat?’

‘Jezus ging dood toen hij drieëndertig was.’

‘Niet iedere man gaat dood op zijn drieëndertigste.’

Richt je aandacht op Heike, en het licht kaatst driedubbel terug. Dat had ze als klein meisje al. Nu, als bruid, gloeit en straalt ze, en je zou bijna vergeten dat ze niet altijd zo is. Ze geniet van de ceremonie, van de cadeaus en vooral van de met inlegwerk versierde cello die de imker voor haar heeft laten bouwen. Ze wil er meteen op spelen maar de pastoor maant haar te wachten tot na de huwelijksbeloften. Maar daarna moedigen de mensen van Nordstrand haar aan, en zij dansen.

Maar niet allemaal. Sommigen maken zich zorgen hoe pijnlijk het voor Lotte en Kalle moet zijn om feest te vieren op de dag dat, een jaar geleden, hun kinderen verdronken, en ze voelen zich verplicht hen te condoleren.

Hun reactie is vreemd. Gek, zelfs. Lotte en Kalle glimlachen. Naar elkaar en dan naar de mensen, en zeggen: 'Maar we hebben reden om feest te vieren.' En: 'Binnenkort is er goed nieuws.' En Kalle, die vrolijk vertelt over de overwintering van het circus, en dat hij begin winter terugkomt om alles voor te bereiden. Nu al heeft hij nog eens drie circusdieren meegebracht die de Ludwigs hem hebben toevertrouwd, dieren die te ziek of te zwak zijn om mee rond te reizen. Ze blijven op Nordstrand tot ze beter zijn of dood en delen zijn eigen schuur met een koe, een paard, twee varkens en zestien schapen.

Hij moedigt mensen aan om ook dieren te stallen. 'Laat me weten welke dieren, ik hou een lijst bij. De nonnen hebben de apen al gereserveerd,' zegt hij.

De imker heeft Heike zijn eigen slaapkamer gegeven op de eerste verdieping van zijn huis, naast de mijne. Voor zichzelf richt hij een slaapplaats beneden in, in zijn werkkamer, waar de wanden schuilgaan achter planken vol boeken, honingpotten, weegschalen en ontelbare kruidenkistjes.

In die kamer hangen ook twee schilderijen van zuster Hildegunde. Heikes favoriet heet *De blauwe trein*: meisjes met hun baby op de arm, die van het bisschoppelijk paleis naar de dijk lopen en daar aan boord stappen van een blauwe trein. Een derde van het doek wordt in beslag genomen door de Rijn met haar groene oevers, waar gezinnen rond picknicktafels vol taart en bloemen staan.

'Was het heel duur?' vraagt ze.

'Ik heb het geruild voor honing,' zegt de imker.

'Ik… ik heb jou mijn bijen gegeven…'

'Een kwartmiljoen bijen.'

'Mijn bijen. Mijn honing. Mijn schilderij!'

Hij lacht. 'Dat is zo. Wil je dat ik *De blauwe trein* in jouw kamer ophang?'

Ze klapt in haar handen. 'Ja.'

Op het andere schilderij drijven hoog in de lucht parapluvormige wolken met pauwen en baby's erop, terwijl hoogzwangere meisjes vanaf de grond de parapluwolken aan hun lange handvatten naar zich toe trekken.

Al die baby's… Hoe zal hij ooit gelukkig worden zonder kinderen van zichzelf?

34

EEN VURIGE OPROEP

Samen brengen Kalle en Lotte de dag van hun kinderen in kaart, een dag in de verre hemel, behalve dat het eiland zoveel dichterbij is dan de hemel, een wereld die vlak onder het wateroppervlak schemert. Lotte is degene die het in gang heeft gezet, maar vandaag is het de speelgoedmaker die haar meeneemt: *ze is samen met hem op die plek waar hun kinderen leven en spelen en voor hen uit rennen als ze gaan wandelen, waar Lotte haar hoofd in de nek gooit en haar diepe gulle lach lacht.*

'Ik heb je lach gemist,' zegt hij.

'Heb je hun stemmen gemist?'

'Ja, natuurlijk.'

'De stemmen van je kinderen, wil je ze horen?'

'Ja,' zegt hij. 'Jazeker.'

Ze haalt Wilhelm uit zijn bedje, zet hem op haar heup en gaat met Kalle achter zich aan de dijk over, het wad op.

'Goed luisteren,' zegt ze zacht.

'Ik hoor ni–'

'Nog niet, nee. Luister.'

Maar hij is rusteloos.

'Ze zijn er niet altijd als ik ze kom opzoeken, maar als ze in de buurt zijn, hoor je ze in het begin heel zacht…'

Hij zucht. 'Ik hoor nog steeds niks.'

'Sst. Wacht nou maar.'

Hij heft zijn gezicht op naar de wind. Niks. Dan: *kwikzilveren gemurmel van kinderstemmen, en de grens schemert en glinstert en de overkant lokt, de kans om je kinderen levend terug te vinden op Strand, in de straten van Rungholt. Een zekerheid als je erin gelooft. En dat wil je. Kwikzilveren gemurmel… De stemmen van Wilhelms kinderen in de verre toekomst? Maar ook hier en nu. Drie kleinkinderen voor jou, van Wilhelm. Een troost. Een feest. Drie in ruil voor de drie die je zijn afgenomen. De oudste een meisje met zwart haar, dochter van Wilhelm en ook weer niet. Twee jongens, blond als Wilhelm en met zijn zachtmoedige trekken.*

Kalle speurt de donkere horizon af waarachter hun kinderen leven. *Laat ze dan in Rungholt zijn.* Lotte en hij zijn in elk geval samen in deze wereld, waar plannen maken om bij je kinderen te zijn de pijn opheft. Maar je moet snel zijn wil je aan gezond verstand ontsnappen.

'Het is maar een paar uur roeien,' zegt hij.

Die nacht trekt ze Kalle over de grens van verstand en rede. Ze draait zich met opgetrokken knieën op haar zij naar hem toe terwijl de wind om het huis raast dat haar grootouders tegen de dijk hebben gebouwd. Hij draait zich naar haar toe: zijn voorhoofd tegen het hare, zijn knieën tegen de hare, de ruimte tussen hen in de vorm van een hart. O, dat ik je toch terugvind… Ze streelt zijn borst, opent haar armen voor hem, haar lichaam, haar ziel, in een liefdesinstinct dat dieper gaat dan nieuw leven scheppen, dat de vurige oproep van de drie die er al waren omvat, dat een verscheurende rauwheid van proeven en bijten omvat die hen voorheen geschokt zou hebben, dat de hoop omvat hun kinderen te bereiken in een wereld waar willen geloven overgaat in geloven zelf. En hij valt… in geloof, in verlossing. Stort samen met haar de diepte in naar Rungholt, voelt het gewicht van zijn kinderen in zijn armen wanneer hij ze dicht tegen zich aan houdt. *Allemaal in leven en zonder schuld.* Niet vreemder dan de wonderen waarmee we zijn opgegroeid: *Jezus, die over water loopt; kreupelen die opstaan en lopen; de draak die een heilige uitbraakt; de priester die het bloed van Jezus drinkt; de doden die tot leven komen…*

Hij brengt ze thuis: eigenwijze lachebek Bärbel, die voor niemand anders oog heeft als haar *Vati* er is, bedachtzame Hannelore met haar eeuwige vragen en volle overtuiging dat haar *Vati* de antwoorden heeft, en slimme, nukkige Martin, die weleens kon opgroeien tot een ruzieschopper zonder zijn *Vati* om hem te leiden. En dat is precies wat hij van plan is: ze leiden, met geduld en zachtheid.

In het schoolmuseum verdiepen Kalle en Lotte zich in de dagboeken en brieven, rollen een broze zeventiende-eeuwse kaart uit waarvan ze de hoeken verzwaren met boeken, blazen dikke stoflagen van kerkelijke registers, treffen er kattenbelletjes en brieven in aan.

En de waarschuwing van een overlevende:

Waag u niet in de omgeving van Rungholt bij stilwater, net voor het tij omslaat. Wees waakzaam. Ik ben er bijna verdronken.

De notitie van een pastoor in het register van 1683:

Wie Rungholt ziet dient zonder verwijl te keren. De maalstroom trekt er schepen met man en muis onder.

De brief aan een oudtante van de imker, over een bizar voorval tijdens een vistochtje in een lang verleden lente:

We hadden geluk dat de golven onze roeiboot hadden weggeslagen, want toen Rungholt weer onder het oppervlak zonk, waren we buiten bereik van het kolkende water.

Ze ontdekken omcirkelde notities, die gedurende twee eeuwen nu en dan opduiken:

... ik me voorbereid om naar Rungholt te vertrekken...

... we niet nu gaan, maar wachten op het eerste hoogtij na de lentedans van de spreeuwen...

... naar Strand, waar mijn voorouders aan de rand van Rungholt een steenoven hebben...

... een scheepswerf...

... een boerderij...

En bij elk van de notities in de kantlijn:

Nicht zurückgekommen.

Uit de flarden maken Kalle en Lotte op dat je de zee op moet roeien en midden boven het oude Strand moet wachten, dat je klaar moet zijn voor het stilwater tussen twee getijden, wanneer het eiland – met zijn vaste grond, zijn gebouwen, zijn leven – uit de zee oprijst en je boot op het droge tilt, zodat jij je kinderen kunt halen.

'Volgende lente,' zegt Lotte vastberaden.

'De eerste gelegenheid, ja,' zegt Kalle.

Ze nemen zich voor met aandacht te luisteren naar de verhalen die altijd hebben rondgewaard, over mensen die zijn uitgevaren en die Strand met het machtige Rungholt uit de zee hebben zien oprijzen.

'Ik tref intussen voorbereidingen.'

'Maar dan, hoe krijgen we ze weer mee naar huis?' zegt Kalle.

'Dat moeten we zien uit te vinden. We hebben nog tijd.'

35

JE BENT WEL BAZIG

Heike begint te krijsen als we haar vertellen dat ze niet met het circus mee kan. Ze schudt haar hoofd als een bezetene alsof ze het water uit haar haar schudt, haar vertrokken gezicht zichtbaar in korte flitsen terwijl ze zich verbergt, zich terugtrekt in zichzelf, onbereikbaar voor de wereld. *Och, Heike.*

De imker deinst achteruit.

Maar ik loop recht haar storm in, steun haar met mijn lijf, leg haar hoofd tegen mijn schouder en wacht tot ze in mijn omhelzing kalmeert. 'Och, Heike.'

De volgende ochtend is ze verdwenen. We zoeken heel Nordstrand af.

'Ik heb haar klein gehouden,' zeg ik.

'Je hebt haar veilig gehouden,' zegt de imker.

'Ze wilde vliegen aan de trapeze toen ze klein was, ik stond erop dat ze het orkest inging.'

'Je hebt haar aangemoedigd om met haar talent het orkest in te gaan.'

'Zo is haar grootbrengen geweest: haar aanmoedigen, haar een kant op dwingen, zonder haar te vertellen dat ze niet zoals andere meisjes is.'

'Een geheim tussen jullie.'

'Dat deel wel, ja. Maar er is nog zoveel meer, ze kan zo gelukkig zijn, ze...'

'Als ze in een goede bui is. Gisteren...' Hij haalt hulpeloos zijn schouders op. 'Het was verschrikkelijk om haar zo te zien.'

'Het spijt me.'

Hij kijkt me aan alsof hij meer verwacht.

'Het spijt me dat ik je niet over haar driftbuien heb verteld.'

'Wat moet ik nog meer weten?'

'Het gebeurt niet vaak.'
'Dat vroeg ik niet, Sabine.'

Als Silvio met haar voor zich in het zadel komt aanrijden, ben ik niet verbaasd.

'Jij en ik kunnen samen weg,' fluistert ze me toe.

'We wonen nu op Nordstrand. Weet je nog?'

'Ik wil met jou in het circus wonen.'

'Je bent getrouwd, je hebt nu een man.'

Heike kreunt getergd. 'Ik wil geen man.'

Als ze weer wegloopt weten de imker en ik waar we moeten zoeken. Met het rijtuig gaan we het reisplan van het circus af. Heike weigert met ons mee terug te gaan. Eerst probeer ik het als altijd met woorden. Wanneer ik haar probeer mee te trekken, laat ze zichzelf krijsend op de grond vallen.

'Ik kan haar niet dwingen,' zegt de imker.

'Dat hoef je ook niet.'

'Ik ga haar niet dwingen om mee naar huis te gaan.'

Silvio legt zijn hand op de schouder van de imker. 'Laat haar maar een paar dagen bij ons.'

Heike komt de dag erna niet terug. Noch de dag daarna. In plaats daarvan staat Tilli voor de deur. Ze biedt aan te zorgen dat Heike niet meer wegloopt. Voor we iets kunnen zeggen, houdt ze ons een certificaat met reliëfdruk onder de neus dat haar aanmerkt als gediplomeerd *Kindermädchen.*

'Zuster Hildegunde staat persoonlijk voor me in.'

'Heike is geen kind,' zegt de imker.

'Dat weet ik, maar–'

'Dank je, Tilli,' onderbreek ik haar. 'Heike kan zichzelf prima zelf wassen en kleden en–'

'En ik kan haar veilig houden. Zorgen dat ze bij huis wil blijven.'

'Hoe zou je dat aanpakken?' De imker kijkt haar bedachtzaam aan.

'Ik zou manieren vinden. Misschien door samen circusje te spelen. Lange fietstochten met haar te maken zodat ze te moe is om weg te lopen. Haar te laten helpen met de zebra en de andere circusdieren.'

We hebben het erover met zijn drieën. En we hebben het er nog over als Tilli al is vertrokken om haar spullen van het Margarethahuis op te halen.

'Dat meisje heeft een eigen gezin nodig,' zegt de imker.

'Dat meisje heeft nu haar zinnen gezet op Lottes gezin. Lotte vindt het goed dat ze op bezoek komt, maar niet dat ze bij hen komt wonen.'

'Ze zou nu naast haar wonen.'

Maar wanneer ik het voorleg aan Lotte, reageert die enthousiast. 'Het is een geweldig idee, Sabine.'

'Zo dichtbij?'

'Heike en zij zullen goed voor elkaar zijn.'

'Tilli aanbidt je.'

'Ik sta haar in de weg. Het gaat haar om Wilhelm.'

'Daar ging het misschien in het begin om, maar ik zie wel hoe ze naar je kijkt.'

Wanneer Silvio Heike vier dagen later terugbrengt, weigert ze ons aan te kijken. Ik wil haar omhelzen, maar ze ontwijkt me.

'Heike?' De imker glimlacht haar toe. 'We hebben een verrassing voor je.'

'Wat?' snauwt ze.

'Je verrassing is op je kamer.'

Ze haalt haar schouders op.

'Een verrassing?' Silvio trekt zijn wenkbrauwen op. 'Mag ik gaan kijken?'

'Dat moet je aan Heike vragen,' zegt de imker, 'niet aan mij.'

Ze grijpt Silvio bij zijn arm. 'We kijken samen.'

We lopen achter hen aan de trap op. Als Heike haar deur opendoet, trekt Tilli haar naar binnen.

'Waar is mijn verrassing?'

Tilli wijst op zichzelf en maakt een knixje.

Heike wijst op zichzelf en maakt ook een knixje. ‘Wat doe je in mijn kamer, Tilli?’

‘Daar slaap ik als ik bij jou woon.’

‘Nee, jij woont niet in mijn huis.’

‘Wel waar.’

‘Je bent wel bazig.’

‘Ik weet het.’

‘Was je al bazig toen je nog klein was?’

‘Ja.’

‘Had je zusjes en broertjes om de baas over te spelen?’

Jij en ik, Alfred, in één adem, we wisten alleen niet waar die toe leidde. En nu… nu niet meer.

‘Tilli!’

Niet aan denken.

‘Ik vroeg: heb je zusjes en broertjes?’

‘Om de baas over te spelen? Alleen kippen en koeien.’

‘En luisteren ze naar je?’

‘O ja.’

‘Waar is jouw familie?’

‘… bij een brand.’

‘Mijn *Vati* is ook dood. Hij kon vliegen.’

‘Waarheen?’

‘Overal. Hij vloog weg van de trapeze op de dag dat ik werd geboren. Maar toen stortte hij neer.’

‘Welke kant van het bed wil jij?’ vraagt Tilli.

‘Mijn kant,’ zegt Heike.

Ik wenk Silvio. ‘Kom mee, ik moet je iets laten zien.’

Ik neem hem mee naar het Margarethahuis, waar behalve wandtapijten en schilderijen van leerlingen ook verscheidene schilderijen van zuster Hildegunde hangen. Ik hoef Silvio het schilderij met de titel *Na het circus* niet aan te wijzen. Hij loopt uit zichzelf al naar het sobere Nordstrandse landschap waar, lang nadat circus zelf is vertrokken, de herinnering aan het leven en de schittering ervan nog in fijne doorzichtige laagjes is blijven hangen. Zo’n schilderij – dat voelt Silvio ook – *trekt onweerstaanbaar, maakt het ondenkbaar dat het in andermans huis komt te hangen, zorgt dat je het wilt kopen voordat iemand anders het doet.*

Ik wil iets zeggen maar hij haast zich al naar de non die de vogelkooi staat schoon te maken, en zegt dat hij *Na het circus* wil kopen.

'Maar dat is al verkocht,' zegt ze vriendelijk en ze wijst naar mij.

Hij draait zich met een ruk naar me om.

'We hebben het...'

Hij maakt een afwerend gebaar.

'... voor jou gekocht, nadat Heike weer was weggelopen. We wisten dat je voor haar zou zorgen en haar terug zou brengen.'

Silvio hangt het schilderij boven het voeteneind van het bed dat hij met Hans-Jürgen deelt. Hij staat ermee op en gaat ermee naar bed, en gaandeweg komt hij tot de conclusie dat zuster Hildegunde op een of andere manier een vonk heeft opgevangen van wat hij heeft gezien en gedroomd en waar hij naar heeft gehunkerd – zijn leven lang of in een flits – en dat in het schilderij tot uitdrukking heeft gebracht, waarmee ze zijn diepste gevoel niet alleen heeft bevestigd maar de betekenis ervan ook heeft vergroot, zodat het vanaf nu altijd die grotere betekenis zal hebben.

Hoe kan het dat u zoveel over me wist, zuster Hildegunde?

36

DE VERBORGEN WILDHEID IN ONSZELF

Heike is uitgelaten nu ze Tilli bij zich heeft. Ze zwerven uren over de draslanden: lange passen tegen de wind in, allebei sterk, Heike tenger, Tilli robuust. Ze nemen Wilhelm mee naar het speelplein hoog op de heuvel bij de school. Ze duwen hem en om beurten elkaar bij het schommelen, gooien hun gewicht van voor naar achter en vliegen hoog.

'Goed vasthouden, Wilhelm!' Tilli's fijne haar wappert om haar gezicht.

Heike duwt hem hoger. 'En, heb je al vleugels?'

Wilhelm lacht.

Ze maken roeitochtjes in Kalles boot, maar Wilhelm mag alleen mee als Lotte erbij is. Met geduld en vindingrijkheid speelt Tilli circusje met Heike en Wilhelm. Ze beloont ze met lekker eten. Ze struinen de omgeving af. Bij het Margarethahuis leest Heike de allerkleinsten voor: zij slaat bladzijden om en Wilhelm brabbelt zangerige woorden bij wat hij op de plaatjes ziet.

Heike wil in de gunst staan bij Tilli, die met haar aanwezigheid de aantrekkingskracht van Circus Ludwig in de schaduw stelt. De imker slaat hun omgang gefascineerd gade. Heike gaat bij Tilli te rade. Tilli fluistert haar in het oor wat ze moet weten, zodat Heike ermee kan komen alsof het haar eigen kennis is en dat ook gaat geloven. Ze put er moed uit, zegt tegen de imker dat ze dol is op rekenen en wil hij haar op de proef stellen? Vrolijk roept ze een getal, een willekeurig getal, 'elf!' of 'twintig!' of 'vijf!' als antwoord en lacht als het niet het goede is. Wanneer Tilli haar het juiste antwoord influistert, vraagt Heike de imker de som nogmaals te vragen.

De imker begint te lachen. 'Je slaat er maar een slag naar.'

Op momenten als deze houdt hij van Heike. Niet als van een

echtgenote die hem doet twijfelen of dit huwelijk wel ooit had moeten plaatsvinden – twijfel die hij zichzelf alleen in zijn eenzaamste uren toestaat – maar als van een slimme, grappige, achtergebleven stiefdochter.

De meeste avonden oefent ze urenlang haar cello, en hij luistert betoverd. 'Je moeder zei al dat je talent had,' zegt hij, 'maar ik had geen idee hoeveel talent. Zou je het leuk vinden om een concert te geven?'

'Mag Tilli naar mijn concert komen?'

'Iedereen die jij maar uitnodigt.'

'Ik kom graag,' zegt Tilli.

Ik hou van de projecten die de dagomroeper van het circus eens per maand komt brengen: de grote ontwerp- en maakklussen. De Ludwigs hebben een vrouw aangenomen om in de keuken en met klein verstelwerk te helpen.

Nu Lotte en ik buren zijn geef ik haar alles wat ik in mijn rondreizende bestaan over vriendschap heb geleerd: ik probeer haar te winnen met eerlijkheid, met complimenten, met het aanbod om een jurk voor haar te maken. We wandelen langs de kust en praten, we zitten bij de kachel en praten. Over onszelf, over Heike, over Wilhelm. Niet over Lottes andere kinderen.

Niet tot het moment dat ik met het speldenkussen aan mijn pols op mijn knieën de nieuwe jurk afzoom terwijl zij op mijn naaikruk staat.

'Die middag op het wad...' begint ze.

Die middag op het wad... Ik wou dat ik haar kon zeggen hoe zinloos mijn angst om Heike had gevoeld toen Lotte drie kinderen, drie gezonde kinderen, verloor. Ik moet het nu nog niet zeggen, denk ik. Helemaal niet zeggen, denk ik.

'Die middag zei je dat je alles voor me zou doen.'

'Zo voelde ik het.'

'Nu nog?'

'Nu nog.' Ik wacht op wat er komt. Ik steek de volgende speld door de stof.

'Dus stel dat ik iets indiscreets vraag... Zou je me dan toch antwoord geven?'

'Vraag maar.'
'Kalle...' Kwaad onderbreekt ze zichzelf. 'Heb je met Kalle geslapen?'
Ik zak op mijn hielen, pak de spelden tussen mijn lippen vandaan. 'Nee!'
'Nooit?'
'Hoe lang loop je al–'
'Sinds hij is vertrokken. Met jou of met een andere vrouw.'
'Heb je het hem zelf gevraagd?' Ik gebaar dat ze wat naar rechts moet draaien. 'Ietsje terug.'
'Zo?' Een klein stapje. 'Hij zegt dat hij niet met een ander is geweest.'
'Ik geloof hem.'
'Waarom zou ik hem geloven?'
Nog een speld. 'Ik heb Kalle een keer, nee twee keer, met een naald gestoken. De eerste keer per ongeluk, de tweede keer expres. Zo kwaad was ik. Ik kon hem er niet zomaar mee weg laten komen, jou achterlaten met het verlies van–'
'Je geeft geen antwoord: waarom zou ik hem geloven?'
'Kalle is niet...'
'Is niet wat, Sabine?'
'... niet aanwézig. Niet op die manier.'
Lottes mondhoek krult omhoog. 'Met mij wel.'
'Dan ben ik blij voor je. Voor jullie allebei.'

Als we bij de bijenkorven in de buurt komen dragen Heike, Tilli en ik een witte hoed met gaas, net als de vrouwelijke missionaris die op de collectebus in de kerk staat afgebeeld, en we praten zoals we denken dat een Duitse missionaris in Afrika zou klinken. Het Margarethahuis is onze beste klant. De meisjes zijn dol op honing. De nonnen ook.

Omwille van mijn dochter leg ik de imker in de watten. Ik laat Heike zien hoe je zijn overhemden strijkt, in twee keer, zodat de boord als zijde aan zijn hals voelt. Ik vraag naar zijn lievelingseten – '*Entenbraten*,' zegt hij. En: '*Weinsuppe*.' En: '*Zitronenkuchen*.' – en leer Heike hoe je eend braadt, wijnsoep maakt, citroencake bakt.

Mensen beweren dat ik me in mijn dochters huwelijk meng, dat dat huwelijk ook in mijn levensonderhoud voorziet, dat ik profiteer. Maar de imker is blij dat ik er ben, dat ik voor Heike zorg.

Rondslingerende vellen papier met kartelige kanten in zijn werkkamer, stapels bibliotheekboeken die al lang terug hadden gemoeten achter de boekenplanken in Heikes kamer, muntgeld, zakdoeken, eindjes draad in de broekzakken die ik voor de was binnenstebuiten keer. Zolang Tilli er is maakt Heike af waar ze aan begint. Laat haar alleen en ze zal proberen weg te glippen om door de velden of over de dijk te struinen. Maar nu hebben we Tilli, die haar altijd in de smiezen heeft en met haar mee naar buiten gaat en haar weer thuisbrengt: met verward haar en verhit gezicht, met woorden die buitelen van lucht vol jagende wolken, zon, storm en regenbogen, van mensen en wilgen die buigen voor de wind.

Bij Heikes concert zit ik naast de imker op de eerste rij. We zijn vroeg gekomen en zien het auditorium van het Margarethahuis vollopen. Tilli is er als beloofd ook en zit met Lotte en Wilhelm twee rijen achter ons.

Wanneer Heike op de cello speelt, trekt ze het instrument in een omhelzing, dicht tegen zich aan alsof het deel van haar is. Op haar gezicht elke uitdrukking die ik erin heb gezien vanaf haar geboorte: de reactie – wijdopen armen – op haar aankomst in het onbekende vanuit de beschutting van mijn baarmoeder; het enthousiasme van het kleine beweeglijke meisje, haar gezicht opgeheven naar mij, het kijk-mij-kijk-mij; de nurkse vijftienjarige aan de spreeuwsoep in het Laatste Avondmaal, ineengedoken, afgewend gezicht.

Ik zie ook wat ik nog niet heb aanschouwd: Heike over vijf jaar, Heike op mijn leeftijd, nog altijd een kind. Ik heb het warm, doe de omslagdoek af die ik, zo lang geleden inmiddels, van Herr Ludwig heb gekregen, en hou hem op schoot. Als betoverd zie ik een vreemd volwassen zelfvertrouwen over Heike komen als ze de strijkstok naar de snaren brengt. Ik weet hoe haar haar zou aanvoelen onder mijn vingertoppen als ik het nu achter haar oor strijk. Hoe haar wildheid overstroomt in haar muziek en haar dan weer opeist – *net zoals die mij opeist, keer op keer, al kan ik haar op afstand houden* – en ik vraag me af hoeveel er in het publiek die verborgen wildheid in onszelf herkennen.

Ook de imker wordt gegrepen door de rauwe onderstroom in Heikes muziek, die voor haar uit gutst en in geschitter uiteenspat. Wanneer ze de cello met haar hele lijf en wezen omvat, haar gezicht weggedoken in de holte tussen de nek en buik ervan, vraag ik me af of hij begrijpt dat hij nooit zo belangrijk voor haar zal zijn als haar cello. De tranen staan hem in de ogen – van opluchting? Van verrukking? – en hij pakt mijn pols beet die op mijn sjaal op schoot ligt. Ik hou mijn ogen op Heike, maar mijn hart bonkt, in mijn pols, in mijn keel. Hij legt een hoek van de sjaal over onze handen, verstrengelt zijn vingers met de mijne. Tot mijn verrassing is zijn huid zachter dan de mijne.

DEEL 8

Winter 1879-1880

37

OUDE KLOVEN GROEIEN DICHT

Kalle komt al in november om met boeren te overleggen over de stalling van circusdieren, met speelgoedmakers over de reparatie van wagens en wielen, met de smid over het beslaan van paarden en pony's. Oude kloven groeien dicht nu Circus Ludwig op Nordstrand overwintert en de mensen voor de dieren zorgen die ze voorheen alleen bij de optocht en de voorstellingen zagen. Ze komen bij elkaar over de vloer met verhalen over dansende pony's. Ze delen de zorg over Egypte, die met zijn geur het vee onrustig maakt. En Egypte verhuist van de schuur van de Knudsens naar de geitenstal van de Bauers, waar hij minder ruimte heeft, en de geiten verhuizen naar de koeienstal, waar ze, gedesoriënteerd door het hoge plafond, tegen elkaar botsen en verontwaardigd blaten zoals alleen geiten kunnen.

De nonnen huizen de acht apen in hun oranjerie, en zelfs de kerkelijkste dorpelingen komen met hun kinderen kijken naar de apen, die hun malle streken en acrobatische toeren uithalen, en zichzelf ongegeneerd krabben op plaatsen waar hun kinderen zichzelf nooit zouden mogen krabben. De kinderen maken al evenveel misbaar als de apen: gedrag dat thuis of op school niet getolereerd zou worden, maar hier in de oranjerie worden ouders toegeeflijk. Ze laten de kinderen de schilderijen en het weefwerk van docenten en leerlingen in de hal zien, en vragen wanneer de nonnen weer een concert geven.

Met al die goede wil kan het niet anders of ook de vroomsten knikken de Margarethameisjes groetend toe. De vrouw van de smid tornt de dubbele zoom los van zijn uniform uit de Duits-Deense oorlog, keert de blauwe stof binnenstebuiten en maakt er een rok en bijpassend jasje van voor Hedda, die met haar kleintje boven de smidse woont.

Het overgrote deel van de winter krijgt de grond de kans niet om te bevriezen met al die dieren en bedrijvigheid. Hoe zorgvuldig mensen hun voeten ook vegen, ze lopen modder en drek huis, kerk en leslokaal binnen, zeker nu de nonnen de kans te baat nemen om de circusdieren in hun biologieles op te nemen.

Je brengt je leven met je kinderen in kaart. Je dompelt je onder in voorbereidingen die niet minder echt en dringend zijn als de taken op de boerderij aan de landzijde van de dijk. En al kun je je drie oudste kinderen niet in je armen sluiten – nog niet, nog niet – je houdt je liefde voor hen en je zorgen om hen diep vanbinnen levend. Tot je hen weer ziet. En je bewaart je kalmte. Je houdt je klaar voor het eerste hoogtij na de dans van de spreeuwen, wanneer je de zee op roeit en hen naar huis haalt. Rungholt zit je nu in de ziel: de lijnen scherp, de kleuren levendig. Het vertrouwde landschap van Nordstrand vervaagt.

Kalle vertrouwt zijn sloep. De imker en hij hebben hem samen gebouwd. 'Ik zet de koers uit op de kaart naar de exacte locatie boven Strand.'

Je roeit je boot pal boven het midden van het eiland en wacht tot het uit zee oprijst, tot de doorgang naar Rungholt verschijnt.

'Maar dat zien we pas als we er zijn,' zegt Lotte. 'Als we ons vergissen, als we te dicht bij de rand zijn, worden we meegesleurd en ondergetrokken door het water dat van het eiland stroomt.'

'Als bij een waterval.'

Jullie zullen het eiland samen betreden. Jullie zullen jullie kinderen thuisbrengen. Zo zal het gebeuren.

Elke dag controleert Kalle zijn sloep, de riemen, de riemogen, de vlakke bodem, de naar Rungholt gekeerde hoge boeg, en verklaart hem veilig voor zijn hele gezin. Het is een goede, degelijke boot. Om hun plan te testen varen ze de zee op met Wilhelm, die op de planken bodem met zijn houten zebra en aapje speelt en zijn oren gespitst houdt.

'We weten waar we moeten zijn,' zegt *Vati*. 'Pal boven het midden van het eiland.'

'Let op je woorden,' zegt *Mutti*. 'Kleine potjes hebben grote oren.'

Maar al dempt *Vati* zijn stem, Wilhelms belangstelling is gewekt en hij vangt alles op wat ze zeggen. *Vati's* gemompelde: 'Bij stilwater, net voor het tij omslaat.' *Mutti's* zachte: 'Ik wou dat het vandaag al zover was.'

Wilhelms zebra kruipt tegen *Vati's* been omhoog.

'We moeten wachten. De spreeuwen zijn nog niet terug,' fluistert *Vati*.

'We kunnen er niemand over vertellen,' fluistert *Mutti*.

'Alleen wij weten ervan.'

Wilhelms zebra bijt in *Vati's* been.

'En de kinderen. Wie denk je dat het eerste bij ons is?'

'Hannelore.'

'Ja. Of Martin.'

Wilhelms aap springt op en neer. 'Meespelen, *Vati*?'

'Bärbel gaat proberen voor die twee uit te rennen, die vergeet altijd dat ze nog klein is,' zegt *Vati*. 'Ze is altijd verbaasd als Hannelore en Martin haar voorbijkomen.'

'Hannelore zal niet opgetild willen worden. Daar is ze nu te groot voor.'

'Dan ga ik wel op de knieën.' Kalle sluit zijn ogen, overmand door de liefde voor het kind dat hij in zijn armen wil sluiten, maar als hij ze weer opendoet zweeft Wilhelms gezicht voor het zijne, de lippen getuit rond zijn duim. Het 'Meespelen, *Vati*?' klinkt gemoffeld.

'Niet nu. Te veel werk.'

Die gekwetste blik.

'Binnenkort, gauw,' belooft Kalle. Hij zal Wilhelm niet laten wachten, neemt hij zich voor, zoals hij Hannelore heeft laten wachten, zelfs toen ze op haar zesde wilde dat hij haar zijn vak leerde. Hij wou nu dat hij haar had laten zien hoe je met de druk van je hand je penseelstreek beheerst, hoe je speelt met de uitvloeiing ervan, van brede welving bij zware druk naar fijne lijn bij lichte. En hoe je losjes open plekken laat om de suggestie te wekken van leven en beweging. Hij zal er vanaf nu tijd voor maken. En hij zal beginnen met Wilhelm.

Als ze op huis aan lopen, zegt hij: 'Heb je gezien dat dieren nooit helemaal bewegingloos zijn? Zelfs niet als ze slapen. Een tijger vlak voordat hij wakker wordt. Een meeuw vlak voordat hij een vis vangt. Een aap vlak voordat hij...'

'Springt!'

'Ja, goed zo.' Kalle trekt zijn zoon zachtjes de duim uit de mond. 'Kun je nog meer dieren bedenken?'

De schaduw van een ooievaar op de kerkspits. Wilhelm klapt in zijn handen. 'Ooievaar vlak voordat.'

'Voordat hij... eet? Wat eet hij?'

'Kever!'

'Er is altijd beweging.' Kalle gaat naast Wilhelm op zijn hurken zitten. Zo gemakkelijk als hij is geweest met zijn zoons liefde. Zo bang ook, dat hij hem in de steek zou laten. Hij was er niet toen de andere drie hem nodig hadden. Wie zegt dat hij er zal zijn voor zijn jongste? 'Vind je het leuk als ik een ooievaar voor je maak?'

Wilhelm knikt.

'Een vliegende ooievaar?'

Wilhelm knikt.

'Of eentje die op één poot staat?'

Wilhelm tilt een been op – *ik ben een ooievaar* – en staat wiebelig op het andere. Hij knikt.

Kalle vangt hem op als hij dreigt om te vallen en houdt hem in evenwicht bij zijn schriele schoudertjes, die trillen onder de inspanning. Hij schiet vol. 'Kom, dan gaan we hem samen tekenen.'

'Niet nu.'

'Waarom niet?'

'Te veel werk.'

'Dat heb ik gezegd, hè? Dank je dat je me eraan herinnert. Ik wil stoppen met werken en met jou gaan tekenen. Nu. Kom, dan gaan we ooievaars zoeken.'

Ooievaars op kerkspitsen. Ooievaars in de velden. Het is nat en drassig. Wilhelm heeft het koud. Zijn das sleept achter hem aan over de grond. Klappende zwart-witte vleugels. Lange rode snavel. Lange rode poten.

Vati bindt de das weer om zijn nek. 'Ik heb hem van achteren geknoopt, dan maak je hem niet los.'

Klappende vleugels, *Vati* gaat op zijn hurken zitten, hij trekt lijnen in de modder. Zijn vingers zitten onder de modder. Hij tekent een ooievaar op een kerkspits. 'Straks kun je vogels tekenen die zich bewegen, Wilhelm. En ook andere dieren. Je stelt je het dier voor voordat het zich beweegt, dan snap je hoe de botten lopen onder de veren of de vacht. Zelfs hoe de spierbanen en de bloedvaten lopen. Dat kun je jezelf leren zien.'

Wilhelm fronst.

'Door te kijken, en door het je voor te stellen. Ik leer het je wel.' Kalle trekt Wilhelms das op tot over zijn mond. 'Hou mijn mouw vast zodat je niet wegvliegt.'

'Ik kan vliegen.'

'Ik weet dat je kunt vliegen. Maar dan hou ik je niet bij.'

De das vangt zijn warme adem op. Onder zijn neus is het koud, waar het snot drupt. *Misschien krijgt hij snotpegels.*

Her en der in de huizen zien ze schilderijen van zuster Hildegunde, met stukken groen, geel en blauw die zeer doen aan je ogen als je vergeet te knipperen, met door de wind langs eindeloze luchten opgejaagde wolken, grijze wolken, paarse wolken, roze wolken, en met windmolens. Wiekende windmolens. Zo veel land en zo weinig huizen in dat immense, vlakke landschap dat zo mooi is dat je hart breekt.

Zuster Hildegunde blaast het leven in, dat landschap waar Kalle naar hunkert als hij op reis is. De wind rimpelt uitgestrekte velden gras, koolzaad en veldbloemen alsof het golven zijn. De helling van de dijk is met schapen gestippeld, de meeste wit, sommige zwart. Maar is hij op Nordstrand, dan hunkert hij naar Circus Ludwig, en gaandeweg dringt dat zuster Hildegundes schilderijen binnen alsof Kalles verlangen het heeft opgeroepen. Als een blij kind schildert de non met stralende dieren en artiesten de magie en kleurrijkdom tot leven die voortkomen uit wat je je verbeeldt en waar je in gelooft.

38

SABINE EN LOTTE

Ik vertrouw Lotte geheimen toe en wou dan dat ik het niet had gedaan. Ik ga bij haar langs en wou dat ik haar durfde te vragen of ik te vaak langskom. Of juist niet vaak genoeg. Of mijn vragen opdringerig zijn. Of juist te oppervlakkig.

Luzia zou het weten. *Je bent er zo aan gewend om elke week op een andere plek opnieuw te beginnen dat je het met Lotte te hard probeert*, zou ze zeggen. *Jullie wonen nu allebei op Nordstrand. Jullie zijn buren. Je hoeft niks te haasten. Lotte gaat nergens heen.*

Ik mis Luzia verschrikkelijk.

Weer sta ik bij Lotte aan de deur. 'Hoe ga je verder nadat…'

Lotte knippert met haar ogen.

'Ik moet dit niet vragen.'

'Ik heb je gezien, in de schemering. Op de dijk. Jij en de imker stonden dicht bijeen…'

Klauwen. Lotte heeft scherpe, denk ik. Zo gaat ze verder. Ze laat niets los wat ze niet los wil laten. Ik bewonder haar erom.

'Zo dicht bijeen dat duidelijk was…'

Ik weet wat ze wil zeggen als ze zichzelf onderbreekt: *dat duidelijk was dat jullie met elkaar naar bed willen*. Ik weet het omdat het waar is en omdat ik het zelf ook bij anderen zie: de afstand tussen lichamen, de spanning ertussen, of ze met elkaar naar bed zijn geweest of dat willen of dat ze elkaar in geen jaren hebben aangeraakt.

'De mensen praten,' waarschuwt Lotte.

Ik haal mijn schouders op.

'Je moet discreet zijn. Omwille van je dochter.'

Tussen Luzia en de Reus is die spanning er bijna continu, en nog sterker dan toen ze twintig jaar geleden trouwden.

Hun wagen zoek ik het eerst op, met Heike, Tilli en Wilhelm op mijn hielen. Ze spelen *Mutti und Vati* met hem en met kleine Pia, hun favoriete spel omdat Pia altijd klein zal zijn.

De Reus zegt dat ze dat niet tegen haar moeten zeggen, dat ze er verdrietig van zou worden, dat ze het nog niet weet.

Luzia schminkt vlinders op hun wangen en voorhoofd.

Als we vertrekken komt kleine Pia mee. Heike wil haar op de heup dragen, maar dat staat Tilli niet toe. 'Daar zijn Pia's beentjes te kort voor,' fluistert ze tegen Heike. Dus loopt kleine Pia lachend en wankel aan de hand tussen Heike en Wilhelm in.

Heike moet twee keer kloppen voordat Herr Ludwig 'binnen' roept. Zijn stem klinkt beverig. Ze klopt hem op zijn arm, die zo mager is dat zijn met ouderdomsvlekken bespikkelde handen er nog groter door lijken.

'Heike,' zegt hij tegen kleine Pia. 'Mijn lieve kleine Heike. Speel je een stukje op de cello voor me?'

'Niet Heike.' Kleine Pia schudt haar hoofd.

Heike weet niet wat ze moet zeggen. Als ze aanbiedt om voor hem te spelen, zal hij zich gegeneerd voelen omdat hij kleine Pia voor haar heeft aangezien.

'Pia is te klein om cello–' begint Tilli.

'Ze bedoelt te jong. Voor de cello,' zegt Heike. 'Ik kan wel voor je spelen.'

'Denk erom dat je elke dag repeteert,' maant Herr Ludwig kleine Pia.

Op weg naar buiten fluistert Heike kleine Pia toe dat ze de naam Heike met haar zal delen. 'Maar alleen voor Herr Ludwig.'

Bij de repetities zitten ze hoog op een hooibaal en klappen en juichen als een echt publiek. De Wervelende Neven Nowacks zijn nog altijd adembenemend lenig, hun act minder onstuimig maar des te preciezer, met een choreografie die van sierlijke beheersing spreekt en op spierspel rust.

'Pia, Pia, kijk!' roept Wilhelm als de Reus met armen en benen in perfecte balans op Hans-Jürgens voeten omhoogkomt, 'je *Vati* vliegt!'

Kleine Pia maait met haar mollige armpjes in de lucht om bij haar *Vati* te komen.

‘Je *Vati* komt zo terug,’ zegt Heike geruststellend.

De Reus buigt zichzelf dubbel en pakt Hans-Jürgen bij de enkels voor een laatste kunstige toer voordat ze met een gracieuze sprong naast elkaar op één knie eindigen, hoofd in de nek, armen gespreid.

Kleine Pia klautert over Heike heen bij Kalle op schoot.

En hij fluistert haar de woorden toe van zijn stille bezwering die niet langer stil is: ‘Jij bent deel van mijn verhaal, en ik van het jouwe.’

Geboeid kijkt ze naar hem op.

Net als Wilhelm.

Kalle trekt zijn zoon naast kleine Pia op schoot. Kleine Pia, zo fel, naast zijn bedachtzame zoon. Zwart haar en olijfkleurige huid naast zijn bleke blonde zoon. ‘Jij ook, Wilhelm,’ zegt hij. ‘Jij bent deel van mijn verhaal, en ik van het jouwe.’

In de wagen van de Wervelende Neven Nowack ligt Silvio languit op bed. Hans-Jürgen streelt zijn magere gezicht en luistert terwijl Silvio vertelt dat hij zijn ouders vroeger aanbad zolang hij maar met één van hen te maken had. ‘Niet met allebei samen, als ik in mijn eentje tegenover hun melodrama stond. De beloftes en de liefde, en de ruzies en het spektakel, al die passie.’

‘Spektakel?’

‘Alsof ze in de ring optraden voor een gigantisch publiek.’

‘Denk je dat hij het al die tijd heeft geweten, van jou?’

‘Geen idee. Hij heeft er nooit eerder op gezinspeeld.’

‘Misschien wist hij het voordat je het zelf wist.’

‘Waarom dan al die koppelpogingen met Sabine?’

‘Hij wilde haar met haar kleine meid in de familie. Maar dat kon hij toch wel hebben zonder een familievader van jou te maken.’

‘En nu raakt hij zichzelf elke dag een beetje meer kwijt.’

Hans-Jürgen trekt Silvio’s haarlijn na met zijn vinger, naar de kruin net bezijden het midden, en laat zijn hand vangen.

‘Waarom ben je zo… lief tegen mij?’ zegt Silvio.

‘Vecht je liever?’

‘Dat is te gemakkelijk.’

'Hebben we wel veel ervaring mee.' Hans-Jürgen glimlacht met die lome zinnelijkheid die aan liefkozingen voorafgaat. 'Dus?'

Dus...

'Ze maken zich druk alsof hij een kind is,' zegt de kokkin, die zich net zo druk maakt en vanillepudding maakt voor de oude man die nog maar moeilijk eet en haar naam vergeet.

Hij is vrijwel kaal nu, en zijn zeiloren zijn enorm. Als je hem nu voor het eerst zou zien zou je niet weten of hij man of vrouw was. Onderweg horen mensen huilen uit de grote wagen, waar hij opgekruld in zijn bed ligt te wachten tot hij in de armen van Silvio of Hans-Jürgen in slaap valt. Als hij Hans-Jürgen opbiecht dat hij in het begin niets van hem moest hebben, zegt Hans-Jürgen dat dat voor de meeste mensen geldt en masseert de schouders van de oude man.

Voor de optocht rangschikt Silvio de dieren in dezelfde volgorde als zijn vader vroeger, met de kooi van Egypte achteraan: de eerste om ingeladen te worden, de laatste om naar buiten te mogen, zodat de andere dieren niet door het verblijf van de leeuw hoeven. Niettemin worden sommige onrustig van de grote-kattenlucht die na zijn doortocht blijft hangen.

Als Silvio Hans-Jürgen de baan van ringmeester aanbiedt, zegt Hans-Jürgen dat hij liever assistent-ringmeester is. Hij stelt voor om Herr Ludwig op een gouden troon de ring in te dragen als de officiële ringmeester: met rokjas en hoge hoed, en met zijn zweep op schoot.

'Hij vertegenwoordigt de magie,' zegt hij.

'Ook als hij op zijn troon in slaap valt?'

'Hij ís de magie. Vooral als hij op zijn troon in slaap valt.'

39

OM JE HUID TE VOELEN ONDANKS DE LAGEN DIE ONS HABIJT ONS OPLEGT

Al zijn de pauwen van de bisschop allang dood – ten prooi gevallen aan vorst of kookpot – de marmeren trappen zijn er nog, net als de kreten van pasgeborenen en het gelach en gehuil van kinderen die het Margarethahuis als hun thuis zien. Wilhelm komt graag op bezoek bij de oude nonnen. Of hij nu met Tilli de grotere kinderen komt bezoeken of met zijn moeder de kleine-kinderkamer, hij klautert de oude trappen op en glijdt er trede voor trede op zijn bips weer af, en nog eens en nog eens. Hij ziet het oude terug in de gezichten van de kleintjes en het jonge in de gezichten van oude mensen. *Gezichten lijken op elkaar. Lichamen ook.*

Soms mag hij een naar ziekte ruikende oude non in haar rolstoel door de kloostergang van de gepensioneerdenvleugel duwen. Andere keren mag hij de konijnen en vinken voeren in de oranjerie, waar zelfs de vergeetachtigste nonnen in de omgang met hun dieren opleven en ineens jong lijken.

Zuster Ida slaapt veel, met haar rozenkrans in de hand. Zodra ze wakker wordt glijden de kralen weer uur na uur, gebed na gebed door haar vingers in een opeenvolging van geheimen: blijde geheimen en droevige, glorievolle geheimen en de geheimen van het licht, die samen Jezus' leven gedenken, van de Blijde Boodschap aan Maria tot zijn dood aan het kruis en zijn verrijzenis. De rozenhoedjes die ze bidt rijgen zich aaneen tot volledige rozenkransen, waarna ze van voren af aan beginnen.

Zuster Ida heeft haar spraakvermogen verloren: iets met haar keel waar geen arts het antwoord op heeft, al kan zuster Konstanze het begin herleiden naar de nacht dat zuster Ida voor het eerst haar stem verloor, de nacht dat ze Marlene en Jezus verloren. Zuster Ida mag dan niet spreken, ze denkt des te meer, vooral over de spil van leven, het Margarethahuis als de spil, met de nonnen, de meisjes en de baby's die om die spil draaien. Op haar verjaardag krijgt ze van Lotte een lei en krijtjes om haar gedachten neer te schrijven.

Zuster Konstanze heeft geen woorden nodig om haar te begrijpen. Ze zit op de rand van zuster Ida's bed en streelt haar arm. Om je huid te voelen ondanks de lagen die ons habijt ons oplegt… Het roept herinneringen wakker. Er zijn nachten dat zuster Konstanze uit haar cel sluipt en in de gepensioneerdenvleugel bij zuster Ida in bed kruipt. *We zijn het gewend om samen in de ruimte voor één te passen.*

Zuster Ida laat Wilhelm op haar lei tekenen. Als het krijt krast trekt ze een grimas en tikt haar oor aan, neemt hem het krijtje af om hem te leren hoe je er lichtjes mee over het bord gaat.

Wilhelm knikt en krijgt het krijtje terug. Hij tekent Verrückter Hund.

De non grimast en tikt tegen haar oor.

Wilhelm grimast en tikt tegen het zijne: ingespannen pogingen om zijn hand minder zwaar te maken. Een boom rijst, zonder gekras, naast de hond op.

De non glimlacht goedkeurend, houdt haar hand op voor het krijtje, schrijft iets wat Wilhelm niet kan lezen: Wat mis ik de zekerheid dat ik naast je wakker word.

Zuster Konstanze neemt het leitje en leest voor: 'Het hele jaar verheug ik me op het eerste groen van de lente.'

Het eerste groen zien, met jou, schrijft zuster Ida.

40

HUN BLOEDEIGEN BESCHERMHEILIGE

Zuster Franziska is de eerste die het opmerkt: met Lotte Jansen als vroedvrouw hebben ze geen leven verloren – geen kind, geen moeder – sinds Hedda een jaar eerder haar kleintje kreeg.

Zuster Franziska wijst er de andere nonnen op. Ze reageren beduusd.

'Toeval,' zeggen ze. En: 'Achterafwijsheid.'

'Ik had er niet bij stilgestaan tot vandaag.'

'Geen nieuwe graven sinds Lotte Jansen vroedvrouw is.'

'Compensatie voor haar verlies.'

'God spaart haar.'

'Maar voor hoelang nog?'

'Tot Hij het genoeg vindt.'

'Wie zijn wij om vraagtekens te plaatsen bij–'

'Als wij het niet doen, wie dan wel?'

Er beginnen verhalen over de jonge vroedvrouw rond te zingen in het Margarethahuis en de meisjes beginnen haar te zien als hun bloedeigen beschermheilige. Ze kunnen wel een heilige aan hun kant gebruiken die hun last verlicht. Het belangrijkste is dat deze vroedvrouw geen oordeel over hen velt. De meisjes denken dat het komt doordat ze iets veel ergers heeft gedaan dan zijzelf ooit zouden doen. Eén kind opgeven ter adoptie, twee als je de pech hebt dat je een tweeling onder het hart draagt, is niks vergeleken bij drie kinderen aan de zee verliezen en het vierde erachteraan gooien. Het begint bij één Margarethameisje en spreidt zich uit naar nieuwelingen, en voor je het weet nemen ze allemaal voor waar aan dat vroedvrouw Lotte Jansen haar kinderen voor hen heeft opgeofferd. *Zondares en redster in één. Niet onvoorstelbaar, voor geen van ons. Al heb je zelf bij lange na niet zo zwaar gezondigd. Of zo belangeloos gered. Naar zo'n heilige heb je verlangd, naar je bloedeigen beschermheilige. Pak of steel dingen die ze heeft aangeraakt, kam, potlood, lepel. Stop de relikwieën weg, bewaar ze goed.*

Een enkeling vreest de krachten van de vroedvrouw meer dan die van God. Tot Hem kunnen ze bidden om doodgeboorte. Om de moed om toe te steken met een breinaald, om te vliegen aan een touw, om van het dak van de oranjerie te springen en de nek te breken.

Zuster Hildegunde schildert talloze versies van het bisschoppelijk paleis, sommige op Nordstrand, andere in Burgdorf, waar ze is opgegroeid. Gaandeweg vloeien beide landschappen samen: een zee die stroomt als een rivier, een rivier die tot aan de horizon reikt. Allebei worden ze door dijken voor overstroming behoed. Ze geeft het paleis vleugels zo groot dat ze ze kan horen wieken, dat ze de wind eronder kan voelen. Ze schildert kotters en draaikolken, vluchten nonnen en vluchten baby's, en bruggen en wilgen vol vinken, apen, pauwen. Maar altijd zweeft haar paleis op mist.

'Het hoeft niet te blijven zoals het is,' zegt ze haar leerlingen.

Geïnspireerd door de eeuwige strijd tussen mens en zee, weet zuster Hildegunde eindelijk de woeste schoonheid van de vloed te vangen. Als mensen stil zouden blijven staan, zou de zee hen verzwelgen met land, schapen, gezin en al.

Hochwasser. Dwingt je alles te verlaten waar je voor gewerkt hebt.

Hochwasser. Drijft je naar het vasteland. Achtervolgt je misschien wel, zoals het in nachtmerries onveranderlijk doet.

Zuster Hildegunde treft Wilhelm voor het drakenschilderij aan, met de handen voor zijn ogen.

'Malle draak,' zegt ze. 'Kom, we laten hem onze tanden zien.'

Wilhelm kijkt tussen spleetjes van zijn vingers naar haar op.

‘Kijk, zo.’ De non trekt haar lip op en gromt venijnig.

Wilhelm trekt zijn lip op en gromt venijnig. Balt zijn vuisten langs zijn zijden en gromt harder.

‘Heel goed,’ zegt de non. ‘En nu brullen we terug naar die malle draak.’

‘Wrrrow,’ gaat Wilhelm fel en met grote ogen. ‘Wrrrooow!’

Zo zal zuster Hildegunde hem schilderen, deze kleine jongen die het opneemt tegen een draak.

41

NEGENTIEN DAGEN

De imker komt 's nachts zijn bed uit, tapt heet water uit het watervat van de kachel, die in een nis tussen keuken en zitkamer staat. Hij giet het water over gedroogde kamillebloesem, roert er wat koolzaadhoning doorheen en gaat aan de keukentafel zitten, de mok tussen zijn handen, kleine slokjes, alleen.

Ik weet dit.

Want op een nacht hoor ik hem. Ik ga bij hem zitten. Tegenover hem en de damp van zijn thee en de grote handen om de mok. Waar houdt de warmte van die handen op en begint die van de thee?

We hebben het over Heike, zorgelijk als een ouderpaar. Tussen hem en mij leeft een vanzelfsprekendheid die ik nooit heb gekend met mannen. Die toch vertrouwd aanvoelt, omdat ik haar ken met vrouwen. Met Luzia. Met Lotte. *Een vertroostende vanzelfsprekendheid.*

Ik zorg dat hij me het pad in het hoge gras op ziet gaan en draal tot hij begint te lopen. Dan laat ik hem me tegenkomen. Laat ik hem doen alsof hij niet wist dat ik daar was. Totdat ik merk dat hij niet doet alsof. Hij zegt dat hij mijn hoofd, mijn schouders steeds een paar kronkelingen in het pad voor hem heeft gezien.

Wanneer we op mijn uitgespreide omslagdoek gaan liggen, plooit die zich tussen onze lichamen in schemerende tinten blauw en paars.

'Nou weet ik waarom de bijen bij ons kwamen wonen,' zeg ik.

'Waarom dan?'

'Zodat ik jou erbij zou roepen.'

Je bent zo mooi in deze mist. Die strijkt je huid glad. Laat je haar glinsteren. Mist omvat je, schenkt je een eigen kleine wereld, toont je wat verborgen is geweest totdat je er verbluft, veranderd, uit tevoorschijn komt. Want zo is mist. Wind en golven mogen dan razen, mist is stil en bescheiden.

We praten niet over wat we doen, omdat we er dan mee zouden moeten stoppen.

Vanaf dat moment luister ik 's avonds of ik hem hoor, rechtop in bed met de kussens in mijn rug om niet in slaap te vallen. Algauw zet hij twee koppen thee en staat de mijne op me te wachten.

Hij houdt me de honing voor. Goudgeel loopt die traag naar de rand van de pot.

'De mensen zullen zeggen…'

'Wat zullen ze zeggen, Sabine?'

'Dat ik je zo bij mijn dochter houd.'

'Heel opofferingsgezind van je,' plaagt hij.

'Bij jou zijn is geen opoffering.'

'Wat zullen ze nog meer zeggen?'

'Dat ik een man zocht om Heike te beschermen als ik dood zou gaan.'

'Ik bescherm jullie allebei.'

'Ik zou je nooit van Heike afpakken.'

'Heike heeft geen interesse in mij.'

'Maar stel dat–'

'Het is me nooit om haar gegaan, Sabine.'

'Mij gaat het altijd om haar.'

'Dat weet ik. Maar voor mij is ze een kind.'

Zo gaat het weken door.

Nee.

Negentien dagen lang.

Ik weet het nog precies.

Na negentien dagen gaan we van tafel en naar mijn kamer en doen we de deur achter ons op slot.

Wie heeft het recht om te zeggen wat elkaar wel of niet mag raken?

Hoeveel van jullie hebben ernaar verlangd die felle hartstocht nog eens te voelen?

Die verrukkelijke roes van je schoonheid?
Wie heeft het recht om te bepalen wat zonde is?

We zijn discreet. Natuurlijk zijn we discreet. In het openbaar omarmen we elkaar met onze aanwezigheid, niet met onze armen. En dat alleen wij het weten maakt dat het ons nog dieper raakt. Zo heb ik hem voor mij alleen. Hij vertelt me dat hij de passie die hem opeist, die hem gek maakt, niet had verwacht. Zulke passie is mij aangeboren. Ik leer hem: *omvat me, druk de wreef van jouw voeten tegen de zolen van de mijne, hou de palm van je handen over mijn kruin, en wanneer je dan bij me binnendringt, me vanbinnen en vanbuiten afgrenst, span ik me tegen die hemelse grenzen aan en spat met een kreet uiteen.*

42

DE STANDVASTIGHEID VAN EEN DIEF

De Oude Vrouwen zijn de hoeders van legenden. De kinderen Jansen zijn nu legende, dat is zeker. De zelfmoord van Herr Doktor Ullrich is roddel. De *Nebelfrau* is al legende sinds het begin der tijden. *Sinds lang voor Rungholt. Ze kan alles verhullen met mist. En jou in verwarring brengen. Maar als je goed kijkt, onthult ze het ongeziene voor je. Voor sommigen vergt dat moed.*

'Ik heb vijfentachtig weesgegroetjes gekregen,' zegt Maria Ullrich, wanneer de Oude Vrouwen zich om haar keukentafel scharen. Kanten tafelkleed en servetjes, haar beste servies, en al is het klaarlichte dag, kaarsen.

'Dat is niks,' zegt Frau Bauer. 'Mij heeft-ie hoofdpijn gegeven.'

'De weesgegroetjes kwamen ook boven op de hoofdpijn.'

'Twaalf onzevaders.'

'Drie van elk.'

'Eine ziemlich unschuldige Woche, dus?'

'Och, ik heb mijn zondes in mijn jonge jaren afgewerkt.'

'Dat is zeker waar.'

Maria schenkt koffie in porseleinen kopjes. Handbeschilderd door de grootmoeder van haar overleden echtgenoot. Ooit werden ze alleen op eerste kerstdag gebruikt. Nu het hele jaar door. Ondanks de rimpels in haar gezicht en hals is ze nu overtuigder van haar schoonheid dan toen ze jong was.

'Ik wed dat de imker en Sabine vijftig weesgegroetjes hebben gekregen,' zegt Frau Bauer.

'En nog eens vijftig onzevaders.'

‘Laat ze. Ik word het zo moe, altijd dat zoeken naar de zonde.’

‘De manier van de Kerk om ons nederig te houden.’

‘Nederig? Nou, ik wens de Kerk veel succes.’

‘Als ze zeggen dat iets een zonde is, doe je het niet.’

‘Ha!’

‘Of toch minder vaak.’

‘Maar Maria, vijfentachtig weesgegroetjes… Wat heb je in vredesnaam uitgespookt?’

‘Willen jullie dat graag weten?’ fluistert Maria, vertrouwelijk naar voren leunend.

‘Ja.’

‘Het zit zo…’

Ze hangen aan haar lippen. ‘Nou?’

‘Als ik het kwijt wilde, zou ik het aan jullie vertellen. Niet aan een of andere priester.’

‘O…’

‘Jij kunt wel zo…’

‘… irritant zijn.’

‘Eigenwijs,’ verbetert Maria hen. ‘Gewoon eigenwijs.’

‘Wist je dat de vroomste mannen de beste zondaars zijn?’ zeg ik tegen de imker.

‘En ben ik dat?’

‘De beste zondaar?’

‘O ja,’ murmel ik, mijn mond tegen zijn hals. ‘Dat was pure zonde, zoals je naar onze wagen kwam…’

‘Om de bijen te redden?’ plaagt hij.

‘Voor mij.’

‘Stel dat ik degene was die de bijen op jullie af heeft gestuurd? Hofmakerij met honing.’

‘Maakte je ons allebei het hof?’

‘Jou. Altijd alleen jou, Sabine.’

Ik kom op een elleboog overeind, leun over hem heen en merk tot mijn ontzetting dat mijn huid losser aanvoelt dan wanneer ik onder hem lig. Met de Sensationele Sebastiaan kwamen dergelijke gedachten nooit in me op, maar nu, met een minnaar die tien jaar jonger is, voel ik de zwaartekracht aan mijn gezicht en mijn lijf trekken. Is dat ook wat hij ziet? Gauw laat ik me op mijn rug vallen zodat ik weer in mijn vorm pas. Ik betast mijn wangen, mijn hals. Ze voelen weer stevig nu.

Hij kust mijn borst. ‘Stel dat je me overleeft?’

‘Dan komt het op een van ons neer, degene die de ander overleeft, zorgt voor haar.’

De imker praat tegen me terwijl ik aan mijn naaiwerk zit, laat me weten hoe lang hij van huis zal zijn, dat hem iets mankeert of dat hij ergens over piekert. Hij praat tegen mij voor hij iets tegen Heike zegt. En ik luister. Ik stel hem gerust. Laat niet doorschemeren dat ik me zorgen maak dat hij Heike in de steek laat. Angst heeft een nieuw doelwit gevonden.

Als hij zijn amethisten briefopener kwijt is, bied ik aan om te helpen zoeken.

‘Och nee, ik heb hem lang gehad. Dat was mooi. Je verliest nu eenmaal dingen. En verlies, och, ik probeer er zo mee om te gaan dat de waardigheid bewaard blijft.’

‘De waardigheid?’

‘Die van mezelf en die van anderen. Het zou naïef zijn om te denken dat verlies aan jou voorbijgaat.’

‘Ik probeer altijd de dingen te behouden.’

Hij knikt.

‘Heb je altijd zo in het leven gestaan?’

‘Ja.’

‘Dan moet je als kind al wijs zijn geweest.’

‘Gaandeweg heb je het er minder moeilijk mee om dingen te verliezen. Zelfs mensen. Daarom heb ik het aangedurfd om met je dochter te trouwen.’

‘De standvastigheid van een heilige.’

‘Van een dief.’

‘Een dief? Wat steel je dan?’

‘Boeken. Van de bibliotheek. Dat begon op mijn tiende, toen de rug van mijn lievelingsboek brak. Griekse mythen. Ik heb het boek netjes gelijmd en teruggebracht, maar ik lag er wakker van dat iemand anders het weer zou breken.'

'Je was maar een kind.'

'Ik heb het uit de bibliotheek gestolen.'

'Je was maar een kind!'

'Ik wilde het veiligstellen voor een paar dagen of een paar weken en het dan terugzetten als niemand keek. Maar dat heb ik nooit gedaan. Later nam ik ook andere boeken.'

'Beschadigde boeken?'

Hij knikte. 'Ik heb het bij de biecht aan de pastoor verteld. Maar ik kon er niet mee ophouden.'

'De grootste lezers van de wereld hebben weleens boeken gestolen.'

'Hoe weet je dat?'

'Dat weet iedereen.'

'Dat is geen bewijs.'

'Het is gezond verstand.'

Hij lacht. 'O, Sabine.'

'Doe je het nu nog?'

'Nee.'

Ik knijp mijn lippen opeen en zeg niets.

'Geen hele boeken. Ik heb altijd een stukje garen op zak. Als een bladzijde me dan treft, dan maak ik het garen nat in mijn mond, leg het dicht bij het bindsel op het paper en laat het even weken, en dan komt de bladzijde er zo uit.'

Speeksel en ontbrekende bladzijden. Jasses. Ik zie de bladzijden met het rafelige randje weer voor me die Heike en ik her en der hebben gevonden, en de eindjes draad die we uit zijn broekzakken hebben gevist. 'En de lezers dan, die die boeken lenen nadat jij ermee bezig bent geweest?'

'Ik neem maar een paar bladzijden. Op een respectvolle manier, zodat de boeken bewaard blijven.'

Respectvol?

Hij kijkt me indringend aan.

Verwacht hij nou een complimentje voor zijn voorkomendheid?

'Iedereen liegt zichzelf voor. Jij doet dat gewoon op deze manier.'

Hij kijkt verrast. 'Ik lieg mezelf niet voor.'

‘Natuurlijk niet,’ zeg ik haastig. Per slot van rekening zijn we gasten in zijn huis. Dat mag ik niet vergeten. ‘Ik heb het over de leugens die mensen over zichzelf gaan geloven. Leugens die ze verzinnen om iets goed te praten of mooier te laten lijken of om te krijgen wat ze willen hebben.’

‘Lieg jij weleens tegen jezelf, Sabine?’

‘En wat heb je toen gezegd?’ vraagt Lotte als ik het haar vertel.

‘Ik heb mijn raadselachtigste glimlach opgezet.’

We maken Venetiaanse repen in haar keuken, met honing uit onze korven, terwijl Heike, Wilhelm en Tilli met blokken en veren huizen en bruggen bouwen.

‘Laat me die raadselachtige glimlach eens zien.’

Ik laat hem zien. Ik lach liefjes, lippen opeen.

Ze slaat haar ogen ten hemel alsof de wijsheid daarvandaan komt.

‘Wat?’

‘Dat is niet raadselachtig.’

‘Dat is het wel.’

‘Meer alsof je het zuur krijgt.’

‘De Sensationele Sebastiaan noemde mijn glimlach raadselachtig.’

‘O, allicht. En alles wat die man zei was waar.’

Ik wil fronsen maar schiet in de lach.

‘Heb je ooit nog iets van hem gehoord?’

‘Niet van hem. Wel over hem. Hij werkt nog steeds aan de trapeze maar steeds bij een ander circus. Bremen. Keulen. Danzig. Rent van de ene vrouw naar de andere en vindt ze allemaal even bijzonder.’

‘Moet dat een compliment voorstellen?’

‘Het is zijn binnenkomer. En allemaal bewijzen we zijn ongelijk.’

‘Vraag je je nooit af hoeveel kinderen hij heeft?’

‘Geen.’

‘Dat is waar. Hij verlaat ze allemaal, net als Heike.’

‘Waarschijnlijk verwekt hij bij iedere nieuwe vrouw een kind. Tot hij te oud wordt voor de trapeze en zo lang bij één vrouw blijft dat hij ook echt in steen verandert.’

'Meer! O, vertel me meer!' Lotte kijkt alsof ze tegelijk gefascineerd is en gruwt.

'Je hebt veel te veel interesse in hem.'

'Je hebt helemaal gelijk. En nou vertellen.'

'We hebben meer veren nodig,' kondigt Tilli vanuit de deuropening aan.

'Voor mijn hoed,' zegt Heike. 'Net zo'n hoed als die van Tilli.'

'Voor mijn hoed,' echoot Wilhelm, als Tilli hem warm inpakt.

'Bij elkaar blijven,' zeg ik, al waakt Tilli daar uit zichzelf al over.

'Een hoed met een miljoen veren,' zegt Heike dromerig.

'Prachtig,' zegt Lotte.

'Och... op een dag zal Circus Ludwig de tenten opslaan in een dorp waar zijn met vogelstront overgoten standbeeld op het plein staat...'

'... en jij loopt op de Sensationele Sebastiaan af en–'

'Dat wil ik helemaal niet.'

'Stel het je gewoon voor.'

Ik heb geen zin om me de Sensationele Sebastiaan voor te stellen, maar voor Lotte doe ik het. Ik zou op mijn hoofd gaan staan als ze daardoor mijn beste vriendin wordt. Soms denk ik dat ze dat al is, maar die gedachte is wankel.

'Dus...' moedigt Lotte me aan.

'Dus...' zucht ik theatraal. Ik sla mijn handen ter hoogte van mijn borst ineen. 'Laten we zeggen dat ik erbij ben als Circus Ludwig zijn standbeeld ziet.'

'Vergeet het "met vogelstront overgoten" niet,' zegt Lotte.

'Juist ja. Vogelstront.'

'En jij loopt op hem af en feliciteert hem ermee dat hij eindelijk zijn plaats in het leven heeft gevonden, alleen kan hij niks terugzeggen omdat hij van top tot teen van steen is, en jij kunt alles zeggen wat je voor je hebt moeten houden.'

'Ik hou niet zoveel voor me, Lotte.'

43

JIJ HEBT GEEN BROER

Gewoonlijk kunnen Lotte en ik overal over praten. Het houdt me overeind. Het maakt deel uit van de dag, dat denken van ons, dat lachen. Daarom doet het pijn wanneer zij en Kalle zich afzonderen. Allicht zien we ze, ze zijn onze buren, maar elke zin die ze spreken is erop geënt een einde aan de ontmoeting te maken, elk woord heeft die gehaaste ondertoon, al wandelen ze nog zo traag over de dijk.

Ze fluisteren onderling, die twee, alsof ze bang zijn dat hun woorden op de wind worden meegevoerd naar het dorp. Is het omdat ik haar te veel heb verteld over de imker en mij?

Wanneer Tilli haar tijd verdeelt over Lottes gezin en het mijne, schommelt de balans. Heike begint weer weg te lopen. Naar Lottes huis. Waarop Tilli haar terugbrengt. Tilli woont een deel van de tijd nog bij ons maar is vaker bij de buren.

Als Heike zegt dat ze met haar mee wil, zegt Tilli dat er verder niemand is uitgenodigd.

Alsof Lotte en ik ooit een uitnodiging nodig hebben gehad.

'Wie zegt dat?' wil Heike weten.

Tilli aarzelt. 'Lotte.'

Heike begint te huilen. Als een kind, alleen harder.

Ik sla mijn armen om haar heen.

'Het spijt me,' zegt Tilli. 'Ik blijf hier ook helpen, met alles waar je hulp bij nodig hebt.'

'Je weet dat we je hulp met Heike nodig hebben. Wat is er gaande bij Lotte?'

Ze kleurt. Dat wil zeggen, het blank rond haar sproeten wordt rood, zodat haar sproeten nu lichter van kleur zijn. 'Ik weet niet wat er gaande is.'

Ik geloof haar niet.

Elke keer dat Kalle op reis is eist Wilhelm een grotere plaats op in zijn hart. Zijn vanzelfsprekende genegenheid bracht de ruimte die de anderen innemen in de verdrukking zolang Kalle Wilhelm van hen gescheiden probeerde te houden, toen hij de stille vasthoudendheid van het ventje nog niet begreep.

In november keert Kalle terug met een vroeg kerstcadeautje voor Wilhelm: een metalen verfdoos en twee penselen. Hij brengt ook een pony mee die bijna bezweken is onder de ongeduldige veeleisendheid van zijn vorige eigenaar, en belooft Wilhelm dat hij hem zal leren hoe je het dier weer op krachten krijgt en hoe je zijn vertrouwen wint.

Heike gaat met Wilhelm en kleine Pia in de schuur op bezoek bij de pony. De geur en het stof van vers hooi. Wilhelm niest.

Heike tilt hem op. 'Aai hem maar over zijn hoofd.'

In een hoek boven de pony hangt een spinnenweb met een draadje waaraan een wesp als een bezeten draaimolen zoemend rondtolt. De spin rent over ragfijne draadjes die uit zijn eigen lijf komen, maar stopt op veilige afstand van de wesp, die kronkelt als de walvis met de harpoen in zijn zij vlak bij een nietig vissersbootje op het plaatje in de kerk.

Tilli komt erbij. 'Ik was je aan het zoeken, Heike.'

'Ik ben weggekomen.'

'Daar ben je erg goed in.'

Heike lacht. 'Dat weet ik.'

'En je weet dat je niet in je eentje met de kleintjes weg mag.'

'Niet klein,' protesteert kleine Pia.

De wesp maakt zichzelf bol, zonder wind. De spin begint hem met snelle bewegingen in te pakken. Tilli zou een bij met een stokje vrij peuteren, maar een wesp, nee.

'Bijen hebben een rond achterste,' zegt Tilli. 'Wespen zijn puntig. Dat zegt mijn broer tenminste.'

'Jij hebt geen broer,' zegt Heike.

'Mijn neef. Ik heb… twee neven. Dat zijn broers.'

'Niet jouw broers.'

'Geen broers van mij.'

‘Neerzetten.’ Wilhelm wurmt in Heikes armen. ‘Nu.’

‘Maar dan kun je de wesp niet zien.’

‘Wespen zijn gemeen.’

‘Bijen maken honing,’ zegt Heike. ‘De imker is mijn man omdat ik hem bijen heb gegeven.’

‘Hoeveel bijen?’ vraagt kleine Pia.

‘Twee miljoen.’

‘Weet je nog dat die wesp je in je voet stak, Heike?’ zegt Tilli. ‘Je was aan het racen door het hoge gras.’

‘Gras is net als de golven.’

‘In het gras verdrink je niet,’ zegt Tilli.

‘Ik rende heel hard en toen heb ik gehuild vanwege die wesp.’

Wilhelm niest weer.

Kleine Pia staat met het hoofd in de nek naar de spin te kijken, die rondjes over de wesp loopt. ‘Optillen,’ zegt ze en ze steekt haar armen omhoog. ‘Nu.’

Tilli houdt haar tegen zich aan in plaats van haar op haar heup te zetten. Door kleine Pia’s te korte benen kan ze haar niet net zo dragen als Wilhelm, die zijn benen om haar middel slaat.

De spin beweegt razendsnel. De wesp hangt stokstijf stil.

‘Je hielp me weer overeind,’ zegt Heike. ‘Je deed spuug op mijn wespensteek.’

‘Dat helpt tegen de jeuk.’

‘Je pakte een groot mes–’

‘Een klein zakmesje!’

‘… en je stak het in mijn voet–’

‘Niet. Ik schraapte ermee langs de angel.’

‘Die kwam er toen uit.’

‘Uit,’ echoot kleine Pia.

De spin en de wesp tollen samen woest rond in het web, tot de wesp weer stokstijf stil hangt. De spin kruipt over hem heen en bakert hem nu in.

‘Dat is de natuur,’ zegt Tilli. ‘Spinnen verlammen hun prooi.’

Kleine Pia grimast.

Wilhelm grimast.

De volgende morgen is de wesp weg. Het neerhangende draadje ook. Aan een balk helemaal bovenin hangt een klein donker bundeltje.

'Onze wesp,' zegt kleine Pia.
'Onze spin heeft hem opgehesen,' zegt Heike.

Ik wacht tot Kalle een paar dagen weg is. Dan haast ik me naar Lotte.

'Ik heb je gemist,' roept ze als ze de deur opendoet.

Er lopen vochtige sporen over mijn gezicht. 'Ik jou ook.'

'Als…' Haar vingers vegen de sporen zacht weg. 'Als mij iets overkomt… Als Kalle en mij iets overkomt, zorg jij dan voor Wilhelm?'

Ik grijp haar arm. 'Ben je ziek?'

'Nee. Ik moet alleen weten dat–'

'… ik dan voor Wilhelm zorg. Ik beloof het.'

'Voor het geval dat.'

'Ik beloof het.'

'Zodat we het eens zijn.'

'Je zou het me toch wel vertellen als je ziek was?'

'Ja.'

'Wat vertel je me nu dan niet?'

DEEL 9

Lente 1880

44

MARIA ULLRICH HONGERT NAAR KLEUR

Maria Ullrich hongert naar kleur.

Ze wil een rode jurk, zo rood als die van een sloerie.

Het is nog te vroeg voor rood, en zeker voor een rode trouwjurk. Ik beloof Maria dat ik een rode bloes voor haar maak. Voor nu berg ik haar geheimen en de kleren die ik voor haar heb gemaakt, netjes weg.

Nog één maand rouw.

Nog één maand zwart, zegt Maria. Dan laat ze zich samen met haar visser zien. Eerst in de kerk, die broedplaats van roddel. Haar zondagse kleren heb ik klaar: lichtblauw. Voor een wandeling over de dijk met haar visser: lichtgroen.

Zondags na de mis zal ze hem voortaan uitnodigen voor het *Mittagessen.* Dan brengt hij vis mee, zegt ze, die hij klaarmaakt zoals hij dat al ontelbare keren voor haar en zichzelf heeft gedaan, zacht gebakken in boter en kruiden. Haar dochters zullen van hem houden, hij is rustig en vriendelijk, hij toont belangstelling. Naderhand zullen ze verwonderd zeggen dat hij zelf zo weinig praat maar naar hen allemaal luistert, dat de uitdrukking op zijn gezicht hun precies zei waar hij plezier in had of wat hem roerde. Het is nog te vroeg. Te vroeg om haar dochters te vertellen wat de visser en zij tientallen jaren geleden hebben besloten: dat hij hen allemaal als zijn dochters zal aannemen. En dat zijn ze ook, dat zouden ze kunnen zijn: met een stap die zowel simpel als genadig is, waar zelfs de striktste geest niets tegen in kan brengen.

De bruiloft vindt komende zomer plaats.

In de weken voor de spreeuwendans sluiten Kalle en Lotte zich af voor de wereld. Alleen de terugkeer van hun kinderen doet er nog toe. Ze luchten hun donsbedden. Spreken met de knecht van de koster af dat hij één nacht en één dag voor hun vee zorgt. De Oude Vrouwen zien dat de Jansens hun ramen wassen, hun luiken in de verf zetten, hun buitentrap repareren, en ze laten hun zorgen los. Per slot zien Kalle en Lotte er voor het eerst in vele maanden gelukkig uit.

Samen wassen Tilli en Lotte het beddengoed voor de *Kinderzimmer* uit.

'Wie komt hier te slapen?' vraagt Tilli.

Lotte glimlacht.

'Verwacht je gasten?'

'Ik verwacht iets beters dan gasten.'

'Wil je het niet vertellen?'

'Jawel, binnenkort. Maar niet doorvertellen aan Sabine.'

Ze schudden de donsbedden op tot plompe uitnodigingen. Leggen er schone lakens op.

'Ik zeg niks.'

'Want… het is nog een verrassing.'

'Wat voor verrassing?'

'De beste van allemaal.' Lottes opwinding is koortsachtig. 'O Tilli, je gaat het zo leuk vinden…'

'Wat dan?'

'Een paar dagen nog, dan weet je het.'

'Kun je me geen aanwijzing geven?'

Lotte tuit haar lippen.

Tilli wacht af.

'Ons gezin wordt groter.'

Tilli's hart maakt een sprongetje. Het zweeft. *Het gaat ervan komen. Het gaat er eindelijk van komen. Ik zal bij Wilhelm en Lotte wonen.*

Lotte gooit haar armen wijd open alsof ze de wereld wil omhelzen, en Tilli wil in die omhelzing stappen als Lotte haar armen om zichzelf heen sluit. 'We halen ze naar huis, onze kinderen.'

Tilli staart haar aan. 'Maar die zijn verdronken.'

'Ze leven.' En wat Lotte zo voorzichtig en hoopvol aan Kalle vertelde tuimelt en buitelt nu vol overtuiging en vreugde van haar lippen.

Tilli staat als verlamd, haar armen langs haar zijden. *Is Lotte krankzinnig geworden?* Die kinderen zijn dood.

'Je gaat ze vast mogen.'

'Ik heb ze al eens gezien,' zegt Tilli.

Lotte kijkt haar vragend aan.

'Bij het circus. Samen met jullie. Die ene dag...'

Wanneer Lotte haar vertelt dat Kalle en zij naar Rungholt zullen roeien om de kinderen op te halen, voelt ze zich dichter bij Tilli. En Tilli luistert en gelooft haar en weerkaatst haar eigen magie, maar toch moet Lotte haar vragen: 'Geloof je me?'

Tilli knikt en veert al in de rol die haar het beste ligt: zich van nut maken zodat ze zichzelf een plaats in het geheel verwerft. 'Je zult hulp nodig hebben met de kinderen. Ze zijn zo lang weggeweest.'

Tilli zal Sabine kalmeren als die achterdochtig wordt. Ze zal voor Wilhelm zorgen tot ze allemaal terug zijn.

Lotte laat Wilhelm helpen bij het koken en bakken. 'Voor je broer en je zussen.'

'Wanneer komen ze?'

'Gauw.'

Wilhelm is bang dat Hannelore de gele pop weer zal opeisen en dat Martin zijn speelgoed stuk zal maken. Hij neemt zichzelf voor de pop in Heikes kamer te verstoppen en haar te laten beloven dat ze het aan niemand vertelt.

Nu de Oude Vrouwen klaar zijn met de zware klussen van het leven, helpen ze met koken. Ze helpen met de kleinkinderen. Ze leren ze manieren, ze leren ze hun voeten goed te vegen voordat ze het zand door het hele huis lopen. Desalniettemin weet zand de weg naar binnen te vinden, en de Oude Vrouwen vegen het weer naar buiten. Ze zijn eeuwig aan het vegen. Soms wonen ze met vier generaties in één eenvoudig huis, soms wonen ze naast zo'n huishouden. De jongsten en de oudsten trekken aan het langste eind: de jongsten worden gekoesterd en geknuffeld, de oudsten geacht om de wijsheid die je aan hun gezicht kunt aflezen. Naarmate je ouder wordt tekent je ware aard zich af: ben je van nature liefhebbend, jaloers, geduldig, hebzuchtig, dan zul je dat terugzien. Je trekken dragen het stempel van je leven.

45

DE DANS VAN DUIZEND SPREEUWEN

‘Daar…’

‘Hoor je het?’

‘Dat gesuis van al die vleugels…’

Schemer: dekens uitgespreid in het veld. Heike zit tegen Tilli aan geleund en klapwiekt met haar handen. Wilhelm zit bij Tilli op schoot. Kalle en Lotte hebben de hoofden dicht bijeen en fluisteren. Sabine en de imker zitten op gepaste afstand van elkaar.

Tilli is de spil waar we allemaal omheen draaien, denkt Kalle.

‘De spreeuwen…’

‘… net een storm.’

Heike knijpt haar neus dicht. ‘Ze stinken.’

Tilli knijpt haar neus dicht. ‘Erger dan schapen.’

‘Omdat het er zoveel zijn,’ zegt de imker. ‘Ze verzamelen zich in één reusachtige wolk voordat ze omlaagkomen naar de broedgronden. Vanwege de roofdieren.’

Met haar vrije hand knijpt Heike Wilhelms neus dicht. Wilhelm draait zijn hoofd weg.

‘Niet wegdraaien.’ Heike houdt zijn hoofd gevangen tussen haar handen.

‘Laat mij maar.’ Sabine hevelt Wilhelm over naar haar eigen schoot.

‘Wilhelm,’ roept Heike, ‘hou je neus dicht.’

De spreeuwen tuimelen uit de hemel in wonderlijke schemerende formaties die uiteenspatten wanneer roofvogels – sierlijk gevleugelde valken, grof gevleugelde haviken – zich in het eetfestijn mengen dat zich scherend, duikend, rijzend om de opengevallen plekken van verlies sluit. Als je zelf nog nooit zulk verlies hebt geleden, dan mag je ervan uitgaan dat de vogelvlucht altijd zo is geweest, een geheel, de som van al zijn transformaties zoals hij zijn ontzagwekkende gratie en grootsheid ten hemel werpt. *Maar stel dat je niet ziet wat je precies te verliezen hebt?* Met haar eigen kleintje had Tilli het moeten bedenken. *Het ergste is dat je het pas naderhand kunt zeggen.* Net als die ochtend van de verdrinking, toen de Jansens nietsvermoedend samen van hun Venetiaanse repen zaten te snoepen.

Wilhelm heft zijn gezicht naar de zwarte wervelingen. Zijn verwondering is als suiker op de sla.

Kalle geniet ervan. 'De spreeuwen worden zo moe,' zegt hij, 'dat hun slaap het wint van hun voorzichtigheid. Ze weten dat ze met zijn allen in één snelle duik naar de draslanden moeten om veilig te blijven.' Hij vertelt dat de *Raubvögel* dat moment afwachten. 'Valken vallen van bovenaf aan, haviken van onderaf. De meeste–'

'Haviken moeten ook eten,' zegt Tilli.

'En valken,' zegt Heike.

'Dat is zo. De meeste spreeuwen komen heelhuids langs de haviken op de grond.'

'Ja,' zegt Lotte. 'Ze grijpen rietstengels beet bij de top, een klauwtje hier, een klauwtje daar, en buigen die door, maken een buideltje van bladeren om zich te verstoppen en de rest van de nacht uit te rusten.'

Heike slaat naar de muggen.

'Ze moeten een meter boven de grond blijven vanwege de roofdieren daar,' zegt de imker. 'Vossen en wezels komen 's nachts op de spreeuwen af, maar ze kunnen niet tegen de rietstengels op klimmen.'

Lotte strengelt haar opgeheven armen in een vogelvlucht, net zoals zuster Sieglinde in ditzelfde veld deed toen Lotte nog klein was. Sabines vingers vliegen ook omhoog, strijken langs die van Lotte, en hun handen duiken samen omlaag en vliegen weer omhoog.

Lotte vlecht haar vingers door die van Sabine. 'Mag Wilhelm vannacht bij jullie blijven?' vraagt ze.

'Tuurlijk.'

'Dank je. Tot morgenmiddag?'

'Wat mag ik je nu vragen?'

'Wat je wilt.'
'Waar ga je heen?'
'Naar Südfall.'
Sabine kijkt haar vragend aan.
'Mijn neef Nils. Hij heeft hulp nodig met...'
'Je hebt beloofd dat je het zou zeggen als–'
'Ik zeg het je nu.'
Sabine schudt haar hoofd.
'We moeten mijn neef op Südfall gaan helpen.'
Tilli en Heike maken een eigen vogelvlucht, betrekken Wilhelm erbij, en de drie lachen en botsen tegen de volwassenen en elkaar. Tilli's vogelvlucht scheidt zich af, haar vingers *een spreeuw die zich in het donker moet verbergen.* Kalle kijkt naar Wilhelms wriemelende vingers, en in die vallende schemer komt het hem voor dat vogels en mensen deel uitmaken van één grote migratie.

Zo was het ook toen Lotte en hij met hun eerstgeborene gingen kijken hoe de zon zwart kleurde van de vogels. Ze liepen met Hannelore door de velden, met de zon laag aan hun rechterkant en de draslanden in de verte voor hen. Ze spreidden hooi uit over de modderige grond. En wachtten. Hij wentelde een rietstengel tussen zijn vingers, blies erdoorheen zodat de fijne krulletjes aan Lottes slapen opveerden onder zijn warme adem. Ze glimlachte. Legde Hannelore aan haar borst tot die verzadigd haar ogen sloot. Toen legde ze haar in een warme deken neer, en samen kropen ze stilletjes een eindje bij hun slapende baby vandaan het hoge gras in. Waar ze elkaars kleren net los genoeg maakten om te kunnen strelen, om te kunnen samensmelten, om elkaar lief te hebben, klaar om te reageren als Hannelore wakker zou worden.
Ze konden twee minuten nemen.
Ze konden twee uren nemen.
Ze konden de hele dag nemen, en de volgende erbij, zoals in het eerste jaar van hun liefde. Uit het zicht van ouders en nonnen en vrienden en buren. En nu uit het zicht van hun dochtertje. De zon zakte roodgloeiend achter de horizon en verscherpte hun silhouet

als in een fijnzinnige Japanse schets, terwijl Hannelore met een smal melkspoor rond haar keel lag te slapen en haar ouders achter een rietscherm de liefde bedreven.

Hannelore. Ze is dichtbij. Lotte kan het voelen. *Hannelore is er. Wij staan klaar. Niet lang meer nu.*

'Spreeuwen slapen op een kluitje,' zegt de imker.

'Veertje aan veertje,' zegt Heike.

'Allemaal bij elkaar. Daarom krijgen ze het zo warm.'

'Hoe warm dan?' wil Wilhelm weten.

'Meer dan honderd graden,' zegt Heike.

'Nee joh,' zegt Tilli. 'Je weet toch wat er bij honderd graden gebeurt?'

'Dan kookt het water?' Heike klinkt onzeker.

'Ja, goed zo. En bij nul graden?'

Heike stoot Tilli aan.

Tilli fluistert Heike iets toe.

'Dan bevriest het water,' zegt Heike.

Wilhelm neuriet voor zich uit.

'Veertig graden Celsius,' zegt de imker. 'Zo warm wordt het in het midden van een kluitje slapende spreeuwen.'

'Dat is toch nog wel erg warm,' zegt Heike.

'Zo warm als de warmste dag van de zomer,' beaamt Tilli.

'De spreeuwen komen hier omdat het makkelijk insecten vangen is met al dat water,' zegt de imker.

'Eten ze slapende beestjes?' vraagt Heike.

'Slapende beestjes en wakkere beestjes,' zegt Tilli.

'Waar gaan ze hiervandaan heen?'

'Helemaal naar Noorwegen en Zweden,' zegt Tilli.

'En naar Finland?'

'Ook naar Finland.'

Als we vanuit het donker ons huis binnengaan roept Heike: 'Wilhelm blijft logeren!'

'Ja, ik had al een bed voor hem opgemaakt naast de kachel,' zegt Tilli.

Had je dat al gedaan? Wat weet jij? Ik probeer Tilli's blik te vangen, maar ze kijkt weg.

'Morgenmiddag zijn we terug,' zegt Lotte tegen mij.

Ik voel de band tussen ons trekken en weet dat zij het ook voelt, dat ze een ademhaling verwijderd is van openheid. 'Lotte...'

Maar Kalle komt aan met een stoel die hij tegen de bank aan zet. 'Klim maar in je bed, Wilhelm.'

'Nee!' *Dit wil ik niet, dit is niet goed, dit klopt niet–*

'Het is je lievelingsplekje,' houdt Heike hem voor.

'Kom, klim erin,' zegt zijn vader.

Wilhelm doet alsof hij het probeert. Laat zich met slappe armen en benen terugzakken. 'Kan ik niet.'

'Maar je hebt het al honderd keer gedaan,' zegt Heike.

'Mij dragen,' huilt hij en hij steekt zijn armen op naar zijn moeder en verstopt zijn gezicht in de holte tussen haar hals en schouder.

Heike kietelt zijn knieholtes. 'Je bent toch geen baby...'

'Huis,' zegt hij smekend.

Lottes ogen zijn strak op Tilli gevestigd.

Die knikt. 'Morgen,' zegt ze.

'Morgen,' fluistert Lotte terug.

'Ik blijf bij je,' belooft Tilli Wilhelm.

'En ik ook,' zegt Heike. Ze trekt hem uit Lottes armen, zwiert hem rond – eerst protest, dan gelach – en laat hem op het bankbed ploffen.

'Even kijken of je buik nog goed zit. Ga liggen.' Kalle licht Wilhelms shirt op en drukt een luidruchtige kus op zijn buik.

Wilhelm giechelt.

'Ja, ik denk van wel. Misschien hier nog even, voor de zekerheid.'

'Hier nog,' zegt Wilhelm, die zijn shirt hoog optrekt en met een vinger in zijn buik pookt.

Meer kussen. 'Morgen kijken jij en ik je buik weer na.'

Als Lotte Wilhelm instopt, ontspant hij zich.

Ik laat mijn omslagdoek van mijn schouders glijden en leg die over hem heen.

'We brengen een verrassing voor je mee,' belooft Kalle Wilhelm. Een knikje vol vertrouwen, en Kalles hart gaat wijd open.

Tilli straalt. 'De beste verrassing die je je kunt voorstellen.'

46

GRIJP HETGEEN JE NIET KUNT MISSEN STEVIG BEET

Vlagen vislucht, zilt en ontbinding op de wind als Kalle en Lotte hun sloep over het wad slepen. De mist vormt pareltjes met de kleur van hun ondergrond op huid, haar, kleren, tot ze de boeg in zee schuiven en alle kleuren dooreenvloeien.

Kalle klimt het eerst aan boord en gaat met zijn rug naar de zee voorin zitten, de roeiriemen stevig in zijn handen. Zodra Lotte ook zit, begint hij te roeien: naar voren, naar achteren, met krachtige slagen.

'Stel dat...' Lotte zwijgt.

'Stel dat wat?'

'Stel dat we de kinderen niet terugkrijgen? Stel dat hun pleegouders hen niet laten gaan?'

Hij roeit onvermoeibaar door. 'Ik wil alleen maar dat we weer bij elkaar zijn.'

'Dat wil ik ook, dat weet je. Maar stel dat dit onze enige kans is om weer bij elkaar te komen?'

Wilhelms afwezigheid is een zware koude vlaag over het water.

'Dus... als we erin geloven, echt geloven,' zegt Kalle, 'waarom hebben we Wilhelm dan niet meegenomen, bedoel je? Naar de anderen.'

'Omdat we ervan uitgingen dat we ze mee terug zouden krijgen.'

'En nu?'

'Ik denk dat we misschien daar zullen moeten blijven, bij hen.'

'Niemand is ooit teruggekeerd.'

'We moeten wel geloven dat we daar kunnen leven.'

'Dat doe ik ook, maar–'

'Thomas moest Jezus' open wond aanraken. Dat noem ik geen geloof.'

Geloof is je erfgoed. Twijfel een zonde.

'We moeten Wilhelm ophalen.' Met snelle slagen keert Kalle de sloep terug naar waar ze vandaan zijn gekomen.

'Hem meenemen.'

'Als bewijs van ons geloof dat we weer een gezin zullen zijn.'

Mensen aan de deur van de imker. Tilli doet open en laat ze binnen. We zijn blij Kalle en Lotte te zien totdat Kalle zegt dat ze voor Wilhelm komen. Hem mee zullen nemen. Ze stralen een vreemde opwinding uit.

'Nee,' roept Tilli.

'Hij slaapt,' voeg ik eraan toe.

Maar Kalle staat al bij zijn zoon, die warm in zijn provisorische bed bij de kachel ligt. Als hij de jongen optilt, glijdt mijn omslagdoek van hem af. 'Wat ben je toch licht, Wilhelm,' murmelt Kalle. 'Toen Hannelore tweeënhalf was, was ze al zwaarder. Strakjes–'

'Blijf toch,' smeek ik.

'Tilli blijft,' zegt Kalle.

'Nee,' roept Tilli weer. Ze draait zich trillend over haar hele lijf naar hem toe. 'Zo zou het niet gaan.'

'Neem een kopje soep met ons, Kalle, Lotte.' De imker klinkt dringend. 'We hebben kippensoep met wortel en linzen.'

'We mogen niet te laat komen,' zegt Kalle.

'Te laat waarvoor?' zegt de imker.

Tilli strekt haar armen uit als Wilhelm zich in de armen van zijn vader omdraait, zich tegen hem afzet, zich naar haar toe laat vallen. Normaal gesproken een spelletje, een reden om te lachen, want iedereen kent het verloop. Maar nu verstevigt Kalle zijn greep. Hij houdt Wilhelm zo strak vast dat die schopt en schreeuwt.

'Het spijt me, Tilli.' Er klinken tranen door in Lottes stem.

Tilli grijpt haar pols. 'Dit is niet wat je me hebt beloofd.'

Ik sla mijn armen om Lotte heen om haar tegen te houden. 'Vertel me wat er aan de hand is.'

'Ik... heb het koud.'

'Nog een goede reden om bij ons te blijven.'

Lottes armen kruipen om me heen en laten niet los. Haar lichaam beeft.

'Er is iets vreselijk mis,' fluister ik. 'Wat? Zeg het me. Neem dan in elk geval mijn omslagdoek.'

'Die is van jou.'

Tilli grijpt de sjaal van de vloer en steekt hem Kalle toe. 'Sabine zegt dat-ie nu van jullie is.'

Kalle neigt met zijn zoon naar haar toe. 'Sla je hem om Wilhelm heen?' vraagt hij zacht.

Maar Tilli doet een pas naar achteren. En nog een, en dan is ze de deur uit, zonder hem dicht te doen.

Ze rent. Niet in de richting van de sloep zoals ze misschien denken, maar ervan weg. Achter Sabines huis langs in een wijde bocht naar dat van Lotte, het huis dat ze heeft helpen klaarmaken voor Lottes kinderen in de overtuiging dat ook zij deel uitmaakte van dat gezin. Zo kon ze kalm blijven toen ze zonder haar en Wilhelm hun kinderen gingen terughalen uit Rungholt. En toen kwamen ze terug voor Wilhelm. Alleen voor Wilhelm.

Door woede verscheurd versnelt ze haar pas. Versnelt haar pas over de dijk, bukkend nu, zodat ze haar niet zien aankomen. Grijp hetgeen je niet kunt missen stevig beet. Hier heeft ze zich op voorbereid sinds haar kleintje gestolen werd. Ze schreeuwt. Schreeuwt nee tegen de handen die haar baby van haar borst halen. Schreeuwt nee tegen haar moeder, die haar benen uiteen dwingt op de keukentafel. Schreeuwt nee tegen haar vader, die op de kade staat terwijl de veerboot haar wegvoert. Schreeuwt nee tegen Lotte, die met Wilhelm op de heup in de sloep stapt.

'Nee!'

Lotte draait zich om. 'Ga terug naar Sabine,' roept ze.

Maar Tilli heeft de achtersteven al beet. 'Neem mij mee.'

'Dat gaat niet!' Kalle grijpt de riemen.

Maar Tilli heeft genoeg verlies geleden, haar kind, haar broer, haar ouders, en ze weigert Wilhelm en zijn ouders kwijt te raken. 'Ik duw jullie af. Dan ga ik terug.' Ze ziet dat Lotte haar niet gelooft.

Evenmin maakt ze bezwaar. Ze kijkt Tilli strak aan.

'Nu!' Tilli gooit haar volle gewicht tegen de achtersteven – *o, ik kan zo slim zijn, zo slim* – zodat de sloep loskomt en naar dieper water schiet.

En dan neemt ze de sprong.

De sloep deint hevig wanneer ze er halsoverkop in tuimelt.

'*Dummes Mädchen!*' roept Kalle.

Met snelle korte slagen – twee rechts, twee links – weet hij de boot weer in evenwicht te brengen.

Lotte rukt Tilli naast zich op het bankje in het midden. 'We komen niet meer terug.'

'Dat weet ik.'

'Nooit meer. Begrijp je dat?'

Tilli knikt.

'En Heike dan, en de anderen?'

Heike. Over het verlies van Heike heeft ze niet nagedacht. Het plan was dat Lotte en Kalle hun kinderen zouden ophalen, thuis zouden brengen. Ze zal Heike verliezen, en Sabine, en iedereen van het Margarethahuis.

'Je kunt nog terug.'

'Ik ga met jullie mee.' *Als ik wist hoe ik iedereen bijeen moest houden, zou ik het doen.*

'We gaan in Rungholt wonen met de kinderen.'

'En met mij.'

Lotte knikt.

'Maar hoe? Laten we ons in zee vallen?'

'We zetten voet aan wal zodra het eiland bovenkomt.'

De sloep glijdt over een stille, vlakke Noordzee een mistige wereld binnen, gemakkelijker te manoeuvreren nu, met zijn nieuwe ballast.

'Boegbeelden,' zegt Kalle.

'Wat?' zegt Tilli.

'Ik ga boegbeelden maken.'

'Ik ga als vroedvrouw werken,' zegt Lotte.

'Ik pas op de kinderen,' zegt Tilli.

'Goed.'

'Ik zal de scheepsbouwer vragen naar werk in de haven,' zegt Kalle. 'Schepen repareren, desnoods laden en lossen tot ik iets beters heb.'

'Met wat wij kunnen moet er werk genoeg voor ons zijn,' zegt Lotte.

'Speelgoed maken voor de kinderen op Strand.' Hij voelt die vertrouwde helderheid in zichzelf die hem zegt dat hij de juiste keuze maakt. *Zo weet je het. Door die helderheid.* 'Als ik mijn gereedschap maar mee had kunnen nemen...'

'Je weet dat we niets mee kunnen nemen,' zegt Lotte.

'Misschien als ik ze in zeildoek had gewikkeld en aan mijn lijf had gebonden.'

'Je kunt niks meenemen,' zegt Tilli.

'Ik wil daar niet als een armoedzaaier aankomen.'

'We hebben daar alles wat we nodig hebben,' zegt Tilli.

Midden boven Strand houdt Kalle de zachtjes deinende sloep op zijn plaats.

'Niet lang meer,' zegt Lotte.

Terwijl ze op stilwater wachten wordt de mist om hen heen dikker, zodat het onmogelijk wordt om te zien uit welke richting ze zijn gekomen. De zee en de lucht zijn versmolten tot één parelgrijs geheel. Wilhelm huivert in de armen van *Mutti*. Vage, gezichtsloze gestalten torenen boven hem uit, en hij weet wel dat het zijn ouders en Tilli zijn... *Maar stel dat ze dat niet zijn?*

Ze houden zich bewegingloos, bang dat ze anders afdrijven. Stilzwijgend roept Lotte haar kinderen toe uit te kijken naar hun boot. *We zijn hier, BärbelMartinHannelore, pal boven jullie.*

Het water blijft stil.

Zie ons, we wachten tot jullie ons de weg wijzen.

Wilhelm zet het op een gillen. Maait met zijn armen – *laat-me-los-laat-me...* – komt op schoot overeind en de wereld wankelt, klautert, worstelt, worstelt zich los van de grauwe gestalten, de kreten–

'Pak hem!' gilt Lotte. 'Ik hou hem niet!'

Tilli vliegt van haar plaats en graait in de mist naar de woelige bundel die Wilhelm is, grijpt hem rond zijn middel om hem binnenboord te houden… en dan sluiten Kalles armen zich om hen heen, om Tilli, die haar armen weer om Wilhelm heeft, aan elkaar geketend door Wilhelms angst. Water gutst over de rand van de hevig schommelende boot, koud, ijskoud, en Lotte zet een voet aan weerskanten van de bodem waar die overgaat in zijkant om te voorkomen dat ze omslaan. Wilhelm strekt zijn lijfje tot een boog van verzet en schopt en slaat, en Kalle neemt hem over van Tilli, draait hem met de rug tegen zijn borst zodat Wilhelm alleen nog in de lucht schopt. Met zijn ene arm om Wilhelm laat hij zich op zijn knieën vallen en begint te hozen.

'Stel dat wonderen niet bestaan?' Lottes stem klinkt verstikt.

Kalle, duizelig en gedesoriënteerd, voelt een gestalte langs zich heen glippen. Tilli. Hij ziet haar niet, voelt alleen de beweging, maar weet dat het niet Lotte is, kent Lottes manier van bewegen tot in het merg van zijn botten.

'Stel dat we hoop tot een wonder opblazen?'

'Dus twijfelen is niet laf meer?' zegt hij.

'Nee, niet laf.'

Hij gaat door met hozen. 'Wat dan wel?'

'Moedig.'

'Dan is twijfel de eigenlijke zegen.'

Op het bankje voorin heeft Tilli de riemen vast. Brengt met vederlichte halen de boot tot bedaren.

'We wisten het zo zeker, Kalle.'

'Ja.'

De betovering trekt weg. Verdriet en verlies liggen bloot. Hannelore, Martin, Bärbel, ze zijn al een jaar en acht maanden niet meer in leven.

Wilhelm is dat wel. In leven. Het dringt tot Kalle door dat hij niet zonder dit kind kan.

Vati huilt, en Wilhelm wurmt zich om in zijn armen, strekt zijn handjes uit, voelt Vati's natte gezicht, streelt.

In Kalle breekt het hete verdriet door dat hij zijn andere kinderen nooit meer zal zien, en snikkend geeft hij zich over aan Wilhelms troost. Aan zijn keuze voor Wilhelm. En hoopt dat deze kleine zoon hem zal leren vertrouwen.

'We moeten terug,' roept Lotte, 'voordat het tij omslaat.'

De sloep is al in beweging. Tilli. Die hen over het water laat vliegen.

'Geef mij Wilhelm,' zegt Lotte.

Kalle gaat op haar stem af. Vergewist zich ervan dat haar armen stevig om hun zoon liggen voor hij loslaat.

Tilli. Die op de kracht van haar lichaam vertrouwt, die de riemen vat laat krijgen op het water en ze er uit alle macht doorheen trekt, en nog eens en nog eens, weg van het eiland, weg uit de mist die achter hen spiraalt en wolkt. Er is geen zicht, geen land in zicht, maar hun koers doet er niet toe als ze maar wegkomen. *Varen we in rondjes?*

Tilli kan alleen maar doorroeien.

Dan neemt Kalle het van haar over.

Uren verstrijken terwijl ze om beurten roeien, om beurten rusten.

Kou, vermoeidheid, honger.

'Sabine heeft handdoeken voor ons.'

'We gaan rond de kachel zitten.'

'De imker warmt zijn soep op en snijdt roggebrood.'

Lotte wijst naar een stralend licht in de mist.

Ze trekken de sloep op het strand. Kalle zet Wilhelm met een zwaai in zijn nek en ze maken voort, Tilli met de vingers van haar ene hand om Wilhelms enkel, haar andere hand in die van Lotte, niet van plan om los te laten – *mijn mensen, van mij, al wat er over is, van mij* – haasten door het dichte wit in de richting van de dijk en dat verblindend witte schijnsel…

Dat zo fel schemert dat het Lotte begoochelt, en… zuster Sieglinde die keer op keer die ene sinaasappel opent in gouden halvemaantjes, en je doet je mond open en steekt je tong uit voor een zoet, sappig gouden schijfje maar je doet niet je ogen dicht zoals bij de communie, en je wordt niet terneergeslagen omdat je hebt gezien…

Wilhelm, hoog op *Vati's* schouders en in de vaart van links naar rechts gesmeten, klampt zich vast aan *Vati's* hoofd. *Waar houd ik op en waar begint hij?* Tilli's hand om zijn enkel voelt strak als een nieuwe kous. Op Kalles schouders het welkome gewicht van zijn zoon. Klamme koude handjes over zijn voorhoofd. Wilhelm, die erop rekent dat zijn vader hem thuisbrengt, die zich net als hijzelf moet afvragen: *waar houd ik op en waar begint hij*? De vraag heeft nog niet eens woorden gevonden in Wilhelms hart als hij zich op zijn vaders benen door het drasland naar dat verblindende schijnsel haast dat nu de top van de dijk en de boomkruinen belicht. Hij kan er eerder bij dan zijn vader, hij is degene die nu de betoverend hoge vlucht neemt.

DANKWOORD

Mijn grote dank aan mijn agent, Gail Hochman: lieve mens toch, al veertig jaar samen in het vak!

Dank je wel aan het toegewijde, betrokken team van Flatiron Books: aan Amy Einhorn, algemeen directeur en uitgever; aan Caroline Bleeke, redacteur, en aan Conor Mintzer, assistent-redacteur.

En dank je wel aan mijn geweldige meelezers Mark Gompertz en Barbara Wright, en aan mijn echtgenoot, Gordon Gagliano, altijd mijn eerste lezer.

Ik heb in mijn research ontzaglijk veel geleerd van de schrijvers en beeldend kunstenaars die vele tientallen jaren lang het landschap en de mythen van de Noord-Friese wadden hebben verkend.